# 弔い月の下にて

倉野憲比古（著）

# 登場人物

夷戸武比古《いどたけひこ》　異常心理学を学ぶ大学院生。
根津圭太《ねづけいた》　ホラー雑誌編集者。夷戸の大学の先輩で腐れ縁の仲。
羽賀美菜《はがみな》　夷戸と根津の行きつけの喫茶店のマスターでふたりの友人。
東條茉莉花《とうじょうまつりか》　舞台役者。劇団「梟の林」の看板女優。
蜷川裕也《にながわゆうや》　舞台役者。「梟の林」所属の若手俳優。
風祭士郎《かざまつりしろう》　元俳優の劇作家。「梟の林」主宰者。
木邑芳樹《きむらよしき》　女性週刊誌編集者。「蝮の木邑」の異名をとるゴシップ記者。
石崎浩司《いしざきこうじ》　木邑の同僚のベテランカメラマン。酒で身を持ち崩したらしい。
マーカ　淆亂館《バベル》の使用人頭。銀髪で長身痩躯の男。本名は黒羽根眞喜夫《くろばねまきお》。
ミーシャ　淆亂館の使用人。でっぷり太った男。本名は黒羽根光男《みつお》。
曾我進一郎《そがしんいちろう》　淆亂館の主。十年前に突如、表舞台から姿を消した有名俳優。
黒羽根伊留満《くろばねいるまん》　淆亂館を築いた富豪。故人。

## 基督教《キリスト》・切支丹《キリシタン》用語　覚書

『日本史小百科　キリシタン』（H・チースリク監修、太田淑子編）および『デジタル大辞泉』等による
※（ポ）－ポルトガル語、（ラ）－ラテン語

**あんじょ／Anjo**（ポ）
天使。

**いるまん／irmão**（ポ）
（「兄弟」の意）修道士のうち司祭職に挙げられていないもの

**いんへるの／Inferno**（ポ）
地獄。

**くるす／Crus**（ポ）
十字架。

**ぐろおりや・ぐらうりや／Gloria**（ラ）
栄光。

**こひさん・こんひさん／confissão**（ポ）
告解。懺悔。

**こんたす・こんたつ／Contas**（ポ）
数珠。
**さひえんちいしも／Sapientissimo**（ポ）
最上の智。
**さがらめんと／Sacramento**（ポ）
秘蹟。神の恩恵にあずかる儀式。
**ぜんちょ／Gentio**（ポ）
異教徒。教外者。
**ぢゃぼ／Diabo**（ポ）
悪魔。
**でうす／Deus**（ラ／ポ）
神。天帝。
**はうちすも・ばうちずも／Baptisimo**（ポ）
洗礼（水と神の名をもってその罪を赦し、神と教会の子とする秘蹟）。
**ばてれん／Padre**（ポ）
（父の意）司祭。神父。

**はらいそ・ぱらいぞ／Paraiso**（ポ）
楽園。天国。
**はらいそてれある／Paraiso Terreal**（ポ）
地上の楽園。エデンの園。
**びるぜん／Virgem**（ポ）
処女。童貞女。
**るしへる／Lūcifer**（ラ）
堕天使の長であるサタンの天使としての名。

†

**聖骸布《せいがいふ》**
聖遺物の一で、イエス・キリストの遺体を包んだといわれる布。
**淆亂《ばべる》の塔**
『旧約聖書』「創世記」にある伝説上の塔。天に達するほどの高塔を建てようとした人類の驕りに神が怒り、ひとつであった人類の言葉を互いに通じないようにした。
**麻利耶《マリヤ》観音**
江戸時代、弾圧を受けた隠れキリシタンが聖母マリアに擬してひそかに崇拝の対象とした観音菩薩像。

# 目次

プロローグ　渚にて……9
一　暗鬱なる島へ……38
二　淆亂館《バベル》の主人……81
三　消失と出現と……116
四　因辺留濃への道行……151
五　宴の精神病理学的考察……202
六　悪夢と悪魔……243
七　会議は踊る、されど進まず……282
八　了解操作が始まる、すべてが終わる……312
九　宗教的な、余りに宗教的な……332
エピローグ　弔い月の下にて……364

# プロロオグ　渚にて

春の海は、ひねもすのたりとその身を物憂く砂浜へと投げ出し続けていた。壮大な蒼灰色の大海原が三人の前に拡がって、その先を伸ばしたり縮ませたりしている。色調は暗いが、そのうちにはどこか春めいた華やかな軽味を蔵しているように思われた。

右から左へと百八十度頭を廻らせても、その先の水平線が空と交わり、境が判然としない領域まで水は確かにあった。水平線までの視界を遮るものは、燈台のような建物が聳える遠くの小さな島だけ。その先は――いにしえの人々ならば、人間が近づいてはならない領域と考えただろうか。

三人は、そのあまり変化のない海面を見つめていた。まるで、油を染み込ませた布のように、海面は鈍い動きを見せていた。特に何かを期待していたわけではないが、海を見慣れぬ人間には、見つめるに足るものだった。それに応えるように、紡ぎたての絹糸のような淡い春の陽射しが茫洋たる海にあたると、まるで化学反応でも起こして鉱物化したように、きらりと光る波を海面に覗かせるのだった。

季節外れということもあって、砂浜には三人以外の人影もない。砂の紋様を乱すものは、三人が立っている地点までの足跡が、うねうねと続いているのみ。根津圭太《ねづけいた》は、サクリと軽い砂糖菓子を嚙み潰すような砂音を立てて、ドクターマーチンのブーツを踏み出し、そして言った。

「水また水」

「え?」

夷戸武比古《いどたけひこ》は、そよぐ潮風にジャケットのように丈の長いシャツの裾をなぶられながら、軽い疑問の声を出した。癖のある伸びた髪が、潮を含んでカールしてきているのが気になった。夷戸は撫で上げるようにして、髪を立て直した。

「水また水」

今度は嚙みしめるように繰り返し、根津は振り返った。その顔は悪戯っ子のように破顔していた。そして今度は遥か東、東京の方角の空を指差すと、

「スモッグよりまし」

とつけ加えた。

「そうだね、空気はきれい。そしてこの潮の香り」

羽賀美菜《はがみな》は根津の意図するところをまったく汲み取ろうともせず、両手を広げて深呼吸した。

「やだなあ、美菜さん。この台詞を知らないの?」

不服そうに根津は、風と波で造形された足許の砂を平らにならした。

「なんの映画の台詞ですか？」

穏やかな春の気候に思わず欠伸を誘われた夷戸は、髪から口許へと移した掌の中で言葉を発する。根津が何か不思議なことを言う時は、ホラー映画に関係したことに決まっている。彼はホラー映画雑誌編集の仕事そっちのけで、ハードコアパンクバンドのヴォーカルにオカルト研究と、裏街道の文化を極めんとしているからだ。

R大学文学部では、根津は夷戸の先輩だった。キャンパスで、いつも黒いバンドTシャツを着込んで、針鼠のようなスパイキーヘアをしていた姿が懐かしい。

やっと彼らがおざなりにも興味を示してくれたので、根津は普段からぎょろつき気味の目を嬉しそうに見開いて、

「ジョン・カーペンターが、『ハロウィン』と『遊星からの物体X』という両名作の間に作った佳品『ザ・フォッグ』より、エイドリアン・バーボーの台詞」

「フォッグ……霧、ですか」

夷戸は欠伸で滲み出た涙を人差し指で拭いながら、大儀そうに呟いた。春は眠い。些細なことをやたら気にする神経症的な性格である夷戸は、睡眠のリズムが乱れがちなので、特に春が眠い。睡魔の放つ吐息ではないかと思うほど、春の潮風は生温く、脳がとろけたようにぼんやりとしてくる。

「そう。難破船の乗組員の亡霊が、魔の霧とともに現れて、港町アントニオ・ベイの住民を襲うっていう筋だ。こう聞くと、古臭いゴシックな話だと思うかもしれないが、残虐描写もそれなりに用意されていて、現代の俺たちが観ても結構エグい。おススメだぞ。名画座でやっていたら、是非観てくれ」

と言ったところで、やにわに根津は眼をいからせた。

「そう言ってもおまえらは、絶対観ないいんだろうけどさ。いいか？　昔の映画ならいざ知らず、おまえらが好んで観ている、今のハリウッド製の大作映画なんか、観る必要はないんだ」

根津の断定の言葉に、美菜は軽く笑った。このちょっと鼻にかかったハスキーな美菜の笑い声が、夷戸は好きだった。

「だって、俺らが観なくたって、愚かな大衆どもがみんな観てくれるだろ。アメリカ万歳を陰に陽に叫ぶつまらないアクション、うんざりするほど見飽きたパターンのラブコメディ、そして御都合主義のハッピーエンド……。某巨大アニメ映画会社の『人魚姫』なんて、ラストで人魚姫が泡になって消えないいんだぜ。なんと、王子様と結ばれやがるんだ。なんて嘆かわしい、教育上よろしくない結末だ！　あの童話は、泡になって人魚姫が消えるからこそ、実存の無常さが浮き彫りになり、生まれて初めてそこに思い至って子供たちは泣くんだ。そこがいいんだ。俺も幼少のみぎり、絵本を読んで泣いたさ。なんで人魚姫は幸せになれないいんだよって。それが……映画では泡にならない！　そんなにハッピーエンドがよろしいですかね？　自分の人生がハッピーエンドになりそうにないから？　ふん、おまえのつまらない人生なんて、知ったことか。No future for you だ！　その代償を、映画に求めるなっていうんだ。愚民どもは老いも若きも、そんな低俗な映画を高い金を払って観てやがる。チェッ、馬鹿な奴らだ。大体、この十年間のハリウッド大作映画に観るべき物があったか？　ない、断じて一作もない！」

　根津はSEX PISTOLSの名曲を引用しつつ、ちょっとした演説をぶち始めた。そんな根津が滑稽ではあったが、人魚姫に関する御説には夷戸も首肯できるものがあることは否めない。

「はは、確かに。しかし、根津さんが選民思想の持ち主だとは知らなかったな」

　夷戸の入れる茶々を、根津は険しい顔で無視して、

「だがな、ある意味、ああいう映画は愚作のくせに、幸せな映画でもあるんだ。愚作に相応の愚民が観てくれるんだから。それだからこそだな、俺は誰にも見向きもされないような、打ち棄てられたままの昔の映画や、現代のであってもファンが少なさそうな下らないホラー映画なんかを観るわけさ。そういう不幸な映画たちの味方に、俺はなってあげたい。音楽だってそう」

　根津は緑色をしたスウェード地のライダースジャケットの下に着込んだTシャツを指差した。非常口のようなマークと、D.R.I.という文字が描かれている。

「こういう、とうの昔に忘れ去られたクロスオーバー系のハードコアパンクや、昔のブラックメタル、八十年代に時代の徒花のように妖しく咲いたＬＡのヘアメタルなんかを聴くわけ」

「はいはい、講釈はその辺で。とにかく『ザ・フォッグ』ですね。憶えときますよ。まあ、僕は

文学派なので、怪奇幻想小説か探偵小説のほうが好みですが」

　夷戸は軽くあしらうようにそう言うと、足許に転がっていた桜色の貝殻をつまみ上げた。掌に乗せると、陽光を受けて貝殻は宝石のように儚く光った。夷戸はそれを透かすようにして、しばらく眺めていたが、ふと、これは美菜好みのものではないかと思った。それで少し胸を躍らせながらも、あくまで冷静な調子で美菜に貝殻を示した。

「ね、美菜さん。これ綺麗じゃない？」

「ほんと！」

　美菜は大きな瞳を輝かせて、差し上げられた貝殻を見つめた。華やかに上向きにカールした睫毛の下で、美菜の虹彩は太陽光線を受けて鳶色に見えた。それがまた豊饒な液体を湛えたようで、夷戸は見つめていると何か酔ったようにうっとりとしてくるのだった。笑うと右頰に浮かぶ片えくぼも印象的だ。

　美菜は夷戸の肩にやっと届くくらいしか背丈がないので、彼の指先に視線を投げかけていると、自然と爪先立つような姿勢になる。それがなんだか夷戸にはそのまま抱き締めたくなるほど、可愛らしく思われた。

「ちょうだい」

　美菜は少女のように夷戸に手を差し出す。その掌は貝殻と同じように、ほんのり薄紅色に色づいていた。

「はい」

夷戸は恭しく貝殻を差し出し、美菜の手に触れないように気をつけながら渡した。決して美菜を嫌っているからではない。その反対で、美菜を前にした時に起こる緊張が、手が触れると当人に伝わるような気がしたからだ。

夷戸が今日いつにも増して眠いのも昨晩蒲団の中で、ずっと考え事をしていたからだ。旅行先の長崎県壱岐の海岸で、美菜と根津と遊ぶ計画を考えていたら、美菜とどんな話をしようかと思い悩んで、なかなか眠れなかったのだった。夷戸は蒲団にくるまりながら、何度も「美菜さん」という呼びかけ方を練習してみたりした。それを何回も繰り返していたら、馬鹿馬鹿しさが睡魔を引き寄せて、朝方にやっと眠ることができたのだった。

「この神経症野郎」

根津が砂を跳ね飛ばしながら右足を振り上げ、夷戸の腰に蹴りをいれた。陶然としていた夷戸は不意討ちに思わずよろけ、頭の中に描いていた美菜の像がふわっと煙のように消えた。

「またギラつく濡れた瞳で美菜さんを見ていただろ。この妄想家気質のスケベ野郎め」

「失敬な！」

夷戸は腰にかかった砂を乱暴に払うことで、否定の意をも表わそうとした。いや、本当のところを言えば、よからぬことを考え始めたところだったのだが……。

「おまえの恋路がどうなろうと知ったこっちゃないんだけど、何故だかおまえが恋愛をすると、むかつくんだよ。邪魔してやりたくなるんだ」

「やだ、サディスト！　それか、ただの下種《げす》野郎？」

「下種野郎だって？　美菜さん、それはないよ」

根津は大袈裟に顔を半分しかめた。

「下種は下種よ」

美菜が挑戦的な眼差しを根津に送る。

「下種野郎だって何だっていいさ。夷戸、おまえの恋路は百パーセント実らないね。俺は賭けたっていい」

根津の厳しい言葉を聞いて、夷戸は顔色を真っ赤にしたり蒼くしたりと目まぐるしく変化させた。そんな夷戸を、美菜は困ったような顔で見ている。美菜は砂色のスプリングコートの袖を意味もなくいじくっていたが、

「夷戸君を困らせて、ごめんね」

と、ぽつんと呟いて、俯いた。夷戸は言葉を返そうとしたが、うまい台詞が見つからなかった。

美菜の寂しげな言葉で、この人を守ってあげたいという騎士道精神にも似た感情を奮い起させられた。しかし、夷戸が自分に好意を寄せていることを重々承知していながら、このままつき合うことに美菜は躊躇しているらしい。夷戸は己の感情に一枚布を被せられたような、もどかしさを感じた。

夷戸はそんな気まずい時の癖で、無意識に胸ポケットの煙草を探った。そして愛飲の外国産煙草フロイドを一本取り出すと、火を点けた。フロイド――何といっても名前がいい、と彼は思った。かの偉大な精神分析家ジークムント・フロイトとは綴りは違うが、心理技術職を目指す自分にはうってつけだ――。

そのまま、三人は黙り込んだ。彼らの姿を警戒するように、高らかな笛の音のような鳴き声を響かせて、鳶が上空を旋回している。鳶は所々にぽってりと肉感的にも見える形状で浮かんでいる春の雲と戯れているようだった。その空へと、海と同じ色の蒼灰色の煙草の煙が立ちのぼり、溶け込んでいく。

彼らが黙り込んでから、三回目の波が打ち寄せた時、根津がおもむろに口を開いた。

「なんだよ、これじゃ俺が完全に悪者じゃん」

根津はそう言ってふたりを睨んでいたが、夷戸の吐き出す蒼い煙を邪魔臭いというように軽く払って、すぐに低く笑いだした。

「はいはい。ごめんよ、余計なことを言って。まあ俺がやきもちを妬いたってことにしといてくださいな。あんまりふたりが仲良さそうだったからさ。非紳士的行為、謝るよ。ダンディ根津にはあるまじき姿だった」

根津のおどけた姿に笑いをこらえきれなくなり、夷戸は思わず微笑した。そんなふたりを美菜は見比べていたが、美菜の顔もしだいに笑み崩れた。

三人が静かに笑っている間も、海はその裾飾りを砂浜へと送り続けていた。春にふさわしい、のどかな風景だった。海は平らかであり、砂浜も三人以外に乱す者はなく、空には鳶が高く旋回する――。駘蕩《たいとう》とした雰囲気に三人はのまれずにはいられなかった。

「セクシー夷戸も笑って許してくれたことだし、これで手打ちってことで」

根津は人差し指と中指を額にかざし、気障な敬礼のようなポーズを決めると、デニム地の肩掛け鞄から、薄緑色のカールスバーグの壜を取り出した。彼は壜を頬にあてて、冷たさを確認すると、夷戸と美菜に勧める仕草を型通り見せた。しかし、ふたりに断られると、遠慮なく王冠を歯で噛んで器用に抜き取って、グビリと立て続けに三口ほど飲み込んだ。

「ああ、昼間っから飲む麦酒は殊の外うまいな」

そしてもうひと口飲んでから、深々と満足げな息を吐き、

「まあ、夜に飲む酒はそれ以上にうまいんだな。正月に朝から飲む酒も、これまたうまい。結局のところ、酒はいつ飲んだってうまいってことだ。これ人生の真理なり」

「あんまり昼酒を飲むもんじゃないですよ。アルコール依存症のスクリーニング・テストでも、昼酒を飲んだことがある、って項目に該当したら、即、問題飲酒群の疑いあり、ですからね」

「ニコチン依存の夷戸に言われたくねえな」

「前に言ったように、根津さんと僕は、古典精神分析的には口唇期に固着があって――」

すると根津は麦酒が気管に入ったのか、しきりに咳き込み、それが結果的に夷戸の言葉を遮る

形になった。これから精神分析の講釈をたっぷりと垂れようと思っていた夷戸は、不服そうな面持ちになった。

根津は苦しそうに咳と笑いを一緒に咽喉の奥から押し出して、

「ほらほら、インチキ精神分析医の夷戸センセイの解釈が始まったぞ。そういえばな、おまえがあんまり精神分析だ、なんだというから、俺もフロイトの『精神分析入門』の文庫本を読んでみたんだ。非座学派で映像派の俺には、読破するのに退屈で骨が折れたがね」

「あの古典を読んでいないなんて！」

夷戸は呆れた声を出す。

「まあ、それはいいじゃん。で、読んでて、ある映画にふと思い当たった」

「ほう、それはなんです？」

興味をそそられた夷戸は問い返した。根津はもう一回大きく咳をしてから、

「俺が思い浮かべたのは、黒澤明《くろさわあきら》の監督デビュー作『姿三四郎《すがたさんしろう》』でさあね。現代における評価はいまひとつだが、俺はあれが好きでね。師匠役の大河内傳次郎《おおこうちでんじろう》も渋いし、月形龍之介《つきがたりゅうのすけ》も蛇みたいで気持ち悪いし、三四郎と対決してすっかり彼に惚れ込む志村喬《しむらたかし》もいい。ストーリーはふたりもなんとなく知っているだろう。時は明治、藤田進《ふじたすすむ》演ずる柔道家の姿三四郎という青年が、柔術一派との対決を通じて、人間的に成長していく話だ。何よりいいのは、月形龍之介との決戦前に、藤田進が対決の場である夜の野っ原で朗々と歌うんだよ。録音が悪過ぎて歌詞は聞き取れないん

だが、これが痺れるね。胸がスッとするような英雄的場面だね。藤田進は、三船敏郎《みふねとしろう》出現前の黒澤作品の看板俳優なんだな。で、その中で、こんなシーンがある」

根津は顎に手をあてて、勿体をつけた。

「志村喬演ずる良移心当流柔術師範、村井半助《むらいはんすけ》と警視庁の武術大会で三四郎は対決することになるんだが、その大会前に村井の娘の小夜《さよ》が、父の必勝を祈って、願掛けに神社に日参するんだな。で、ある雪の日、神社の入り口で小夜が下駄の鼻緒が切れて困っているところに、三四郎が行き会う。三四郎は手拭いを取り出し、鼻緒をすげてやるんだが、ここから問題の三カットがある。まず、三四郎の畳んだ傘が写る、その次に小夜の開いた傘を上から捉える、そして鳥居が写るんだ。さあ、これは何を意味しているか」

根津は普段夷戸が講釈する時のように、人差し指をグイと立てた。

「その仕草は僕の専売特許ですって。ええと、畳んだ傘、開いた傘、鳥居ですね。それは――」

と夷戸が得意げに解釈しようとしたところを、

「馬鹿、俺が精神分析をしてるんだ。おまえは引っ込んでろ」

と子供のように邪慳に制止した。精神分析の取り合いをする、というのも奇妙な状況ではあるが――。

「さてと、もうこれは形状で象徴解釈が容易だな。まず、三四郎の畳んだ傘は勃起した男根だ。開いた傘は、乳頭の形まで女の乳房にそっくりだ。で、鳥居は産道の入り口、女陰だな。つまり、この矢継ぎ早の三カットは、三四郎と小夜の性交を象徴的に表現しているんだ。どうだ、夷戸を凌ぐ名解釈だろ」

「お見事。僕が解釈しても、恐らくそうとしか言いようがないですね」

夷戸は感心して手を叩いた。ただ、気弱なくせに人一倍、衒学趣味を持つ夷戸としては、自分が解釈できなかったのが甚だ残念ではあった。

根津は拍子抜けした顔で、

「俺は、おまえの精神分析癖の陳腐さを皮肉ったつもりだったんだがな……。夷戸、おまえは案外馬鹿かもしれないな……。元はといえば、なんの話をしてたんだっけ？　そうか、依存か。まあ、人間はなくて七癖、何かしら依存しているものはあるもんさ。俺は酒、夷戸は煙草と精神分析、美菜さんは……なんだろ？　アレ？」

「アレって何？　なんかイヤラシイな！　あたしは独り立ちした健全な人間ですからね、依存とかそういうものとは関係ないって」

「あらら、これは失礼しました。なんなら、俺は今から船に乗って、ひとっ走り精神病院に行ってきたほうがいいかな？」

「それもいいかもしれないね」

「チェッ」

美菜と軽口を叩き合う根津を、夷戸は心底羨ましく思った。しかし、何でも心の中で思考実験をしてみてからでないと行動に移せない慎重派、というか臆病者の夷戸には、到底無理だろう。

「だけど、なんだか春の海は寂しいね。夏になったら、ここも賑やかになるのかな。壱岐島だったら、海水浴客もそんなに来ないかも」

そこで美菜は振り返り、両腿に掌を当てて前屈みになって、少女的な仕草を作った。

「海に行く、ってなったなら、子供の頃ならわくわくしたものだけど、この侘びしい海じゃあ、ちょっと、ね」

「ザッツ・ライト」

伸びかけの顎鬚をひねりながら、根津が頷く。

「それ、俺もわかるわ。ガキの頃なんて、アボリアッツがどこの国にある町かも知らなかったけれど、『アボリアッツ国際ファンタスティック映画祭グランプリ受賞！』なんて惹句を見ると、胸がときめいたもんな。こりゃ期待できるぞ、と。観てみるとガックリ、なんてことも多々あったがな。で、アボリアッツってどこにあるんだ？」

「知りません」

夷戸は冷たく答えた。そこで美菜への気の利いた言葉が浮かんだ夷戸は、満面に笑みが表れそうになるのを抑えつつ、

「美菜さん。夏の喧騒を、今この静かな春の海で想像してみるのがいいんですよ。ほら、あちらこちらに色とりどりのビーチパラソルが咲いていて、若者が寝そべって日焼けでもしている。子

供が波打ち際で砂の城をこしらえている。それを波が洗う……。ね、想像してみると、なんだかうきうきするような、それでいて侘びしいような、なんとも言えない趣がないですか？」

「老人みたいなこと言うなよ、夷戸。発句をひねる風流人になるには、何十年と早い。老成しすぎだっての」

根津は苦々しげに夷戸のスノッブめいた風流趣味を排撃する。

「あんたたち、発句もいいけど、これからどうするの？　せっかく壱岐の海岸まで来たんだから、美味しい海鮮でも食べに行く？」

「おやおや、やっぱり風流より食い気ですか。夷戸の想像主義なんかには目もくれないとさ」

根津はニヤつきながら、美菜を茶化す。美菜は心外だとばかりに膨れっ面になって、

「だってもうすぐ夕方じゃん。それとも、もうちょっと海岸を散歩でもする？」

言われた根津と夷戸は、改めて海岸を眺めまわした。無数の骨を砕いて敷きつめたような白い砂浜は、案外の広さだ。しかし、脆い砂の粒と対比をなした堅いひび割れた樹皮の老松の林があまり見られないのが、寂しいと言えば寂しい。ここに松林があったらもっと趣深いのにな、と夷戸は思ったが、すぐにそれではあまりに月並ではないだろうかと考え直した。浜の堤防側にはペンキの剝げたボートが幾つも並べられていた。砂浜に打ち上げられた海獣の骸といった趣だ。

「美菜さん、海鮮を食べに行くのはもうちょっと待ってよ。俺も行楽プランを考えてるんだからさ」

ボートたちに、優雅にさらりと手を差し伸べる芝居がかった調子で、根津は宣言した。

「行楽プラン？　これからどこへ行くの？　猿岩のほうまで廻る？」

根津は人差し指を振って、チッチッと美菜に軽く舌打ちし、

「俺たち三人が集まったからには、そんな平凡な計画じゃございませんって。ここにある船に乗って、探検に行こうというわけですよ」

「この船で？　勝手に乗ったら怒られるんじゃないですか」

夷戸は早くも気弱な声を出した。根津と夷戸は、無鉄砲な餓鬼大将とその子分のような関係なのだ。

「いいんだよ、乗っても。持ち主である島の酒屋の許可は得てあるんだし。酒屋のオヤジは自由に使っていいいって言ってたぜ」

根津は足許の、風防もついていない簡素な黄色いボートを顎でしゃくった。

「これなんかどうだ？　さっきから気になってたんだが、666号って書いてあるぜ」

船体の色も悪趣味だが、船名もヨハネの黙示録第十三章十八節に述べられた、悪魔を表す「獣の数字」から取られているのだ。悪魔趣味には目がない夷戸は、思わず目尻を下げた。

「666《トリプル・シックス》号か。いやあ、いい船だ」

「だろ？」

根津は怪しい忍び笑いをしながら、顎をさすった。餓鬼大将と子分は悪魔趣味を媒介にして繋

がっている。

「やだあ、縁起が悪い。沈没するんじゃないの、この船」

美菜は靴先で舷を軽く蹴って、あからさまに厭そうな顔をする。

「まあ、ボロっちいボートだけどさ、これで大海へと乗り出そうってわけ。どう、わくわくしてこない?」

そう言われて、美菜と夷戸は真顔で視線を合わせた。さすがに美菜は、根津主導の航海には、不安が募るらしい。夷戸も船名は気に入ったが、美菜と同じ思いだった。

「なんだよ、もっと喜ぶかと思ったのにな」

つまらなそうに根津が呟く。それはまさに餓鬼大将が拗ねているようだった。思わず美菜は噴き出しながら、

「わかった、わかった。ちょっとなら乗ってあげるって。ねえ、ボク、拗ねないの。で、どこへ行こうってわけ?　この辺りを一周とか、そんな感じ?」

「違いまさあね。あっちだよ、あっち」

すぐに元気を取り戻した根津は、彼方の沖合を指差した。先ほど根津が言ったように、「水また水」の光景が拡がっている。

「まさか、本当に遠くまで行こうってわけじゃないですよね」

なおも心中から不安が去らない夷戸は、オズオズと言った。

「いくら俺が無謀だからって、対馬とか釜山まで行こうなんて思っちゃいないって。ほら、あの島へ行くのさ」

根津の人差し指の先を夷戸が見ると、確かにそこには小さな島が浮かんでいる。燈台のような建物がある島だ。

「結構遠そうじゃないですか。僕、船酔いするんですよね」

夷戸が心細そうに言う。

「大丈夫、大丈夫。まあ三十分もクルーズすれば、着くと思うから。美菜さんは行くよね？」

「うん、まあ……。あの島くらいだったら、行ってもいいかな……」

あまり気乗りはしていないようだが、美菜は不承不承頷いた。

「よっしゃ、美菜さんが行くなら、夷戸も自動的に行くわけだ」

「どうしてそうなるんですか！」

「おやおや、夷戸センセイはボートにお乗りにならないと。センセイ、臆病者なのかなあ。美菜さんは勇ましく航海に乗り出すような、男気のある奴が好きだって言ってたよなあ」

そこまで揶揄されると、夷戸は引っ込みがつかなくなった。美菜に小心者と軽蔑されたくない夷戸は、ボートに乗る覚悟を仕方なく決めつつあった。

「行く……と思います」

「じゃあ決まりだな」

衆議一決とばかりに根津は断じた。嬉しそうな根津は、早速ボートへと走り、

「ようし、じゃあ波打ち際までみんなで押せ押せ押せ」

満面笑みを湛えた根津が、鋲だらけのライダースジャケットを脱ぎ捨てて号令をかける。夷戸は美菜と顔を合わせて苦笑いした。すっかりこの餓鬼大将のペースに乗せられてしまったようだ。

三人が力を合わせて艫《とも》から押すと、ずるずるとボートは砂の上を滑り始めた。根津は口笛を吹きつつ、足取りも軽い。

「あのさあ、こんなことを訊いちゃ悪いんだけど……」

息を弾ませてボートを押しながら、美菜が呟いた。美菜の額に栗色の髪がひと房垂れかかり、なんだか希臘《ギリシャ》神話に出てくる女神様みたいだ、と夷戸は横目に見て神々しい思いだった。こういう普段とは違う姿を見られるのだから、東京から遥々と壱岐の海岸まで来た甲斐があったと夷戸は内心考えた。

「根津君が行こうって言うくらいだから、あの島、ただの島じゃない気がするんだよね。何か曰く因縁があるんじゃない?」

するを根津は、ニューッと口の端を拡げ、

「よくぞ訊いてくれました。美菜さん、勘が鋭いね」

「ああ、もうやっぱり!」

ボートを押す手を止めて、美菜は嘆息した。

「そんなことじゃないかと思ったんだよなあ、やけに根津君が強く勧めてくるから」

「因縁とか怪奇譚がまつわる島に行かなけりゃ、面白くないだろうに」

「怪奇譚って、何よ。聞いてあげる」

美菜は船縁に尻を乗せ、どんと足を組み、さあ来いと身構えた。そんなお侠《きゃん》な格好をすると、弁天小僧菊之助といった趣もある。夷戸も手の砂を払い、美菜と微妙な間隔を取って心理的な距離を表現しつつ、並んで腰をかけた。

「いやいや、大した話じゃないんだが、知らざあ言って聞かせやしょう。あの島の名前、知ってる？」

「知るわけないでしょ！」

美菜は腕組みして根津を睨んだ。

「そうプリプリしなさんなって。あの島の名前はチョウゲツトウって言うんだ」

「ちょうげつとう？」

夷戸と美菜は同時に声を発した。夷戸は咄嗟に「ちょうげつとう」に当てはまる漢字が浮かばなかった。根津は、にやりと笑う。

「そう。弔うに月に島で、弔月島《ちょうげつとう》。不思議な名前だろ？　その名前は、ある海洋綺譚に由来しているのでございますよ」

根津はどっかと砂の上に腰を下ろした。そして何やら厳粛な面持ちになり、鞄からもう一本、

カールスバーグの壜を取り出した。ひと口飲み込むと、

「これが夜で、焚火を囲んでの話だったら、まるでさっき言った『ザ・フォッグ』のオープニングみたいなんだが」

と勿体ぶって、わざと話をはぐらかす。怪奇趣味が何より好物な夷戸は、じれったくなり、

「で、その海洋綺譚ってのは、なんなんです？」

根津は「フフッ」と鼻で笑うと、もう何口か麦酒を飲んだ。咽喉の奥に麦酒を送り込んで味わいを深めながら、「そう急くな」とでも言いたげだ。夷戸と美菜は聞き手の役回りに完全に嵌り込んでしまい、根津が語りを始めるのを待つしかなかった。根津はおくびをひとつ放つと、おもむろに語を継いだ。

「あの島も、元からそんな変な名前だったわけじゃない。昔は『伴天連島《ばてれんじま》』と呼んだそうだ。それが、江戸時代の徳川家光の頃かな、不思議な名前へと変わったんだよ」

根津はもうひとつおくびを出すと、

「あの島には、江戸初期まで隠れ切支丹《キリシタン》の小さな集落があってね。僅かな数の島民が、ひっそりと基督《キリスト》と麻利耶《マリヤ》様を崇拝していたんだ。だが、ちょうど天草の乱の頃、隠れ切支丹狩りが起こった。島民を捕えようと、大勢の役人が島へと押し寄せたのさ。島民を蓑踊りか磔刑に処そうとね。だが、危機を察した島民は武器を取って、激しく抵抗の構えを見せた。そして役人の隙を衝いて、夜陰に乗じて船で島を脱出しようとしたんだ。だがな、伴天連島のさらに沖合百メートルくらい

のところには、岩礁があってね。ラヴクラフトが書いた『インスマスを覆う影』って小説は知ってるかな。あれに出てくる、悪魔の暗礁みたいなところさね。普通に海面だけを見ているとわからないんだが、その下には、奇怪な形をした岩が突兀《とっこつ》として、その身を横たえている。島民を載せた船は慌てたあまり、暗礁に乗り上げてしまったんだ。ガツン！　とな」

　と叫んで、突然根津は掌と拳を打ち合わせて、大きな音を出した。美菜と夷戸は思わず、びくりとした。

「岩礁で船底は破損し、難船した。船底からどんどん海水が流れ込んでくる。あの辺りは岩礁の関係か、潮が渦を巻いているらしいんだ。先を争って海へ飛び込んだ島民たちは、なんとか泳いでいこうとしたが、駄目だった。ほんの近くに伴天連島があるけれど、武装した役人がいるから、戻るに戻れないしな。そうして、島民は次々と潮に巻かれた……。そりゃあ凄惨な場面さ。溺れる者は、別の溺れる者の腕やら足を摑み、半狂乱で浮かび上がろうとするが、まるで磁力に吸い寄せられるように、渦の中心へと引きずり込まれる……」

　春の陽は、早くも西へと傾きかけている。夕凪に入ったのか、風はそよとも動かない。相変わらず、浜辺には三人以外の人影はない。今まで穏やかだった波打ち際は、急に荒涼とした景色になったように夷戸には思われた。

　難破船、砂浜に乱れる足跡、溺れ泣き叫ぶ女子供——夷戸の眼前に幻影がたゆたうように現れた。幻視、幻嗅、幻触と、何かの拍子に様々な幻覚を自らに引き寄せるのが、夷戸に備わった一種の特殊な才能だった。それは精神の平衡がいまひとつ保たれていない、ということの証左となるのかもしれなかったが。自己の内面の闇を解明したい——そういう動機も異常心理学を専攻することを選んだ理由のひとつだった。

聞き手ふたりが蒼褪めた顔で話に釣り込まれているのを見ると、根津は満足そうに酒臭い息を吐いた。

「おおい、助けてくれえ、助けてくれえ……。海上にこだまする島民の叫び声。しかし、その声も虚しく、彼らは渦の中へと、ひとり、またひとりと飲み込まれていく。壱岐の海岸に住んでいる漁村の人々も、助けに出ようとしたが、もうこうなるとなす術がない。指をくわえて見ているしかなかったそうだ。こうして島民は全員溺れ死んだ。いや、死んだんだろう、ってことになった」

「だろうって？」

美菜が問うと、

「不思議な事に、難船に巻き込まれた島民の誰ひとりとして、浜に打ち上げられなかったからさ。海がすべて、ぺろりと平らげてしまったようにね。で、その晩の月は、犠牲になった島民たちの血を啜ったかのように、紅く無気味な色をしていたらしい。まあ、現代的に言えば、空に漂う瓦斯か何かの関係で、そう見えるんだろうけどな。壱岐の海岸の人々は、そんな月を〈弔い月〉と呼んで、恐れた」

「それで終わりですか？」

と、夷戸がごくりと唾を呑むと、

「いやいや、話はこれで終わりじゃない。それから一週間ほど経った早朝だった。その朝、月が隠れようとする頃、朝焼けの加減でそう見えたのかな、また弔い月が姿を現した。弔い月を見た壱岐の漁師は、恐れながらも、ふと何か予感するものがあった。そこで、伴天連島へと船を寄せてみた。漁師が浜へと船を漕ぎ寄せてみると、浜辺に何かぶわぶわした白いものが幾つも打ち上げられ、それに夜光虫がたかり、ぼんやりと夜明けの薄闇に光っている。一帯には、凄まじい異臭が漂っていた。恐る恐る漁師は浜辺へと近づいていった……」

「し、屍体？」

夷戸が言うと、根津は重々しく頷き、

「そう。浜辺には、波に洗われ、魚の餌になったせいで、ぼろぼろにふやけて爛れた溺死体が幾つも幾つも打ち上がっていた。今までいくら探しても見つからなかったのにな、夜光虫に取り巻かれて、浮き上がるように、ぼんやり光ってな。歯の根の合わなくなった漁師は、腐肉がズルズルと頭蓋骨から剝がれ落ちた溺死体を後に、逃げ出そうとした。だが、グッと足首を摑まれた。漁師が恐怖に駆られて足許を見ると、ほとんど骨ばかりになった溺死体の手が、足首を摑んでいたんだ。そうして、唇の肉が剝がれ、歯茎が露出した溺死体の口から、声が聞こえた。『戻ってきたぞ……』とね」

「もうやだあ」

美菜は半分べそをかいたように顔を歪めた。

「屍体愛好癖《ネクロフィリア》な物語だな……」

夷戸も、ふうっと溜息を吐く。

「急報により駆けつけた役人たちは、甦った島民の屍体もろとも、この島をすべて焼き払った。で、あの島は誰が呼びだしたか、弔月島と呼ばれるようになり、漁師たちから忌み嫌われるようになったんだ。そして弔い月が昇る時は、必ず海難事故などの不吉な出来事が起こると言い伝えられているわけさ」

根津は話を締め括り、にんまりと笑った。

「そんな島へ、これから行こうって言うわけ？　勘弁してほしいって。ねえ、夷戸君もそうでしょ」

「僕は――」

そこで夷戸は言い澱んだ。怪談話に目のない彼は、自分が小心者なのも忘れて、ちょっと弔月島とやらに行ってみてもいい気がし始めていたのだ。さっき根津が語った映画『ザ・フォッグ』のように、夜になったら難船の犠牲者たちが、この海岸へ海藻が絡みついた足をぬらり、ぬらりと引きずりながら現れたら、どんなに面白いだろう。そんな連想を起こさせる力が、根津の語りにはあった。さすがホラー雑誌編集者をしているだけあって、根津に怪談を語らせるとなかなかのものがある、と夷戸は思った。

それに夷戸は、〈弔い月〉という言葉にも魅了されていた。まるでノルウェー・ブラックメタル界の重鎮バンド、Darkthrone の名曲“Under A Funeral Moon”を思い起こさせる、鬼哭《きこく》啾啾《しゅうしゅう》たる呼称だ。詩的で、それでいて禍々しい。弔い月には冥府の神の持つ鎌のような三日月が似合うだろうか。それとも、獲物を狙う獣の眼のように見える、満月がふさわしいだろうか。

そんなことを考えながら自然と微笑が湧き出していた夷戸の表情を見ると、美菜は溜息をついた。

「はいはい、夷戸君もすっかり根津君の怪奇趣味にあてられちゃったわけね。じゃあ、あたしだけここで待ってるからさ、行っといでよ。陽が暮れるまでに帰ってきてね」

「何を言うんだよ。美菜さんが行かなけりゃ、面白くないじゃないか」

根津は悪戯っぽく低い声で笑った。

「あたしは、もうこれで充分面白いです」

素っ気なく美菜はあしらう。すると、根津は掌をひらひらと振って、

「わかってないなあ。肝試しに不可欠な要素って、なんだか知ってる？　怖がり役さ。ワアとかキャアとか言ってくれる人がいないと、全然つまんないわけ」

「夷戸君がいるじゃん」

「こんなむくつけき男に怖がられたって、全然面白くないよ」

「あたしはヤダ！」

美菜は膨れっ面になって、根津に靴先で砂をかける。根津は立ち上がって、飛んできた砂を避けると、人差し指を伸ばして美菜の頬を押した。美菜の口から、プッと空気が漏れる。そんなことを何の衒いもなくできる根津に、夷戸は嫉妬心の熾火をかき立てられた。自分は美菜の手に触れるのさえ、びくびくものなのに。根津とじゃれる美菜を見て、夷戸はちょっといじめたくなった。美菜を弔月島へ連れて行って、存分に怖がってもらおう。

「美菜さん、行ってみようよ。ちょっと面白そうじゃない？　岩礁まで行かずに、弔月島へ行くだけだったら、危険もないだろうし」

「ああ、裏切り者め！」

美菜は両手を腰にあてて、夷戸を睨んだ。

「それに、弔月島にはなんだか建物があるじゃない。あれ、燈台じゃないの？　行ってみたら、燈台守の人に怒られちゃったなんて、あたし厭なんだけど」

「大丈夫、大丈夫。ありゃあ燈台じゃないんだ。隠れ切支丹の島民が滅んでから、ずっと弔月島は無人島だったんだけど、明治に入って島民の血を引く長崎の金持ちが買って、別荘を建てたらしい。信仰が同じで、切支丹の島民を偲んでのことだそうだが。で、その子孫が二十年かそこら前に、何か事件を起こしたらしいが、壱岐の地元民もよく知らないって、さっきボートを貸してくれた酒屋で言っていたなあ。今は、ほとんど壱岐の人とは交流がないそうだ。だから、海上からしばらく島を眺めて、犠牲になった島民たちに思いを馳せて、それで終わりってことにすれば、何も危険はないって」

もうなんとか美菜を連れて行こうと、根津は半ば強引になってきた。三人で島廻りをできたら、いい春休みの思い出になるな、と夷戸も期待し始めていた。

美菜は、盛んに誘いをかける根津と、消極的に期待を胸に忍ばせる夷戸とを等分に見比べていたが、やがてもう一度、大きな溜息をついた。

「わかった、わかったわよ。行けばいいんでしょ。でも、危なくなったら、紳士ふたりがちゃんと助けてね」

「そうこなくちゃ、美菜さん。ダンディ根津と、セクシー夷戸にお任せあれ」

根津は喜びに手をこすり合わせた。夷戸も心の中でほっとした。これで、美菜との楽しい思い出がまたひとつできる。壱岐島に来てよかった、と思った。そんな思いを悟られないように、努めて平静を装いながら、

「じゃあ、話が決まれば、早速船を出しましょうよ。日が暮れちゃいますよ」

と、夷戸はぞんざいに言って、船縁から立ち上がった。さりげなさを装ったにしては、少しぎこちない動きだったのが、玉に瑕だったが……。

「おやおや、急に元気になったな、夷戸」

目敏く夷戸の変化に気づいたらしい根津が、苦笑いする。根津とは、つき合いが長いだけに、

すぐに心の中まで見透かされてしまうのだ。

根津も時間が気になったのか、にやにや笑いをすぐに顔から消した。尻についた砂を払い、ふたりにもう一度艫からボートを押すように無言で指し示した。すっかり船長の顔つき、というより船乗りごっこで船長を気取る子供の顔つきだ。そして、

「よし、いざ行かん、弔月島へ！」

と、打ち寄せる波の彼方を見晴るかし、ひと際力のこもった声を張り上げた。

## 一　暗鬱なる島へ

三人がモーターボート６６６号の重みと砂浜がもたらす摩擦力と格闘した結果、ボートはたっぷり十分かかって波打ち際まで引きずられて来た。

「ああ、疲れた。こりゃ、遊び終わって砂浜にボートを返すのも、ひと苦労だろうな。ちょっと燃料注入休憩をしてもいいかな」

早くも息が上がった根津が、情けない声で呟き、バッグから麦酒を出そうとした。

「いまさら泣き言垂れないの。麦酒はさっき飲んだでしょ。ほら、もうひと押し」

と、美菜が力を込めて押すと、ボートはざぶんと海中へ躍り込んだ。

「さすが美菜さん、剛力の持ち主」

根津が茶化すと、

「あたし、これでも柔術黒帯だからね」

と美菜は右腕に力瘤を作る真似を見せた。夷戸は揺れるボートに一番に乗り込む。その頭へ、すぐさま根津の手が飛んできた。

「バカ、おまえが一番に乗ってどうするよ。一番乗りは船長の俺だろ。まったく、独りっ子はこれだから困る」

「はあ、すみません」

ひょっこりと頭を下げる夷戸を尻目に、根津が船縁を跨いで乗り込み、どっかりと船尾に腰を下ろした。

「夷戸、美菜さんを乗せてやれ」

もう船長気分なのか、胡坐をかいた根津が命令する。夷戸は美菜へと手を差し伸ばすと、もう条件反応的に顔の血管に血液がどっと送り込まれて紅潮した。美菜はそんな神経症的、というより童貞的な夷戸の顔のことにはあえて触れず、

「ありがと。夷戸君は紳士だね。どこかの誰かさんと違って」

しかし、根津はエンジンを覗き込むのに夢中なのか、わざと聞こえないふりをしているのか、答えない。美菜が乗り込むと、ボートはまたゆらゆらと左右に揺れた。

「ここら辺をいじれば、エンジンがかかるはずなんだが……。夷戸、おまえ、ボートの動かし方わかるか？」

「あいにくスワンボートしか乗ったことがなくて……。クルーズに誘ったくらいだから、根津さんは船舶免許を持っているんじゃないんですか？」

「いや。昔、オジキにひと通りモーターボートの動かし方くらいは習ったが、免許は持ってない」

ふたりを不安がらせるようなことを、根津は素っ気なく言う。

「大丈夫？　また無茶して。それに燃料は入っているの？」

「大丈夫だよ、美菜さん。雀百まで踊りを忘れず、ってね」

と、根津が軽口を叩いた途端、エンジンがけたたましい音を立てて動き出した。

「よしよし、俺の神の手にかかると、なんとかなるもんだな」

根津が頷きながら、何かのレバーを探ると、６６６号はゆっくりと前進し始めた。塩を含んだ海の空気が船首にいる夷戸に当たって、左右に分かれながら流れ始める。

「おお、結構気持ちいいね」

夷戸が美菜を振り返ると、真ん中に乗った美菜は、にっこりとえくぼを作って歓声を上げた。

エンジンの耳障りな音は、しだいに調子を高めていた。それにつれて速力を増し、波を蹴立てて６６６号は海上を疾駆する。時々波に乗り上げて船体が大きく上下するのが、夷戸の胃に不快な感覚をもたらした。ここで煙草を吸い始めると、なんだか気分が悪くなりそうだ。「結構気持ちがいい」と感想を述べてから、まだ五分も経たないうちに、夷戸は心細そうな声を出した。

「あの……」

「え？　なんだって？」

エンジン音がうるさく、夷戸の声は船尾の根津には聞こえにくそうだ。

「あの！　僕、船酔いしないでしょうか！」

「知るかよ、そんなこと！　おまえの三半規管に聞いてみろ！」

根津は大声で笑った。根津が取り合ってくれないものだから、夷戸の胸中には不安の芽がむくむくと頭を擡げ始めた。

「僕、中学生くらいの時に、家族旅行で中禅寺湖に行って、遊覧船に、ほんの十五分くらい乗ったんですが、今にも船酔いして嘔吐するんじゃないかと気が気じゃなくて、景色を眺めるどころじゃなかった苦い思い出があって……。僕、嘔吐恐怖症なんですよ」

「その頃からなんだね、神経症的なのは。夷戸君、気苦労の多い人生だったんだね」

美菜は気の毒そうに夷戸の顔を見た。夷戸は恥ずかしさで耳朶まで真っ赤になった。余計なことを言うんじゃなかった、と後悔した。美菜は彼のことを、情けない、男らしくない、精神が脆弱で病的な人間だと思っているに違いない。夷戸は、きまりの悪さでなんとなく目が潤んできたが、やけくそ気味に声を張り上げた。

「でも、今日そうなったら、海に飛び込んで泳いで帰るんで、大丈夫！」

「その意気、その意気」

根津が苦笑しながら頷いた。夷戸は嘔吐への恐怖から気を逸らそうと、船縁を指で叩いて数を数え始めた。そんな神経過敏な動きを見せる夷戸の指先に、美菜はそっと手を置いて、

「潮風を切って走るなんて、本当に気持ちいいよね。夷戸君も余計なことを考えずに、この風を楽しむの。ボートと一体化するの。そうしたら、船酔いなんてどこかへいっちゃうって」

夷戸は温かく柔らかい美菜の掌の感触で、不安の芽が急速に萎れていくのを感じた。夷戸は、やや強張り気味ながらも笑みを浮かべて、美菜を見た。美菜は優美にウインクを返してくれたので、夷戸の胸中の不安の芽はもう枯れる寸前まで漕ぎつけた。美菜は夷戸から手を離すと、頭の上へ差し上げて、深呼吸する。美菜の栗色の髪は、潮風になぶられて後ろへと流されていく。美菜の慰めの言葉に、この人は自分をわかってくれている、と改めて夷戸は実感した。やはり、僕が好きになった人だ。僕の目に狂いはなかった——。

美菜はスプリングコートの襟をかき寄せた。気温が下がり始めているので、寒くなったのだろう。夷戸もシャツのボタンを留めた。根津だけはライダースジャケットを肩に掛けたまま、上機嫌でギネス麦酒を飲んでいる。

上空では鷗がくるくると回りながら、ボートの航路を追いかけていた。もう弔月島は大分近づいてきている。

「海を疾走しながら、うまい麦酒を飲む。ああ、魂の洗濯だな。な、来てよかっただろ?」

根津は得意げだ。それに答えるように、鷗が物悲しい声で鳴いた。美菜は空を見上げ、飛び回る鷗に気づいた。

「ああ、鷗《かもめ》もついてくる！　海豚《いるか》とかもいないかなあ。見られたら最高なんだけどな」

「美菜さん、海豚とか好きなの？」

「海豚を嫌いな人いるの？」

美菜は愚問だとばかりに、根津に反問する。これだからいけねえ、という風に根津は首を横に振り、

「俺は海豚も鯨《くじら》も鯱《しゃち》も嫌いだね」

「なんで？　可愛いじゃん」

「だからだよ」

根津は鼻でせせら笑った。

「外国人が、ああいう類の水棲哺乳類は可愛いとか言って、やたら保護するだろ。しまいには、他人の国の文化にも口出しして、鯨は食うな、海豚は殺すなと言ってくる。べらぼうめ。だから俺は嫌いなのさ。ああいう動物はとっ捕まえて、食っちゃえ食っちゃえ」

「僕も鯱は嫌いですね」

根津の過激な意見に、珍しく夷戸が同調した。

「小さい頃、テレビの洋画劇場で、『オルカ』とかいう映画を家族で観たんです。確か子供を殺された鯱の親が、人間に復讐する話だったと思うんですが、それが怖くて怖くて、今でもトラウマになってますよ」

「エライ！」

根津は粗い木の板が並べられた船底を叩いて感心した。

「おまえ、『オルカ』を知っているのか。そいつは見上げたもんだ。うむ、元来動物と人間なんて、食うか食われるかだからな、あいつらと友達になんかなれっこないね。『オルカ』を推す夷戸は百点、美菜さんはどうせ『フリー・ウィリー』とか観て感動してそうだから、零点」

「零点で悪かったね」

美菜はプイと横を向いた。その時、美菜の髪が夷戸の顔のほうへたなびいた。なんだか甘くてそれでいて爽やかな香りがした。夷戸は胸の奥が痛いような、締めつけられるような感じを覚えた。

弔月島への航路は、もう三分の二くらいのところまで来ていた。なるほど、島には、灰色の混凝土《コンクリート》でできた燈台然とした建物が聳えている。美菜の香りで鼻孔をくすぐられながら、夷戸は波のせいで上下するように見える建物を眺めた。定まらない視界越しに建物を見ていると、またぞろ船酔いへの不安が萌してくる。しかし、その建物をよく見ていると、普通の燈台とは違うことに夷戸は気づき、船酔いへの不安は異なる不安へ変転した。

「美菜さん。何だろう、あの不思議な建物は」

「え？」

波に揺さぶられながら、美菜は遠くを見遣った。美菜の瞳には、深緑色にも近い海の色が映っている。その蠱惑的な瞳をちらりと見ながら、夷戸は建物を指差した。

「確かに燈台には似ているけれど、人間を安全に導くものじゃなく、何か悪魔的な感じがする塔っていうか、歪《いびつ》で arrogant《尊大》な雰囲気が伝わってくる。まるで来る者すべてを拒むようにね。別荘にはおよそ不向きな雰囲気だ。平和に滞在する人々のイメージがまったく湧かない建物だね」

島へと上陸すれば、住人に怒られてしまうのではないか――夷戸は悪戯が見つかりやしないかと怯える子供のような気持ちになった。そういう間にも、船と弔月島は刻々とその距離を近づけていた。しだいに建物がはっきりと見え出した。島に聳えるその塔は、四層からなっているらしい。窓が縦に四つ並んでいる。そして屋上にあたる部分には、何やら薄紅色の塊がぼんやりと見えた。

「怒られちゃうかな……」

美菜は警戒の色を顔に浮かべた。根津も強硬に冒険を続けようとは言わず、ボートを減速させた。波によるボートの上下動は少し収まった。666号は、低いエンジンの音を立てながら、するすると島へ近づいていく。それがなんだか磁石で引き寄せられているような怪しい動きに、夷戸には思われた。ボートはこの奇態な建物を持つ弔月島へと、目に見えぬ怪異な力で導かれているのではないか――そんな妄想めいた方向へと夷戸の考えは傾いていった。

「船着場がある」

美菜の声に、ふたりは島の正面を見た。確かに、船着場が海へと張り出していた。その木製の桟橋や欄干には、白いペンキが塗られているが、ところどころ剝げ落ちて荒れた雰囲気を醸し出している。そして桟橋から石段が四段ほど続き、建物へとつながっていた。そこには潮風に吹かれたためか赤錆を吹き、鋲が打たれた頑丈そうな鉄製の扉があった。根津はおもむろにエンジンを止めた。

「よし、と。じゃあ、ここからちょっとだけ弔月島を見物するかな。隠れ切支丹一族の最期に思いを馳せようぜ」

夷戸の視線は建物に釘づけになっていた。奇妙な建物に思えるのは、不安定に揺らめくボートの上から見ているせいだけではないだろう。

混凝土の異様な塔は天を摩するように屹立していた。扉のところから十メートルほどの長さの屋根のついた玄関部があり、建物本体に続いている。その玄関部の上は露台《バルコニー》になっていて、混凝土製の欄干には色とりどりの花をつけたゼラニュウムの鉢が飾られていた。そして屋上部に見えた薄紅色の塊は、季節より早く咲いた染井吉野《ソメイヨシノ》の樹だった。その樹冠が、まるで傘のように塔の天辺を覆っている。

しかし、華やかなのはその二点だけだった。分厚そうな鋼鉄製の扉といい、堅牢な混凝土の壁といい、燈台というよりまるで海上要塞のように見えた。海上の建造物にふさわしく、窓は船室についているような眼窓で、金属の枠が円形に硝子を囲んでいる。建物は陸地部分のほとんどを占めており、漁師が甦った屍に襲われたという浜辺は、わずかな面積しか残っていなかった。

華やかな染井吉野の樹と対照的に、装甲を思わせる単調な色彩の塔を見ていると、調子が乱されるようで、夷戸は違和感を覚えた。

「不思議……」

美菜がぽつりと呟いた。夷戸は煙草を銜えながら、思わず唸った。この建物にふさわしいのはどんな住人だろう。紺色の軍服を身につけた、とうに滅んだはずの帝国海軍の生き残りだろうか。まさかここで、ヨットパーカーを着てサングラスをかけた赤銅色の肌をした海の男が、晴れた日にはヨットを操り、嵐の日には読書に勤しむような、悠々自適の生活を送っているとは、とても思えない。

「まるでトーチカだな。堅牢この上ない建物だ」

根津が当然の感想を漏らした時、鋼鉄製の扉が不快な軋みをたてながら、ゆっくりと開かれた。

「誰か来たよ！」

美菜が鋭い調子で囁いた。ボート上の三人は、悪戯を見つけられた子供のように、気まずそうに顔を見合わせた。

中からは三人の男が現れ、扉口に立ち止まった。そのうちふたりは三十歳前後の、濃紺色の燕尾服に灰色の縞ズボンというお仕着せを身につけた、従僕のような身なりの男たちだ。ひとりは鶴のように長身痩軀で、顔の若々しさとは不釣り合いな銀髪を総髪にしている。両の眼《まなこ》は猛禽類を思わせる兇暴さを内に秘めた妖しい光を放っていて、その上にある細い眉も銀色だ。鼻の下には薄い白髭を八の字に生やしている。

もうひとりは、銀髪の男よりは年若らしい。でっぷりと太っていて、不健康な水膨れをしたような感じだ。坊主頭で、蒼白い下膨れの顔に眠ったような一重の目がついている。頬だけが不自然に赤い。眉間には特異な三角形の皺があり、神経精神科医フェラグートが報告した、重度の鬱病患者に見られる「フェラグートの皺」を思わせる。

ふたりの後ろには、紺の三つ揃いの背広を着た五十がらみの男が、ニタニタ笑いながら立っていた。胡麻塩頭に青々した濃い髭の剃り跡、四角張った顔が、精力的な印象を催させる。胴衣からは懐中時計であろう、金鎖がちらりと覗いていて、これで中折れでも被っていたら、大正期に書かれた小説の登場人物を思い起こさせる時代錯誤な出で立ちだ。

島側の三者と、ボート上の三者は、しばらく無言で視線を交錯させていた。夷戸が送る視線は、波の揺らぎにつれて、ゆっくりと上下左右に動いている。こちらから先に視線を切ってはいけない――そう夷戸は直覚した。こちらが目を離せば、それだけ夷戸たちの狼狽を明らかにしてしまうようだったからだ。

すると、島側の三人のほうが先に視線を外し、石段のところまで進み出てきた。銀髪の従僕然とした男が、左手を挙げて、「こっちへ上がってこい」というように、親指を除く四指を前後させた。右手は背中のほうへまわしている。

「おい、どうする？」

根津が視線を島の三人から外さぬまま、美菜と夷戸に囁いた。

「怒られるのは厭だからね、あたし」

「怒りはしないでしょ。別に俺たち何もしてないんだし」

「でも……」

根津と美菜の遣り取りをよそに、夷戸は島の人々に、ひとりずつ視線を合わせていった。銀髪の男は目を見開いたまま、視線を素早く夷戸へ合わせた。しかし、まるで使い慣れぬカメラのピントをなかなか合わせられないように、その焦点はおぼつかなげに見える。夷戸の両眼、鼻、肩、胸へと銀髪の男の視線は漂う。島側にいる銀髪の男のほうが、波に揺られているようだ。肥満体の従僕は、目が見えているのかいないのか、まるで眠る蝦蟇蛙《がまがえる》のように押し黙っている。もうひとりのアナクロな伊達男は、相変わらず人を小馬鹿にしたようなせせら笑いを顔から消さない。

「ちょっと、本気？」

「仕方ない、島へ上がるか」

根津と美菜が素早く囁き合った。

「しょうがないじゃん。来いって言ってるみたいだし。いくらなんでも手荒な真似はしないだろ」

と根津は言うが早いか、美菜と夷戸の反論も聞かずに、ボートのエンジンをもう一度起動させた。タタタと軽快なエンジン音を立ててボートはゆっくりと前進し、白ペンキで塗られた船着場の柱にこつんと突き当たった。夷戸はガクンと前へのめった。

ボートの三人は、誰が先へ島に上がるかと、視線を忙しくそれぞれへ動かした。先陣を切るような勇気は夷戸にはない。となると、根津しか適任はいないだろう。美菜も「早く行け」とばかりに根津の尻を突ついている。普段はライヴ中の観客との乱闘を得意げに語り、豪胆さを鼻にかける根津も、今回ばかりは気後れしているようだった。しきりに己を指差して、戸惑いを表現している。しかし、覚悟を決めたのか、

「さあて、本日はお日柄もよく――ってもう夕方ですが。初めまして。あなた方はどちらさんです？　というか、俺たちこそがどちらさんという感じですが……。俺はホラー雑誌『ファンタズマゴリア』編集者の、根津ってもんでね」

何だかわからない挨拶の言葉を述べながら、根津は船着場に足をかけて、よいしょと上陸した。彼の言葉を聞き、銀髪の男の眼光に、途端に刃のような鋭さが増した。弔月島の人々に対する不安が漣立って腹の底から四肢へと分散し、夷戸はなかなか最初の一歩が踏み出せなかった。しかし、こういう時の根津は無謀であっても頼もしいと経験的にわかっているので、彼に従うことにした。燕尾服など大時代的な服装をしている島の人々も、話してみれば悪い人ではないかもしれない。夷戸は美菜に手を貸して、不安定なボートから、船着場に乗り移った。

「ど、どうも」

緊張する咽喉をうまく操れずにどもりながら、夷戸は挨拶した。何と言ってよいかわからない。弔い月だの、悪魔の暗礁だのを見にきたと言ったところで、わかってもらえるかも不明だからだ。

「参ったな……」

夷戸は頭を掻いて、根津と美菜を見た。もしかしたら、この三人には日本語が通じないのではないか——そんな考えもちらと夷戸の頭の中を掠めた。見たところ、三人とも顔は東洋人のようではあるが。弔月島の燈台のような奇妙な建造物に住む、謎の異国人——そんな小説めいた文句が頭に浮かんだ。

銀髪の従僕は急に夷戸から視線を切った。と、銀色の糸が纏わりついたような細い片眉を押し上げて険しい表情を作った。

「編集者？　では、私たちの秘密を探りに来たのか、あなた方も……」

彼はぶつぶつと独り言を呟きながら、石段を降りて船着場へと進み出てきた。

「秘密を探る？　いやいや、天候もいいし、ちょっと壱岐島周辺のクルーズと洒落込んだんですけどね。この島へ偶然迷い込んじゃって。この燈台みたいな建物にお住まいの方々ですか？」

根津は朗らかに問いかけた。三つ揃いの男は何がおかしいのか噴き出して、青々した顎をさすりながら横を向いた。従僕のような痩せと、太ったふたりは、言葉を交わさずに、頷き合った。

何をふたりで合点しているのだろう。夷戸の胸中に不安が蟠り始めた。

銀髪の男は、つかつかと根津に歩み寄ると、左手で根津の肩をがっしりと摑んで囁いた。

「今すぐ帰るのです。秘密を嗅ぎ回る前に、帰るのです……」

しきりに銀髪の男は帰るように促すが、根津の方は捉えられているので、彼は少しも動くことができない。言葉と動作の矛盾は、まるで「このまま帰るとひどい目に遭わすぞ」と奇妙な形で脅迫しているようだった。

「てめえ、何しやがる」

一瞬は呆気に取られた根津も、すぐに反撃に出る。

「俺たちはただ、クルーズに来ただけだって――」

「帰れッ！」

銀髪男は叫ぶと、隠していた右手を前へ持ってきた。

「ああッ、やめろ！」

根津が逃げ出そうとするのと、銀髪の男が両手に持ち替えた鶴嘴を振り上げたのが同時だった。

「この〈ぢゃぼ〉め！　秘密を嗅ぎ回るのなら、こうなるぞ！」

鶴嘴を持った男は、金切り声をあげた。慌ててすがりつこうとした夷戸の制止も虚しく、鶴嘴は全身の力を込めて、ボートの船底へと振り下ろされた。鈍い音がして、船底に鶴嘴の先が突き立った。刺さった鶴嘴の周りから、途端にジクジクと海水が湧き出してきた。

太った男は、耳を塞いで元から細い目をさらにしっかりと閉じた。彼の肩は、チック症のようにしきりにぴくぴくと不随意に上げられている。銀髪の男は無表情に還り、あたかも言いつけられた作業を冷静に遂行するように、もう一度鶴嘴を振り上げ、船底を貫いた。彼の髪の毛は振り乱され、絹糸のように見えた。

「ああ、666号が……」

根津は両手を頭にあて、茫然と船底に海水が溜まっていくボートを見つめていた。夷戸と美菜は四肢を硬直させたまま、銀髪の男を呆気にとられて眺め回した。この男たちは何者なのか、もしかしたら異常者なのか――？

自分たちは危険な住人が住む孤島へと上陸してしまった、もう誰も助けてくれない、後はこの鶴嘴で滅多打ちにされて殺されるのだ。先ほどまでの漠とした不安に変わって、そんな現実味を帯びた恐怖感が、夷戸の軀を重い液体のように浸蝕した。恐怖感は夷戸の声帯を痺れさせ、叫び声を放つことも許さない。美菜にどう思われるかなど忖度している余裕はなく、できることなら臆面もなく夷戸は絶叫したかった。「お母さん、助けて！」と。

銀髪の男は、今の行動が身体に堪えたのか、俯いてしばらく肩で激しく息をしていた。銀髪がざんばらに顔の上に落ちかかり、ぽたり、ぽたりと汗が顔から滴る。そして、何がおかしいのか、独りでくすくすと笑いながら、また何かぶつくさ言っている。独語と空笑――夷戸はこのふたつから、銀髪の男に明らかな精神異常の徴候を嗅ぎ取った。

銀髪の男は、ようやく顔を上げた。妖しい衝動がやっと心中から去ったらしく、憑き物が落ちたように穏やかな目になっている。彼は、無造作に鶴嘴を船着場の板張りの床に放り出した。三つ揃いの男は何を思ったか、軽く拍手を始めた。

「いやはや、黒羽根《くろばね》さん、お見事。今度は二発で仕留めましたね」

そう言いながら、三つ揃いの男は腕組みして、沈みゆくボートの中を上から覗き込み、

「おやおや、大きな穴が開いてるわい。こりゃあ、三分ともたんでしょうな」

と愉快そうに言う。その言葉に、夷戸と美菜も666号を見た。ボートは半分くらい水に浸かり、船底からは海水とともに、ぶくりと空気が湧いている。ああ、これで僕たちはもう壱岐の砂浜を二度と踏めないんだな、と夷戸はぼんやり思った。覚悟を決めた、などという悲壮な感覚ではなかった。痺れは声帯から脳髄へと節足動物のようにじわじわ這い上がっていたので、「帰れないんだな」という言葉がただ虚ろに頭の中で響いているだけだった。

「おい、モーターボートを沈めやがって！　どうしてくれるんだ」

根津の抗議にも三人は耳を貸さない。今度はおもむろに、肥満体の男がハンカチで汗を拭き拭き前へ出た。眠ったような一重瞼を心持ち開く。糸のように細い眼が現れた。眠れる蝦蟇の眼だ、と夷戸は思った。

「御三人様、携帯電話をお渡しください。本土の者に通報せぬように」

肥満した男は、大きな腸詰めのような指がついた、血の気のない掌を差し出した。その顔は、引き攣るようにしきりにしかめられている。完全なチック症だな、と夷戸は虚ろな頭で考えた。

「厭！　絶対渡さない！」

我に還った美菜は、砂色のスプリングコートのポケットを押さえて叫んだ。肥満した男は、その大きな声に恐怖の表情を浮かべた。眉根の皺をいっそう深く寄せ、蒼白い顔をさらに盛んに歪

めた。

美菜の言葉に、夷戸は勇気を奮い起こされた。確かに、この島の三人に携帯電話まで取られたら、どうなるか知れたものではない。夷戸は叫んだ。

「そうだ、あんたたちになんか渡すもんか！　大体、何故ボートを沈めたんだ。どうやって帰ればいいんだ。まさか、あんたたちは、僕たちを監禁するつもりじゃないだろうな」

しかし肥満体の男は、再び瞼を閉じて恐怖の表情を消し去ると、息を整えて、

「皆様、私共にこれ以上、手荒な真似をさせないでください。どうか穏便に。さあ、携帯電話を」

と、口調だけは慇懃に、なおも肩をぴくぴく上げながら、手をグイと差し出し続ける。船を沈没させられた衝撃からようやく立ち直った根津が、一歩前へ進み出た。

「よう、あんたたち、こんな真似をしくさって、タダで済むと思うなよ。まずは名前を名乗ってもらおうか。あんたたちは、何者なんだ」

根津は持ち前のやくざな調子を発揮して、肥満した男が身につけている燕尾服の襟を摑んだ。するとそれを見て、銀髪の男は腰を屈め、床に放り出した鶴嘴をもう一度手に取った。そして、がりがりと鶴嘴の先で床の木目をなぞり始めた。まるで子供の遊戯のようだが、その動機は見当がつく。

「ちょ、ちょっと！　あんた、また何か乱暴しようって――」

美菜が悲鳴をあげるのをかき消すように、突如銀髪の男は鶴嘴を振り上げると、船着場の床にそれを突き立てた。

「毘留善《びるぜん》聖《サンタ》麻利耶《マリヤ》様！　我が蛮行をお許しください！」

という喚き声と共に。

腰から下の筋肉が急に麻痺したように力を失い、夷戸は思わず床に尻餅をついた。腰が抜けたのだ。美菜は掌で目を覆った。その下に覗いた口許は、わなわなと震えている。豪放な根津も珍しく恐怖に打たれたようだ。

銀髪の男は、床に刺さった鶴嘴の柄を摑んだまま、肩を震わせていた。その口からは、幽かな嗚咽が漏れている。

夷戸はさっぱりわけがわからなかった。一体この男の精神状態は、どうなっているのだろう。乱暴な振る舞いをするかと思えば、突如咽び泣き始める。情緒が極端から極端に振れていることだけは間違いないが。異常心理学専攻の大学院生という肩書柄、精神に問題のある人間を見慣れている夷戸ですら、この銀髪の男の振る舞いを見ていると、腹の底をひやりと冷たい触手で撫でられるような気味の悪い感覚が襲う。そこで夷戸は、精神病院内の臨床実習で、担当教官に言われた言葉を思い出した。「患者を前にして怖いという感覚が起これば、怖いことが必ず起こるものだ」と。教授の語っていたことは正しかった、と今さらにして実感させられた夷戸だった。

銀髪の男は、やっと鶴嘴から手を離すと、右手を差し上げて胸元で十字を切った。その手首には、数珠《こんたつ》が光っている。

——この銀髪の男、基督教徒なのだろうか？　それにしては、言動が異様すぎるが。

夷戸は動揺する眼差しを、何かぶつぶつ唱えながら十字を切り続ける男に向けていた。

「兄さん、もう大きな音は出さないで。僕、怖いよ」

太った男は根津に襟を捉えられたまま、銀髪の男に懇願した。まったく容貌が似ていないふたりだが、兄弟だったのだと初めて夷戸は気づかされた。

上陸した三人の中で、根津が恐怖感からの立ち直りは一番早かった。彼は悔しそうに言葉を吐き出した。

「なある。俺たちが言うことを聞かなかったら、あくまで強硬手段に出ようってわけだな」

根津は燕尾服の襟から手を離し、また後ろへ下がる。そして、ライダースジャケットのポケットを探りながら、冷静な口調で銀髪の男に声をかけた。

「わかった、わかったよ。降参だ。出せばいいんだろ、携帯を。その代わり、ひとつ約束してくれ。これ以上、乱暴な真似をしないって。特に、このふたりをこれ以上怖がらせないでくれ。それを約束してくれれば、あんたたちに携帯を預けるよ」

「はい、穏便にお渡しいただければ、手荒なことはいたしません」

先ほど「大きな音が怖い」と言った、太った下膨れの男は、汗みずくになりながらも、静かに約束した。夷戸たち三人は、「誰が一番に渡すのか」という感じで、手に持った携帯電話を握り締めていた。美菜がひと際大きく息を吐くと、意を決して携帯電話を肥満体の男に渡した。続いて根津と夷戸も預けた。

お仕着せ姿の肥満した男は、預かった携帯電話をしげしげと眺めていた。何か見知らぬ奇妙な物でも見るように。しかし、火の消えた煙草でも捨てるように、彼は不意に海へと携帯電話を放った。

「このバカ！　預かるだけって言っただろ！」

根津が慌てて手を伸ばし、放られた携帯電話を摑もうとしたが、無駄だった。海に落ちた携帯電話は、ゆらゆらと底へ沈んでいく。

「僕の携帯が……！」

夷戸は情けない声を出して、船着場に這いつくばって海中へ手を伸ばそうとした。この状況では、携帯電話は島外と唯一連絡が取れる手段だったのだから、夷戸がそんないじましい振る舞いをしても仕方がないだろう。夷戸は灰色に濁った海を透かしてみたが、無論携帯電話は海底へと姿を消している。

ボートを沈められ、携帯電話まで海に捨てられた――夷戸は船着場に腹這いになったまま愕然として、海中を見つめ続けた。もう帰れない、誰にも助けを求められない。後はこのお仕着せを着た頭のおかしそうな兄弟に、いいように嬲り物にでもされるのだろう。頭がおかしいのだから、人を殺すなどいとも簡単にやってのけるに違いない。そう考えていると、銀髪の男が持つ鶴嘴が背中から突き刺さり、心臓を破り貫いて胸へと飛び出す幻覚を、夷戸はまざまざと感じた。夷戸はたまらず心の中でもう一度叫んだ。「お母さん、助けて！」と。

「おまえ、約束を破ったな。誰が海へ携帯を捨てろって言った！」

根津が怒気を含んだ顔つきで、再び肥満した男に詰め寄った。

「お渡しいただければ、手荒な真似をしないと申しただけで、このままお預かりするとはお約束していません」

銀髪紳士が表情ひとつ変えずに言い放った。そして脇から手を出して、根津を下がらせる。

「畜生め！　まだ買ったばっかりだったのに！」

根津は地団駄踏んで、やや状況にそぐわない不満をぶちまけた。

「ははは、私も同じ目に遭ったんですよ」

三つ揃いの男は笑うと、背広の内ポケットからキースの箱を取り出し、燐寸をすって火を点けた。芳しい葉巻の匂いが、潮の匂いと混ざり合った。

「あんたも？　すると、あんたも被害者なのか？」

根津が驚いて問うた。夷戸も意外だった。このお仕着せのふたり組と、三つ揃いの男は、グルだと思っていたからだ。

「被害者なのか、どうなのか……。ま、私はこういう者です」

おどけた調子で言うと、男は名刺を取り出し、根津に渡した。

弔月島は、もう暮色に包まれていた。太陽は西の水平線へと沈みつつあった。西に僅かに銅《あかがね》を思わせる赤褐色の色合いが残り、南から東には星が瞬き始めた藍色の空、そして墨を溶かしたような黒い海が、この島の状況など知らぬげに、世界の穏やかさを彩っていた。東の水平線から、月が昇り始めている。黄疸患者の顔色を思わせる、黄色い満月だ。今日は十五夜なのだ。

渡された名刺も、暗くて字がよく見えない。三つ揃いの男はもう一度燐寸をすって、明かりをともしてくれた。根津と美菜、そしてようやく立ち上がった夷戸は、名刺を覗きこんだ。そこには「星夜《せいや》出版　『女性ワールド』編集部　木邑芳樹《きむらよしき》」と書いてある。

「あんた、『女性ワールド』誌の記者なのか」

根津は意外そうな声をあげた。

「いかにもさようで。ちょいと訳あって、今日この弔月島の淆亂館《バベル》に来ましてね。そこでこの黒羽根兄弟に、まあ早く言えば、監禁されたんですよ」

木邑と名乗った男は、からからと愉快そうに笑った。

「バベル館？」

根津が館を振り向いてつぶやく。

夷戸は、そんな木邑を不審げに眺めていた。監禁されたと言いながらも、別段動揺の色もない。黒羽根兄弟と呼んだふたりの男とも、特に敵対している様子もない。この男の腹の底は、なかなか見通せないぞ、と夷戸は考えた。

「あなたも雑誌編集者と名乗ったではありませぬか。木邑様とグルなのでしょう？」

銀髪紳士は猜疑に満ちた眼差しで、根津を睨む。

「違うって！　俺はこんなオッサンと関係ねえよ！」

慌てて根津が反駁すると、木邑は呵々と笑う。どうやら、何か誤解があるようだ。

「ほら見てくれよ、この雑誌」

根津は鞄から発売したての『ファンタズマゴリア』を取り出した。

「俺はこのホラー映画雑誌の編集者なの！　週刊誌とかみたいな、真面目なネタは取り扱ってないんだって。だから俺らは何にも知らないんだよ！」

銀髪紳士はまだ疑わしそうに、雑誌と根津の顔を等分に見比べた。

木邑は急に真顔になると、胴衣のポケットから金の懐中時計を取り出した。

「おや、もう五時半か」

木邑は呟くと、ウンとひとつ伸びをした。

「寒くなってきましたな。どうです、黒羽根兄弟。この御三方を館に案内しては？　ここに突っ立っていても、風邪を引くだけだ。中でゆっくり身許調査をすればいいでしょう」

そう促すと、木邑は細身のフィルター付き葉巻を、ぽいと海へ投げ捨てた。

「確かに。木邑様の仰るとおりですな」

肥満したほうの黒羽根は頷いた。銀髪のほうは、なおも胡散臭げに夷戸たちを見つめていたが、

「ちょっと待った。あなた方ふたりのお名前も伺っておきましょう。確か、黒羽根さんでしたね？」

と促した。ミーシャと呼ばれた肥満男は、巨軀を揺らして先に館へと帰っていこうとした。

「そうですな。ミーシャ、この御三方を館へご案内しよう」

根津が太ったほうを呼び止めた。

「はい、さようで。黒羽根光男《みつお》と申します。ミーシャとお呼びください。この淆亂館の使用人を勤めております。あちらの男は兄で――」

とミーシャは銀髪の男を指し示した。

「黒羽根眞喜夫《まきお》と申しまして、淆亂館の使用人頭でございます」

「マーカとお呼びください」

黒羽根眞喜夫は、深々とお辞儀をした。そしてまた独り言を呟き、声をあげて空笑した。

「使用人ってことは、どなたかに仕えてらっしゃるの？」

美菜が不思議そうに問いかけた。

「それは――」

マーカとミーシャの兄弟は、途端に顔を見合わせた。そして夷戸たちをぎろりとまた睨み、

「あなた方はご存じなのでしょう？」

それ見ろ、何かこの兄弟は秘密を持っているのだ、と夷戸は見抜いた。その秘密を守るために

は、我々に危害を加えることなど厭わない狂猛な人種なのだろう。この三つ揃いの男のようには黒羽根兄弟に心を許してはならない、と夷戸は深く自分を戒めた。

「まあまあ、それは館に入ってから後ほど、ということで。だいぶ寒くなってきましたな。さあ、中へ入りましょう」

木邑が場をとりなして、一同を館へと連れて行こうとする。

「仕方ないな。美菜さん、夷戸、淆亂館とやらへ行こうぜ」

糞度胸だけは据わっているのが根津である。彼が先頭を切って、桟橋を通って石段を上がり、館の扉へと歩いていった。黒羽根兄弟と美菜、それに木邑は根津の後ろからぞろぞろと着いていった。夷戸は銜えたまま忘れていたフロイドをシャツの胸ポケットにしまい、彼らの後を追いかけた。

「見ろよ、この鉄板。独逸軍の八十八ミリ高射砲《アハトアハト》弾でも跳ね返しそうだぜ」

根津が鋼鉄製の扉をこつこつと叩いて、舌を巻いた。

「私がお開けします」

マーカが腕に力を込めながら、扉を中へと押した。蝶番の金属の軋みに、またもやミーシャが不快な表情を作った。玄関部から、左右に角燈が架かっている窖が続いている。黒羽根兄弟と木邑の革靴が足許でコツコツと冷たく鳴った。夷戸は何やら廃坑の中を歩かされている気がした。その先には厚樫製と見られる木製扉が堅く閉まっていた。

「ようこそ淆亂館へ」

マーカによってもうひとつの扉が開かれた。夷戸は一瞬目をつぶり、この先には鋼鉄の処女や西班牙《スペイン》の長靴など様々な拷問道具が揃っている部屋があるのだ、と想像した。そこで僕の肩の肉に鉤が食い入り、壁から吊り下げられ――。

だが、予期に反して中からは薪のはぜる心地良い暖かな音と、煙草の匂いが漂ってきた。夷戸は恐る恐る目を開けた。そこは赤茶けた照明がともっている広間になっていて、寄木細工の床の上に長椅子が三脚、正面を向いて馬蹄型に配置されている。そして四人の男女が思い思いに座っており、扉の音を聞いてこちらを振り向いた。

扉の反対側の壁前に耐火煉瓦造りの煖炉があり、勢いよく薪が燃えている。煖炉の上には、トリノの聖約翰《ヨハネ》大聖堂に保管されている聖骸布の模造品であろう、基督の顔が薄っすらと浮かび上がった布が壁に貼られている。そして聖骸布を護持するように、その上に大きな木製の十字架が架けられていた。それらの調度品は、この広間があたかも聖堂であるかのような雰囲気を醸し出していた。

異様なのは、その左に普通の聖母像ではなく、子供ほどの大きさの麻利耶観音が飾られていることだ。しかも黒檀でできているらしく、観音は黒衣を纏っているように見える。これが時代物なら珍品中の珍品として、骨董家が舌なめずりをしそうな逸品だった。観音様の首周りにかけられた瓔珞も、珊瑚や螺鈿がちりばめられ、精巧な細工が施されている。

思わず、夷戸はその黒衣の聖母に見とれてしまっていた。江戸時代に隠れ切支丹が信仰の対象としたとされる、観音像を模した異形の聖母像——先ほどマーカが口にした不思議な言葉も、この麻利耶観音と関係があるのだろうか。

煖炉の右側の壁には、基督教の神父のような僧衣を着た、奇妙な表情の男の肖像画が架けてあった。肖像画の人物は、左斜め前に向かって、前屈みに椅子に座っている。眉毛は八の字に下を向き、髪は蓬々と四方八方に乱れ、目はどんよりと曇って生気がない。口の両端はだらしなく下がっている。全体的に奇妙に歪んでいて、まるで火に炙られて溶けかかった護謨《ゴム》人形、という表現がふさわしくないならば、重度の鬱病患者を思わせる顔つきだ。

夷戸が広間の上を見渡すと、四階まで吹き抜けになっており、その空間の周囲を廻廊がぐるりと囲んでいる。二階より上の各階には、外壁に沿って円形に部屋が配置されているようだ。各階の廻廊を見ていると、それが螺旋状につながって天へと回転しながら昇っていくような錯覚が湧き上がった。聖なる神がまします天を目指してどこまでも伸びていく塔——淆亂館という名にふさわしい造りだと夷戸は思った。煉瓦の塔ではなく、打ちっ放しの混凝土造りなのがやや興醒めだが。

「ええっ！」

根津が頓狂な声をあげたので、夷戸は幻想を破られた。

「こんなところに、なんで東條茉莉花《とうじょうまつりか》が？」

右端の長椅子に、紫の地味なニットワンピースを身につけた三十歳くらいの女性が座っている。細身の煙草を持った右手を軽く差し上げ、物憂げな眼差しで、根津をゆっくりと見た。そして、儚げにも眩しげにも見える、軽く眉を寄せる仕草をした。ボブにした黒髪が、やや重たい印象を与える。顔立ちは全体的に小作りだが、特徴的なのはその目である。やや小さめの眼《まなこ》にこれまた小さめの黒い瞳。三白眼に限りなく近いが、決して厭らしい感じはしない。むしろ、顔全体の可愛らしさを引き立てている。白目の部分は、青磁のように濁りのない蒼みを帯びており、夷戸はなんだかこの瞳を舐めてみたいような倒錯的な衝動に一瞬囚われた。

「東條さん、どうしてここにいるんです？」

根津が女に近づきかけたところで、今度は美菜が声をあげた。

「隣にいるのは蜷川裕也《にながわゆうや》!?」

美菜は驚きの眼を瞠った。なるほど、「東條茉莉花」と根津が呼んだ女性と並んで、二十歳そこそこの男が座っていた。肩までの茶色い長髪で、人の好さそうな大きな垂れ気味の目をしている。口許はきりりと引き締まり、その周りに短い鬚を無造作に生やしているが、小汚い印象はまったくない。むしろ、精悍さを強調しているようだ。しかし、自分の肉体に自信があるのか、白いシャツの胸元をはだけて、分厚い胸板をちらりと露出させているのが、厭味といえば厭味だ。夷戸はコマーシャルか何かで、この俳優を見た記憶があった。世事には疎い夷戸だが、今売り出し中の美青年若手俳優とかで、電車の中吊り広告でも見かけたような気がする。

美菜は、蜷川のもとへ駆けていった。

「蜷川さんも、こいつらに囚われたんですか？」

「はあ……」

蜷川は好青年そうな顔を曇らせた。

「でも、何故この島に来たんです？」

「それは……」

蜷川が口籠ったところで、

「おい、あんたらは何者なんだね」

真ん中の長椅子に座り、鼻から上を繃帯でぐるぐる巻きにし、薄い藍色のデニムシャツを着た異様な風体の男が、根津と美菜に問いかけた。右の口の端が、引き攣り気味なのが冷笑的な印象を与えている。

「その繃帯は……」

美菜が気圧され気味に問うと、

「俺の顔は気にするな。何者だと訊いているんだ」

と吐き捨てる。

「俺たち、ボートで島へ近づいたら、こいつらに――」

と根津はマーカとミーシャを指差し、

「ボートを沈められ、携帯電話まで取り上げられたんですよ。何が何だか、訳がわからなくて」

「それはわかった。何回も言うが、あんたらは何者だ」

繃帯男は、苛立たしげな調子でなおも問う。

「俺は根津圭太ってもんで、ホラー雑誌の編集者です。ちっこいこちらの人は羽賀美菜さんといって、喫茶店のマスター。で、このでかいのは夷戸武比古といって、異常心理学を専攻しているR大学の大学院生です」

それを聞くと、繃帯の男は憮然として「ふん」と鼻を鳴らした。

「そいつはね、災難でしたね」

左端の長椅子にいた、白地に紺の縞が入った長袖シャツに洗いざらしたジーンズと、崩れた格好の五十代半ばの男が言った。薄禿の頭を短く刈り揃えた赭ら顔の小男である。金壺眼のくせに喋るたびに口を尖らせるので、まるでひょっとこの面を思わせる顔だ。

「僕はね、こういう者でね――」

薄禿の小男は気真面目そうに「ね」を連発しながら、名刺を取り出して夷戸たちに配った。その手が、何故か細かく震えているのが夷戸の気にかかった。名刺には「星夜出版　『女性ワールド』編集部　カメラマン　石崎浩司《いしざきこうじ》」と印刷されている。

「女性ワールド……カメラマン……。じゃあ木邑さんの――」

「そう、私の同僚ですよ。もっとも、この石崎さんは、世界を股にかける報道カメラマンだったのが、何の因果か身を堕とし、ゴシップ週刊誌に雇われている、不幸な身の上ですがね」

木邑がキースを吸いつけながら、夷戸の問いに押し被せるように答えた。

「木邑君、困るね。初対面の人に、そんなことをぺらぺら喋られちゃあ」

と、石崎は禿げかかった頭を撫で上げて困惑を表現した。木邑を君づけで呼ぶところをみると、石崎のほうが少し年上らしい。

「そういうあんたは誰なんだ？　顔を隠しているが」

根津は、繃帯の男に話の鉾先を向けた。客観的に見て、一番怪しい姿をしているのは、この繃帯男である。夷戸も彼を正面から見据えてみた。男は、繃帯の目の部分をくりぬいて、穴越しに視線を一同へ投げかけている。見れば見るほど異様な姿だ。しかし、暗い伝説を持つ弔月島に建つこの淆亂館には、ふさわしい男かもしれない。夷戸は、横溝正史の『幽霊男』にこんな怪人物が出てこなかっただろうか、と連想した。

「俺か？　あんたら、東條と蜷川を知っているなら、劇団『梟の林』のファンなんだろ？　じゃあ、脚本担当といえばわかるよな」

繃帯の男の口許が、皮肉っぽい動きを見せて、さらに吊り上がった。

「脚本担当……というと、風祭士郎《かざまつりしろう》か！」

「あの風祭さん!?」

根津と美菜はほとんど同時に声をあげた。

「あの大事故の後、表舞台には立つことはなくなったから、パンフレットでお名前を見かけるだけだったけど。本当に風祭さんなの？」

風祭と呼ばれた男は、「ああ」とぶっきら棒に答える。

「あの『梟の林』の劇団員が三人も！　いったいどういうこと？」

「あの、僕は芸能界とかそういうことに疎いんで、ちょっと説明してくれません？」

美菜の言葉を遮り、状況を仕切り直そうと、オズオズと夷戸が口を挿んだ。

「そっか、異常心理学マニアのおまえは知らないもんなあ」

と根津は苦笑し、

「そこにいらっしゃる東條さんはな、天才少女として十三歳で映画デビューを果たした後、数々の主演映画や、ドラマで華々しいキャリアを積んだんだ。『ぼくの妹』とか『或る少女』とか、よかったなあ。『ぼくの妹』なんて、骨肉腫で亡くなる少女の話で、ありがちと言えばありがちなんだが、物語の陳腐さを払拭してあまりある演技力を見せつけた作品だ。確かベネチア映画祭で主演女優賞を獲られましたよね」

根津の問いかけに、東條は面映そうに微笑んだ。

「俺は何回観ただろうな、あの映画。もう泣けて泣けて仕方がないんだぜ。俺は独りで泣きたくなったら、『ぼくの妹』を観ることにしているんだ。そんなこんなで順風満帆な女優人生を歩んできた東條さんだったが、二十歳前くらいの頃、ちょっと、その……」

急に根津は言い澱んだ。すると、東條は手にしたカプリをひと口吸って、煙を吐き出すと、

「恋愛スキャンダルに巻き込まれたってわけ。あるドン・ファンな俳優と浮名を流してね。マスコミに盛大なバッシングを喰らったわ。それで業界から干され、一時は落ち目になりかけたけど、今は『梟の林』を活動の場に選んで、まあなんとかキャリアを再構築しているところね」

と寂しげに笑った。

「そうなんです。『梟の林』といえば、今や日本の劇壇で知らぬ者はない存在だ。オリジナルの他にチェーホフ物もやっているが、ここのチェーホフ物は是非観ておいたほうがいい。『桜の園』なんて絶品だったぞ。看板女優なんだ、東條さんは」

まるで我がことのように、根津は自慢げだ。

「ありがとう」

東條は短い感謝の言葉と共に、たおやかな身のこなしで、軽く頭を下げた。続いて美菜が口を開く。

「蜷川さんは、『梟の林』の所属俳優で、今や舞台だけでなく、ドラマやコマーシャルにも引っ張りだこなの。この母性本能をくすぐられる、人の好さそうな顔でしょ？　裕ちゃんブームは、若い女性からオバサマまで幅広い年齢層を席捲してるってわけ」

「なるほど、いい男ですもんね」

夷戸は当人を前にして、間の抜けた返答をした。

「で、風祭さんは、さっきも言ったように『梟の林』の脚本担当。将来を嘱望された俳優さんだったんだけど、不幸にも交通事故に遭われてね。顔に大怪我をされたの。それで現在は俳優を引退されて、裏方をされているってわけ。でも、若い頃は、それはそれは美男子だったの。あたしが中学生の頃の憧れの人」

美菜は現在形の美男と過去形の美男を紹介した。

「美男子だった、か。昔の話さ。今は、ふた目と見られぬ恐ろしい顔だがな。おい、根津さんと言ったか。あんた、ホラー雑誌編集者なら、ロン・チャニーは知ってるだろう。俺の今のツラは、怪奇メイクアップで名を馳せたあの名優顔負けだぞ。見てみるかい」

風祭は冷笑しながら言う。

「あら、あたし失礼なことを……」

美菜はどぎまぎとした表情になった。風祭はそれに答えず、ぷいと横を向く。

「はあ、そんなに有名な方々とは……。何も存じ上げませんで、失礼しました」

夷戸が頭を下げると、

「いや、いつもちやほやされるのに慣れているから、あなたみたいな存在は却って珍しくて、ホッとしますよ」

と蜷川は皮肉とも本気ともつかぬことを口にし、苦笑いした。

「拉致監禁された者同士の自己紹介は、終わりましたかな」

木邑がキースの煙を吐きながら言う。

「いやはや、お互い災難でしたな。黒羽根さんたち、今日は来客続きで、ちょいと気が立ってらっしゃるから」

木邑は扉口に石像のように佇立する黒羽根兄弟を見遣った。誰もここからは出しはしない、という強い意志が感じられる。

「本当に災難ですよ、木邑さん。僕たちは何か目的があって来たわけじゃないんです、島やこの館を荒らすつもりもありません。それなのに、有無を言わさずボートを沈められてしまって、携帯も海に放り込まれ……。僕たちはどうやって帰ればいいんですか」

夷戸の言葉に、美菜も石像然とした黒羽根兄弟を正面から睨みつけた。

「夷戸君の言うとおり。あんたたち、拉致監禁に加えて、器物損壊と脅迫でも訴えるからね」

しかし、美菜の強気の言葉にも、マーカは眉ひとつ動かさなかった。

「残念ながら、根津様たちをお帰しするわけには参りません」

平板な調子で宣言するマーカは、口だけが動く蠟人形のようだ。

「じゃあ、いつまでここにいればいいんだよ、俺たちは」

マーカに食ってかかる根津に、

「さしあたって、一週間ほどは滞在していただかないと。その間に、私共で善後策をお考えいたします。もしも、その前に館を出られるようなことがあれば、その時は――」

とミーシャがふうふう汗を拭きながら、物騒なことを答えた。蒼い顔をしているくせに、汗をたらたら流しているものだから、余計不健康そうに見える。肥満し過ぎているせいで、心臓が悪いのだろうか。

「一週間だと！」

夷戸たちより先に、風祭が怒声を放った。その声の鋭さで緊張が高まったのか、ミーシャはしきりに首を傾げる無目的な動作を行った。

「こっちは次の公演の準備があるんだぞ！　東條と蜷川、それに俺が行方知れずになったら、どんな騒ぎになるかわかっているだろうな」

「僕はコマーシャルの撮影が明後日から始まるんですよ。ここに一週間いなければいけないなんて、スケジュールに穴を開けちゃうよ」

蜷川が長い息を吐きながら、髪を掻き回した。

「じゃあ、泳いで帰れば？　元々、私に無理を言って、ついてきたんだし。私、止めはしないわよ」

東條が冷ややかに言い放った。氷のような言葉の刃を受けた蜷川は「いや、そう言われても……」と呟き、うなだれた。

夷戸の頭の中で、またもや妄想が鎌首を擡げ始めた。黒羽根兄弟というのは、この近辺を航行する船を呼び止めては手当たりしだいに監禁する、精神が蝕まれた人々に違いない。そうだ、希臘神話に出てくる海の魔物セイレーンの化身なのではないか。美しい歌声で船人を惑わすセイレーンは、上半身は女で下半身は鳥だそうだから、容貌は似ても似つかないが。黒羽根兄弟はある種の甲虫を思わせる燕尾服を身につけているので、半人半虫の存在と見るほうがふさわしいかもしれない。

「俺たちは東條がこの島へ是非行きたいって言うから、蜷川にボートを運転させて、やってきたんだ。俺のほうも、会いたい人物がこの島にいるとわかったから、そいつに制裁を加えるつもりでやってきた。後は、あんた方と一緒さ。この黒羽根兄弟が鶴嘴を振り回して、ボートを沈めちまった」

風祭が苛々と貧乏揺すりをしながら言う。

「じゃあ、木邑さんたちは？」

美菜が葉巻を燻らす木邑に問いかけた。

「ふふ、東條さんたちのお目当ての人物に、我々も会いに来たんですよ。社内にも極秘でね。一大スクープをモノにできるとふんだからなんですが。それがこの有様でね」

「僕なんかね、デジタルカメラのメモリーカードを全部没収されましたよ。命にも代えがたいカメラだけは、なんとか壊されずに済みましたけどね」

と口を尖らせた石崎は、胸から下げた一眼レフカメラを一同にぐるりと向けた。

「こうして我々は、一網打尽にされた……。囚われの身ってわけですよ」

と木邑は鼻で笑い、鬚の剃り具合を確かめるように顎を撫でた。笑い事ではないぞ、と夷戸は色を失った。風祭と木邑の述懐は、黒羽根兄弟がセイレーンの化身であるという先ほどの妄想を裏づけるように思えた。そんな非現実的な――と夷戸はすぐに打ち消しにかかったが、実際に我々は船を沈められて監禁されているのだ。黒羽根兄弟は魔物ではないにしても、魔性に魅入られた人間に相違ない。

「そこでお訊きしたいのですが、東條様方は、どなたかにこの弔月島へいらっしゃることを、お話になりましたか」

夷戸がたくましくしている妄想を裏切るように、魔人にしては、やけに慇懃な調子でマーカは質した。

「言ってないさ。言っておけばよかった！」

風祭は、怒りに満ちた眼差しをマーカに向けた。

「言っておけば、すぐに助けが来てくれたものを。この東條が、絶対内緒にしてくれ、そうでないと次の公演には出ない、って脅迫するからさ。おい、責任を感じているのか、東條！」

風祭が長椅子の肘掛をどんと叩くと、ミーシャが飛び上がって驚いた。ミーシャはつくづく易驚性らしい。

「風祭さん、言い過ぎじゃないですか。この事態は、茉莉花さんの責任じゃない。この館のマーカとミーシャが悪いんですよ」

蜷川が慌てて東條を擁護する。

「風祭さん、あなただってあの人に会いたかったんでしょう？　多少の犠牲は払わなくちゃだめよ」

東條は、カプリの煙を悠然と吐き出し、風祭の怒りなど気にも留めぬ様子だ。蜷川は不安げな顔で、彼女に寄り添い、肩に手などをあてて慰める仕草を見せている。しかし、東條はというと肩を優美にくねらせ、蜷川の手を自然に外した。

「では、根津様たちは、どうですか。弔月島へいらしたことを、どなたかご存知ですか」

マーカが今度は根津たちに問うた。

「ボートへ乗ろうって思いつきで言いだしたのは、俺なんだ。たまたま壱岐旅行の最中だったし、この島へ渡ったことを知る者は、俺たちの関係者にはいないだろうよ。このボートを貸してくれた酒屋のオヤジだって、飲んだくれのいい加減そうな奴だったし、俺らを探しはしないだろうな」

と根津は嘆息する。

「そのとおりです。この先、連絡がないと両親が心配するとは思いますが、僕がまさか弔月島にいるとは思いもしないでしょう」

そう言ってしまうと、夷戸は途端に心細くなった。孤島に囚われて、誰も助けてくれる人はいないのだ。どうしたらよいのだろう、と夷戸は途方に暮れた。

「美菜さん、それに夷戸、すまん。俺がボートに乗ろうなんて言い出したもんだから、こんなことになっちまって……」

根津はすっかり責任を感じて意気消沈していた。マーカとミーシャは、この島で捕えた者の行方を知る者はいないとわかり、安堵したようだった。

「さようですか。それならば、私共が善後策を考えている間、すべてを忘れて淆亂館にゆっくりご逗留されるとよいでしょう。皆様がお逃げになったりなさらなければ、私共は危害を加えるつもりはございませんので。皆様が邪なお考えを抱かない限り、弔月島は波羅葦僧垤利阿利《はらいそてれある》——地上の楽園のような場所でありますから」

と、マーカは厳かな表情で十字を切る。勝手に逃げ出したりしない限りは手厚く遇すると言明したマーカを信用していいものかどうか、夷戸は躊躇いを覚えた。確かに船着場の一件以来、マーカは落ち着きを取り戻している。だが、彼の情緒の均衡がいつ崩れるともしれない。なるべくマーカを刺戟しないでおいて、同時に脱出の機会を探らなければならないだろう。

「ここに来てから、どう考えても楽園とは思えないような仕打ちばかり受けた気がするけど。とりあえず、その善後策とやらを、早く考えてほしいわ」

煖炉が燃え盛っているので、暑くなってきたのか、美菜はスプリングコートを脱ぎながら皮肉った。

「大体、俺たちが監禁された理由を教えてほしいな。何が何やらわからぬまま、この館へ連れてこられたが、まずそれを聞かないと」

と、根津は石崎の隣に腰を下ろした。

「それは言えませぬな」

マーカは、ぎろりと根津たちを睨む。

「秘密主義だなあ」

やれやれといった顔で根津は天井を仰いだ。

「そうよ、マーカさん。監禁の理由くらい教えてくれてもいいじゃない。それに風祭さんや木邑さんが言ってる『あの人』って、一体誰なの」

「それは……」

美菜の追及に、マーカは言葉を詰まらせた。ミーシャがマーカの袖を引っ張り、何事か耳打ちをする。するとマーカは、激しく首を横に振った。

「いけない、それはいけない、ミーシャ」

しかし、ミーシャは糸のような目をしきりに瞬かせ、反駁する。

「兄さんの言いたいことはわかる。でも、根津様たちにもいずれは知れるのだ。早めにすべてを明かして、協力を仰いだほうが……」

「駄目だ」

マーカは弟の肩を摑み、噛んで含めるように言った。一体この兄弟は何を隠しているのだろう。

夷戸は事態が飲み込めず、助けを求めるように根津と美菜を見た。根津は両の掌を上に向け、「お手上げ」を表した。

その時、東條茉莉花がぽつりと、それでいて有無を言わさぬ調子で呟いた。

「あの人に、会わせてください」

## 二　淆亂館の主人

広間にひと時沈黙が訪れた。それで、外の風が強くなったのが夷戸にはわかった。穏やかな夕凪は姿を消した。混凝土で塗り固められた堅牢な淆亂館はびくともしないが、風は館に挑むように吹き渡る。それと共に、弔月島に打ち寄せる波の音が高くなったようだ。太鼓のような低い音を立てて、波濤が船着場になだれかかるのが聞こえてくる。風と波の動きは、淆亂館という無機質な物体になんとか自然が浸蝕を果たそうとする営みに感じられる。この淆亂館にいる限り自分は自然からは守られているといえる。しかし、逆に内攻してくる不安と緊張には無防備だ——そう考える夷戸は、はらわたを握られるような圧迫を感じた。

広間の眼窓からは、昇り始めた十五夜月が見えた。夷戸は、ハッとした。月は人々の血を吸ったように、朱に染まっていた。先ほど見たときは、黄色く濁った月だったと思うが、いつの間にその色を変えたのだろうか。

弔い月——東條の謎の言葉もよそに、思わず夷戸の頭を、その呼び名が掠めていった。この弔い月が昇ったからには、壱岐周辺に古くから伝わる伝説のとおりに、悪魔の暗礁で誰か犠牲者が出たのだろうか。それとも、これから月の魔性の犠牲となる者が出るのだろうか。もしかして自分たちこそが月の生贄となる運命ではないか……？　夷戸の背筋を、ひやりとするものが駆け抜けていった。

「あの人に、会わせてください」

夷戸のオカルティックな空想を打ち消すように、東條はもう一度決然として言った。その声音には、幾分緊張した調子が混ざっている。黒羽根兄弟は、その言葉で明らかに動揺した。マーカは錯乱気味に銀髪を掻きむしり、その目に再び妖しい光を宿らせた。

「ならぬ……ならぬのです」

マーカは痰が絡みついたような嗄れた声音で東條の要求を否んだ。彼は内ポケットから大きな十字架を取り出したかと思うと、すぐにそれはギラリと光る匕首に変化した。十字架の長い部分が刃になっており、鞘を払ったのだ。その横でミーシャはカラーに汗をじっとりと滲ませながら、しきりに右肩を上下させている。

「もう事態がこうなったら、会わせてくれてもよいでしょう。その後、私を殺すなりなんなりすればよいのではないですか」

東條は物騒な物言いをし、新しいカプリに火を点けた。彼女が煙を吐くと、あの肖像画のほうへたなびいていき、画題となった男に朦朧とした前景を作った。まるでその男が何やら怪しげな力を発揮している錬金術師のように、夷戸には見えた。

「殺すなど……御主耶蘇基督《おんあるじエス・クリスト》の名において、そのようなことは……」

そう言いつつもマーカは匕首を弄び、白い眉を寄せて胡乱な眼差しで東條を凝視していた。基督の名を出したところをみると、やはりマーカは基督教徒らしい。しかし、どこかしら異質なところがあるように夷戸には思われた。

「わからないなあ」

根津は匕首に物怖じすることなく、ふたりを見比べて首をひねる。

「さっきから、『あの男』やら『あの人』って、そいつは一体誰なんですか。そいつのせいで、どうやら俺たちも監禁されたんでしょ？　もうここらで種明かしをしてもらいたいね。俺も気が長いほうではないんでね――」

「曾我《そが》です」

東條は決心したように、震える声で言った。

「え？」

夷戸たち三人は、同時に疑問の声を発した。

「曾我です。曾我進一郎《しんいちろう》です」

と東條は、手のわななきをごまかすように、左の耳に髪をかけた。

「まさか……」

根津は呻いた。美菜は驚いて声も出ない様子で、東條を見つめている。夷戸は子供の頃、どこかでその名を聞いたことがあったような気がして、

「曾我進一郎？　その名は確かに聞いたことがある。でも誰だったか――」

「それは……？」

美菜は視線を黒羽根兄弟から『女性ワールド』誌のふたりへと廻らせ、最後は訴えかけるように劇団員たちに投げかけた。

「消えた俳優だ。まさかそんなことが……」

根津は唸るように言葉を吐き出した。

「そして私たちをひとつの線で繋ぐ者ね」

東條茉莉花は自嘲気味とも聞こえる声音で言った。マーカは思わず二階を見上げた。そして震える視線を、煖炉の上に位置する部屋の、左隣の扉に据えた。

「あそこが曾我の部屋なのね」

東條は目敏く察した。

「何、あそこがあいつの部屋か！」

風祭は長椅子から立ち上がり、今にも玄関左脇の階段から駆け上がろうという姿勢を見せた。うろたえたマーカは、二階の部屋から視線を外し、東條を見た。その眼は憎悪に燃えている。ミーシャは慌てて風祭に駆け寄り、彼の腕をとらえた。その様子に石崎が、メモリーカードの入っ

ていないカメラを向け、写真におさめようという素振りを見せた。血の気の失せた顔をした蜷川は、何かを制するように、右手を東條の左腿に置いている。しかし東條は、先ほどのようにその手を払いのけようとせず、凝然と座っていた。

「曾我進一郎……消えた俳優？　そうだ、思い出した。子供の時に、出演映画を観たことがあるような……」

夷戸の頭は、回転木馬に乗ったように惑乱し始めていた。

「わかったかい」

木邑が半ば愉快そうな調子で答えた。

「まあ、君は蜷川さんや東條さんすら知らない人だから、曾我進一郎の名をなかなか思い出せないのも無理ないだろうね」

「世事に疎い僕がその名を知っているくらいだから、曾我はかなり有名な俳優なんですよね」

と言いながら、無意識のうちに夷戸は胸ポケットにおさめた煙草を手で探っていた。どうなるのかはわからないが、事態が一段と切迫しつつあるのは一同から伝わってくる。その緊張感から、ニコチンの力を借りて逃げようとしたのだ。

「いや、有名だった、というほうがふさわしいだろうな。今は憶えている人もあまりいるまい」

そんな夷戸を見て、木邑もニコチンの魔力に頼りたくなったのか、キースを一本取り出し、それを鼻に近づけて匂いを嗅いだ。そこへ高い金属音を響かせて、石崎がジッポーライターの蓋を撥ね上げた。火を点けてやろうというのだろう。しかし、その音に、隣にいたミーシャは震え上がった。

「その音を出さないでくれ！」

ミーシャは細い眼をこれでもかと見開き、両手で耳を塞いだ。その隙に風祭は二階に上がろうとしたが、すぐにマーカの匕首に制された。

「ほう、この音が嫌いなんですかな」

火をともしたまま、石崎が怪訝な顔になった。ミーシャはその火を遮るように左手を挙げ、無言で何回も頷いた。

「ははは。ミーシャさんの言うとおりだ。フィルターつきとはいえ、これでもキースは一応葉巻だからな、オイルライターの火は点けられんよ。香りが損なわれるのでね」

木邑はズボンのポケットから燐寸を取り出し、それでキースに火を点けた。二、三服吹かした木邑は、

「で、なんの話だったかな」

と流れを引き戻そうとした。

「消えた俳優のことですよ」

夷戸も忙しなくフロイドを吹かしながら答えた。

「そう、消えた俳優——」

木邑は上を向き、曾我の部屋とされるほうに視線を漂わせた。そうして葉巻を吹かしながら、感慨に耽るように瞑目した。一分間ほどそうしていただろうか、一同の注意を充分惹きつけたと見るや、木邑はやおら口を開いた。

「この淆亂館の主人こそが、消えた俳優、曾我進一郎なんですよ」

それを聞いて、マーカが木邑に詰め寄ろうとしたが、二、三歩進んだだけで、力なく立ち止まった。ぽとりと床に匕首が落ちる。もうなす術もない、と悟ったのだろうか。ぐったりと俯き加減になったマーカの表情には、悲しみの色が湛えられていた。今まで築き、守ってきた小さな世界と惜別している顔だった。

「曾我は、今はいくつだろう。三十代半ばかな」

「三十六歳です」

東條がすぐさま木邑の言葉を訂正した。

「そうか、もう三十六になるか……。二十代半ばまで、一世を風靡した美男俳優でね。蜷川さんなんか、及びもつかないほどの人気ぶりだった。テレビや銀幕で、その顔を目にしない日はないくらいでね。それこそ黄色い歓声を一身に浴びていた。人気だけではなく、確かな演技力もあってね。コミカルな若手サラリーマン役から、『野武士たち』のような本格的な時代物の映画まで器用にこなしていたよ。それも、古い型のスタアというのかな。とにかく遊びが派手だった。六本木や銀座に出歩かない晩はないくらいだった。そしてまた金離れがいいんだな。みみっちい遊びをする現代的な芸能人を嫌い、ひと晩に何百万と使うなんてことも、ざらだったらしい。そういう昔風な豪快な面も、大衆的な人気を博するのに役立っていたよ。そこに憧れたのかな、東條さん」

木邑は不意に東條に水を向けた。東條は、単刀直入な木邑の質問に、思わず声に出して笑い、

「ええ、そのとおり。二十歳になるかならないかのまだ子供だった私は、芸能界の寵児で豪放磊落な曾我が憧れの人で……。さっき言ったでしょ、夷戸さん。若い時に恋愛スキャンダルに巻き込まれたって。その相手が曾我だったのよ」

夷戸は驚いた。しかし他の人々は、とうに知っている話を改めて当人から打ち明けられているからか、居心地の悪そうな顔で聞いている。

「子供って、楽しそうに遊ぶじゃない？　でも私、物心ついた時から、遊んでいても楽しいとか嬉しいとか思うことはなかったの。ただ、子供らしく振舞っておくために、大人を喜ばせる術として遊ぶふりをしていたの。ひねた子供でしょ？　砂場で砂の山を作っては崩し、作っては崩し、こんなことをして何になるんだろうと思っていた。遊びは子供の仕事とか言うけど、私の場合は本当に仕事のように遊んでいたの。何故なら、何もせずに時間と向き合うほうが怖かったから。何もせずにぼんやりしていると、今ここにいる自分が一分後にもまだいるだろうか、って考えてしまってとても不安になるの。

ある時、近所の子供に訊いてみたわ。『××ちゃんは、昨日の××ちゃんと一緒なの？』って。

相手は目を丸くして驚いていたわ。そんなこと当たり前じゃないって。でも、私には当たり前じゃなかった。寝る前の昨日の自分と、寝た後の明日の自分は、果たして繋がっているのだろうかって、本気で考えていたわ。

その頃の私の妙な癖は、砂時計を眺めることだった。硝子の球体に入った桃色の砂が、下に全部落ちるまで私は存在し続けているだろうかって、怖がりながらも砂時計から目が離せないの。さらさらと軽やかな音を立てて砂が落ちる。私は息を呑んで、自分の生きている感覚を身体に探し求める。心臓の鼓動や内臓の蠢く感覚をね。最後のひと粒が落ちる。私は深い息をつく。当然ながら私はまだここにいる。でも、自分が存在し続けていることが信じられなかった。だから、自分をつねってみたりして、痛みで自分の存在が続いていることを確認していたの」

東條は子供時代の奇妙な思い出を語り始め、話の脈絡とは関係なく、声を出さずに笑った。ささくれだった神経をむき出しにした者だけが見せる、気を抜くと魅入られてしまうような笑みだった。

「成長していくに従って、自分に対する違和感はどんどん拡大していったわ。自分があたかもひび割れた壺で、いくら水を注いでも溢れることなく、すぐに水が底から漏れ出して、空っぽになってしまうような……。あるいはこう言ったほうが適切かしら。四方が海に囲まれた大海にぽつんと放り出された漂流者で、どこへ辿り着くのかわからない、どこへ辿り着いたらいいのかもわからない。不安でしょうがない。飲み水もないからひどく咽喉が渇いていて、仕方なく海水に口をつけてみるんだけど、咽喉の渇きを癒せるどころか、灼けるような渇望感がいや増すばかり……。

私は空っぽだ、私は空っぽなんだって、ずっと思ってたわ。私は何を飲んでも咽喉の渇きを癒せぬタンタルスなんだ、って。赤ん坊の頃に両親が離婚して、私は女手ひとつで育てられたんだけど——よく心理学で母子関係に問題があったからおかしくなるんだとか言われるけど、私の場合は生まれついてそうだったみたい。

そんな自分がおかしいという薄っすらした感じはあったから、中学生になった頃に精神科医に診察してもらったんだけど、あなたは慢性的な空虚感に苛まれているんですね、と言われたわ。慢性的な空虚感——そうね、言葉で表現するとしたら、それがふさわしいかもね。飢渇の亡者タンタルスである私は、だから私でなくなる方法を選ぶしかなかった。そのままだと餓《かっ》えて死んでしまいそうだったから、自分自身から目を背けたかったの。

私が私でなくなる方法——それは演技をすることよ。演技をして、別の誰かになりきること。それが私の内奥から、じくじく湧き出てくる空虚感から目をそらせる唯一の方法だった。役になりきっていると、私の内部が充填されている感覚が得られたの。私は生きているって感覚が全身に漲ったわ。私は子供ながら演技をすることに没頭した。ある評論家は『東條の演技は子供とは思えない鬼気迫るものだ。あどけない演技をしていても、ぞっとする』と評したらしいけど、当たり前ね。こっちは空っぽな自分が厭で、そこから逃れるために全存在をかけて別人格になりきっているんだから。金や名声や誰かのためにやっているわけじゃないんだもの。でも、あることをきっかけにそれが変わった……」

　あたかも面接室で患者の長い告白を聴くように、夷戸は東條の言葉に耳を傾けていた。東條の感じる寄る辺ない、決して満たされることのない不安——彼女は境界性人格障害なのではないか、と夷戸は思い当たった。不安定な自己像、慢性的な空虚感——夷戸は東條の述懐を境界性人格障害の診断基準に当てはめていった。

「たまたま別の映画の打ち合わせで撮影所に来ていた曾我と、話す機会があったの。月並みな表現だけど、電撃で一閃されるような感じを覚えたわ。『この人だ、私の理想の人はこの人だ』って。わたしのがらんどうの心を埋めてくれる存在、がらんどうであっても私を愛してくれる存在、それが曾我だと思ったの」

「ひと目惚れってわけですね」

　木邑が揶揄を込めた調子で、葉巻の煙と共に言葉を吐き出した。対象の理想化だな、と夷戸は診断した。

「ひと目惚れ？　陳腐な言葉だけど、まあそうね、認めるわ。私の中で曾我は、神様のように神々しい存在へと一気に祀り上げられたの。いつか曾我のために演技をしたい。曾我に認められたいって。この人のそばにいられるのなら、私は死んでもいいって。そして遂に、ある映画で曾我と初めて共演できて、私は有頂天だったわ。出番がない時でも私は曾我の演技ばかり見ていた。

なんて素晴らしい俳優なんだろう、って思った。そして打ち上げに行くと、杯を傾けながら、曾我は私相手に演技論を熱く語るの。それが口説きの手なのね。そうされて、参らない女の子がいると思う？　私たちはすぐに激しい恋に落ちた……と思っていたのは、私だけだった。有態に言えば、関係ができた最初から、遊ばれていたのよ、私は。曾我には何人も相手がいたわ。私はそのひとりだったってわけ。その事実は無論、すぐに私も知ったわ。でも、私だけは違う、私だけが曾我にとっての特別な人なんだ、って思い込んだの。そう思っている人は、他に何人もいたでしょうにね。馬鹿ね、私も。

でも、私の部屋から曾我が去った後で、ふっと不安になる時があった。曾我はもう帰ってこないんじゃないかって。永遠に私のもとから去って、別の女のもとへ走ったんじゃないかって。そうなるともう駄目ね。私は半分狂ったようになって曾我に電話をかけ、撮影現場にまで押しかけ、曾我を追い求めた。曾我がいないと、自分が砕け散りそうな感じだった……」

つらい思い出であろうが、東條はどこか懐かしむような目をして、当時を振り返った。見捨てられることを回避するための狂ったような努力だな、と夷戸はまたもや精神医学的に判断した。東條の人となりは、次から次へと境界性人格障害の診断基準に当てはまっていくようだ。人間の精神の深淵を覗いた気がして、夷戸の顔は徐々に曇っていった。

「私と曾我の色恋沙汰が、マスコミに嗅ぎつけられるのは時間の問題だった。関係が始まって、三ヶ月くらいかしら。ある写真週刊誌が、私のマンションから出てくる曾我の姿をとらえた。大スキャンダルよ。だって、これでも私は清純派の若手女優として通っていたのよ。それが、こともあろうにドン・ファンで有名な曾我と関係があったんだから。テレビのワイドショーや週刊誌では連日大騒ぎよ。私に対する大バッシングが始まったわ。〈堕ちた偶像〉なんて調子でね」

「うちの『女性ワールド』も、その節はだいぶ稼がしてもらいましたよ」

木邑は明け透けに言うだけ、邪気がない。東條も含み笑いをして、

「私も貢献させていただきました。……で、そんな日々がしばらく続いたの。でも私、実はこの事態は、曾我との関係に追い風をもたらすんじゃないかと思ったの。曾我進一郎と東條茉莉花がつき合っている——こういう既成事実が作られたら、曾我も他の女との関係を見直して、私だけを見てくれるんじゃないかって。あの東條とつき合っているとなったら、他の女たちも身を引いてくれるんじゃないかと。そして、世間から認められたカップルになるんじゃないかって、夢見ていたの。甘いわね。私は本当に子供だったのね。ある日電話をかけてきた曾我は、なんて言ったと思う？『俺はひとりの女に縛られたくはないんだ。別れよう』って。気障ね、あいつ。私が泣きながら、別れないでと懇願したら、こう言ったわ。『おまえは面倒くさい女だからな』……だってさ」

東條は話の内容とは正反対の、穏やかな顔つきになっていた。彼女の中では、もうこのことは昔話として、けりがついているのだろうか。自分ならずっと相手を恨み続けるだろうに、と夷戸は我が身に照らして考え、女心とはわからないなと思った。

「改めて関係者の話を直接聞くと、女の敵ね、曾我は。あたしだったら、張り倒してる」

東條に自己を同一視しているのか、美菜が憤慨する。しかし、東條はその意見に全面的には賛成しなかった。

「ありがとう、美菜さん、だっけ？　でもね、そうじゃないと曾我じゃないのよ。マスコミに嗅ぎつけられたから、正式におつき合いしましょう、結婚しましょうなんて、そっちのほうがつまらないと思わない？　昔気質のスタアを気取る曾我らしくないわ」

「でも傷ついたでしょう、東條さんは。色々と東條さんのことが報道されたし」

美菜は当時のバッシング報道を思い出してか、憐れむような眼で東條を見る。そういう眼差しは心外だとばかりに、東條は薄く笑った。

「そりゃあ、ね。私も若かったし、どうやって自分で自分を守ったらいいか、わからなかったしね。でも、いくらバッシングを受けたって、私はへこたれなかったわ。だって、曾我がいる。曾我は別れても、確かにこの世界に存在している。そう思ったら、気は楽になった。変な言い方かもしれないけど。曾我が生き生きと演技している姿を翳ながら目にすることができたら、私はそれで満足だったの。それで生命力が得られたの。私はつき合っていた頃よりも、むしろ元気になったくらいよ。曾我と同じ世界にいることが、私の心に平安をもたらす。曾我は私にとって生命の源だったの。そんな曾我と数ヶ月でもつき合えた私は、この世の誰よりも勝者であると思ったわ」

「曾我さんを、本当に愛していたんですね」

と、美菜は少し潤んだ目で言った。たとえ捨てられても、それ以上追いすがることなく、翳からじっと見守ることで満足を得る。ひとつの愛し方だとは言えるだろうが、あまりにも悲しい愛だと夷戸は思った。自分にはそんな愛し方ができるだろうか。

「僕はそんな奴は許せないな。曾我は汚い奴だよ。東條さんをちゃんと愛してやることができないなんて」

蜷川が語気荒く言った。それは明らかに東條に向けて自分を売り込むつもりだった。蜷川という男、東條のことが好きなんだなと、恋愛関係の機微には鈍感な夷戸にもすぐ察せられた。しかし、昔の相手を貶めて自分の存在を主張するのは、あまり賢いやり方ではないのでは、とも夷戸は思った。どうせ過去の想い出の相手になど、勝てるはずはないのだから。

「あなたはそれでいいわ。誰かいい子ができたら、そうしてあげなさい」

東條の蜷川に対する態度は、あくまでも冷淡だ。感謝の言葉でも期待していたらしい蜷川はそれを聞いて、しゅんとなってしまった。

「私ね、まだ三十だけど、結構古風なところがあるのよ。意外でしょ」

東條は、はにかんだ笑いを見せた。

「ほんと、東條さんっていい女だな。姐さんって呼ばせてもらおうかな」

根津が思わず軽口を叩くと、東條はちょっと上目遣いになり、無邪気な顔つきで彼を見た。特徴的な蒼味を帯びた白目がちらりと覗いている。ああ、恋をしていた時も、こんな顔で曾我を見つめていたんだろうか、と夷戸に思わせるものだった。

が、そこで急に、東條の顔は陰鬱な色に覆われた。シガレットケースから、もう一本煙草を取り出すと、火を点けてひと口吸った。そして物憂げに長く煙を吐き出した。

「そう、曾我が存在している限りはね。私は大丈夫だったの。生きていけたの。それが――」

「曾我進一郎、突然の失踪の段ですな」

木邑は芝居がかった言い方をする。東條は眉根を軽く寄せ、そのままの表情で煙草を一本吸い終わった。痛々しい過去をさらけ出すことを躊躇っている風だった。それは見ず知らずの者に聞かせるのが恥ずかしい、厭だというのではなく、言葉にすることで、その時の痛みが再発するのを恐れているという感じだった。

その沈黙を破るように、石崎が踊り子の絵が描かれたジタンの箱を取り出し、またジッポーの蓋を撥ね上げた。今度は完全な不意討ちだったため、ミーシャは腰を抜かさんばかりに驚いた。

「だから、石崎様……その音は……」

息も絶え絶えにミーシャが抗議すると、

「あ、どうも。これは失礼なことをしたね。この音、嫌いなんだったね」

と石崎は軽く詫び、ジタンに火を点けてうまそうに吸った。その寸劇の間に、東條は語を継ぐ決心がついたようだった。

「そう、突然の失踪……」

そこで東條は軽く咳払いし、改めてまた語り始めた。

「私たちが別れて、半年くらい経った頃かしら。ある映画の撮影中、スタジオに曾我が現れなかったの。まあ、曾我は型破りな遊び人だから、飲み過ぎて宿酔にでもなったんだろうと、マネージャーが自宅に連絡してみたんだけど、連絡がつかなかった。それで、もうスタジオは大騒ぎよ。どこかで飲んでいて、トラブルに巻き込まれたんじゃないかとか、色々悪いシナリオが予想されてね。警察にも照会したんだけど、曾我が保護されていたり、事件に巻き込まれている様子もなかったの。マネージャーがすぐに自宅へも行ってみたけど、そこは普段どおりの曾我の部屋だった。ただ、彼がいないだけで。曾我は気まぐれな人だから、もしかしたら翌日は何事もなかったように、スタジオに来るんじゃないか、とスタッフたちは無理矢理自分自身を安心させて、次の日を待った。仕事をすっぽかすことは、それまでにも何回かあったらしいしね。でもね、結局次の日も現れなかった。次の日も、その次の日も……。こうして曾我は謎の失踪を遂げたってわけ。マスコミはもう大騒ぎよ。当代随一の人気俳優が、突如として姿を消したんだから。勿論警察は本格的に動き出したし、木邑さんたちマスコミ関係の人たちも必死に曾我を追ったけど、杳として行方は知れなかった。ただ、失踪の前日に、六本木で深酒をしていたところまでは、目撃されているわ。それっきり、影も形もなくなっちゃったのよ、曾我は。誰にも行き先を告げることなく、彼はいなくなった……。ほんと、なんて奴なんだろう、あいつ。もし死んだのならワンワン泣いてあげるのに、失踪しちゃったのよ。どうしようもないじゃない、私」

　東條は右手を握り締め、泣き笑いのような表情になった。気を緩めると暴発してしまいそうな感情を、必死で抑えている態だった。

「私はゴシップのためなら命も惜しまない、業界の鼻つまみ記者なもんで、それはもうあらゆる手を尽くして曾我の行方を追いましたよ。しかし、六本木から広尾の自宅に一旦戻ったところまではわかったんだが、そこでふっつりと糸が切れるんだな。そこから先がどうしてもわからない。数ヶ月追い続けましたが、さすがに蝮の木邑もお手上げでね」

　木邑は珍しく、真面目な顔つきになっていた。東條は、落ち着きを取り戻そうというのか、新しいカプリに手を伸ばし、火を点けた。

「煙のように消え失せた、って表現があるけれど、まさにそう。曾我はほんとに煙みたいに、ふうっとこの世界から消えちゃったんじゃないか、と私は思ったわ」

　そう言って、東條は煙を吹き抜けにめがけて吐き出した。蒼灰色の煙が東條の口から立ちのぼり、しだいに空間へと拡散していく。謎の失踪事件を語るには、恰好の演出だった。

「曾我が失踪した日から日一日と経つごとに、私は疲弊していったわ。だって、別れても曾我がこの世界に存在している、ってことだけが私に生命力をもたらしていたんだから。それなのに、曾我はいなくなってしまった！　私は曾我を恨んだわ。殺してやりたいほど憎んだわ。私を勝手に見捨てたんだと。今度こそ本当に見捨てたんだと。燃えるような憎しみが心の中で荒れ狂うと同時に、もう一度だけ曾我に会いたいと思った。でも、どうしようもないものね、失踪しちゃったんだから。どこにもいなくなっちゃったんだから。私は食事も咽喉を通らなくなった。私に自傷癖があるのを皆さんは御存じかと思うけど、腕を切るようになったのはその頃。最初はどうして腕を切ろうなんて思ったか、今となっては思い出せないんだけど。でも、腕をすうっと剃刀で切ると、当たり前のことだけど血が滲み出てくる。曾我がいなくなった今、それだけが私が生きている証拠だと思えたの。温かい血が腕を滴り落ちるその瞬間だけ、私は曾我のことを忘れて陶酔することができた……。逆説的だけど、死へ近づくことが、生を感じる近道だったのね。で、マネージャーに自宅のマンションで手首を切っているところを発見されて、即入院よ。でも、静かな病院の寝台で、独り横になっていると、曾我の声が聞こえるの。優しかった時のあいつの声が。それも何でもない会話がね。『おい、このネクタイ似合うかな』とか、『煙草をちょっと取ってくれ』とか。甘美な経験ではあったけど、やっぱり私には耐えられなかったわ。生きているあいつに話しかけられるなら幸せだけど、姿がないのに声だけ聞こえるんだから。曾我の呪いにかかっているようだった」

「短期精神病性障害か……」

東條に聞こえぬように低声で、夷戸は呟いた。あまりにも痛ましくて、東條の回想をこのまま聞いていると、自分までもが精神の変調を来たしそうだった。

「入院で栄養状態だけは少し改善したから、私は逃げるように病院を後にした……。後はお決まりのコースね。抗不安薬やら抗鬱剤やらを溜め込んで、それを一気に飲んで、腕を切っては、救急搬送の繰り返し」

東條はワンピースの左腕をまくって、夷戸に見せた。そこには痛々しい幾筋もの傷痕が残っている。夷戸は思わず目を背けたくなった。東條の横に座っている蜷川は、傷痕が残る腕にそっと掌を置こうとしたが、躊躇いが勝ったようで、ゆっくりと手を引っ込めた。それを見て、東條はせせら笑い、

「そういう日々を送りながら、曾我が今にも現れるんじゃないかと、新聞や週刊誌には注意を払っていたんだけど、なんの情報もなかった。その度に私は、身を切られるような絶望感に苛まれたわ。そして、洒落じゃないけど、身を切ることでなんとか生きている感覚を得ていたの。でも、バッシングを受けた後、細々ながらあった仕事にも出られなくなって、もう廢人寸前の存在になってしまった。落ちるところまで落ちたってわけ。睡眠薬や抗不安薬を大量に飲んでは何日も眠り、起きては腕を切る、どうしようもない存在にね。でもね、曾我の失踪から一年ほど経った頃かしら。この風祭さんに電話をもらったの。自分の劇団に入らないかって」

「俺は曾我進一郎に、深い恨みがある人間だからな。曾我に恨みを持っていそうな人間を、劇団に誘うのも悪くはないと思ったのさ」

と風祭は嘯く。

「深い恨み――あの事故のことですね」

根津が気の毒そうに風祭に声をかけた。風祭は鼻先で笑った。

「そう。曾我が失踪する四年前かな。俺と奴は遊び友達だったから、よく夜の街でつるんでいたんだ。曾我には女をあてがってもらったり、その逆をこっちがしたり、持ちつ持たれつの関係だった。その日は、曾我が買ったばかりのAMGに乗って、夜の首都高をドライブと洒落込んだ。勿論曾我が運転したんだが、奴の運転は荒いんだ。めちゃくちゃ飛ばしやがる。最初は俺も後部座席で酒を飲んでゲラゲラ笑ってたが、さすがに怖くなってきて、『ちょっとスピードを落とせ』って注意したんだ。そしたら曾我の奴、むきになりやがって、逆にアクセルを踏み込んだ。で、案の定、カーブを曲がりきれずにドカン！　ってわけさ」

そうして風祭はしばらく黙り込んだ。繃帯の穴越しに見える彼の目は、獲物を狙う肉食獣のように光っている。一同は、固唾を呑んで風祭の次の言葉を待った。と、突然、

「畜生ッ！」

風祭は叫んだ。易驚性のミーシャが仰天したのは言うまでもない。

「畜生、曾我の野郎め！　そんな大事故を起こしながら、あいつは掠り傷ひとつ負わなかったんだ。ピンピンしてやがった。とんだ悪運の持ち主だ。それが……それが俺ときたら……鼻から上がぐちゃぐちゃだよ。フロントガラスに頭から突っ込んだからな。失明だけは免れたが、深い裂傷の痕がいくつも残って、自分でも見るのが厭になるほどの顔になっちまった。とても俳優なんて続けられない顔にね。いや、オペラ座の怪人なら、ノーメイクでやれるがね」

風祭は聞いているほうが気の毒になるような冗談を言い、鼻から勢いよく憤懣の息を吹き出した。

「俺は鏡で自分の顔を見るたびに、目を潰したい衝動に駆られた。それか、顔の皮を全部剝ぎ取るか——。こんな恐ろしい顔になるなんて！　俺は気が狂わなかったのが、自分でも不思議でしょうがないよ。毎日毎日、こんな呪われたご面相を見せつけられたのにな。まあ、家の鏡は全部叩き割ってやったがね」

風祭は右の口の端をさらに引き攣らせ、無気味に笑った。しかし、その両眼は据わり、まったく笑っていなかった。

「俺は俳優として再起不能になったのに、あいつはたった三ヶ月の謹慎で済んだ。理由？　奴が売れっ子だからさ。スポンサーもテレビ・映画業界も、あいつを手放したくはなかったんだ。そんな汚い話があるか？　畜生、どいつもこいつも腐ってやがる！」

風祭は抑えきれぬ怒りで激しく足を踏み鳴らし、板張りの床がぎいぎいと鳴った。

根津が気の毒そうに、

「でも、俳優の道を閉ざされたとはいえ、『梟の林』を旗揚げして、成功なされたじゃありませんか。それでは、慰めにはならないかもしれないけど……」

「慰めにはならんね！」

風祭は根津の反論を切って捨てた。

「俺の顔は美しかった。ああ、曾我なんかより、見方によっては、ずっと甘くていい顔をしていた。それがこんな、繃帯をしなきゃ外にも出られない顔になったんだぞ！　こんな木乃伊男みたいな格好でないとな。繃帯を取ればおぞましい顔がある、繃帯をしても気味悪がられる。どうすりゃいいんだ、俺は。それに、俺はスポットライトを浴びるのが大好きだった。舞台に立った瞬間、さっと一条の光が自分に当たる。辺りは闇に包まれているが、舞台というひとつの世界で光を受けているのは自分だけだ。俺は舞台上の神だ。光あれ！　スポットライトを浴びていると、アドレナリンがドクドク出てくるのがわかるんだ。脳が沸騰するような感覚がね。それが……その快感を得られる場所を、一生失ってしまった。確かに、俺の書く脚本は、劇評家にいつも好評だ。人間が抱く哀感がよく出ているとか、心の闇を鋭く抉っているとか、そんなことを言ってくれる。だが、それがなんだ！　そんな物、糞喰らえだ！　俺は舞台のまん真ん中に立って、光を浴びたいんだ！」

風祭はなおも足を踏み鳴らす。気圧されたようにマーカが身を退く。煩悶のあまり身をよじるようにして、彼は言葉を吐き出した。

夷戸は彼を憐れに思った。肥大しきった自己愛は、もはや収縮することができないのだ。現在の境遇に見合った満足というものを、得ることができないのである。確かに事故で顔を損傷したことは、ひどい不運だ。だが、そのことが一層自己愛の肥大運動の持続を促してしまったとしたら、これを上回る不運はないだろう。

「俺はあいつを許さないッ！」

風祭は醜く曲げた手の指を差し上げて、まるでハムレットを演ずる舞台俳優のような、仰々しい悲劇的な仕草を見せた。

「だがな、曾我は失踪した。奴は消えちまった。失踪から一ヶ月経っても二ヶ月経っても、奴は現れない。俺はしだいに不安になってきた。理由はわからんが、とにかく不安なんだ。俺はハタと気づいた。俺はこの先、どうやって生きていけばいいんだろうって。曾我のいない世界で、誰を憎んでいけばいいんだろうってさ。俺は憎しみのやり場に困ったんだ。奴への憎しみは、俺の生きる糧だった。それが、俺が曾我を殺さなかった理由だ。東條とは違う意味で、俺は曾我を必要としていたんだ。俺の生命力は一気に萎んじまった。憎しみってのは、生きていく最大の理由だってことがわかった。愛なんて、それに比べればちっぽけなもんさ。いや、愛が純化したところに憎しみが生まれるといってもいい。俺は奴を、殺したいほど愛していたのかもしれん……」

落ち着きを取り戻した風祭は、再び長椅子に凭れ込むように腰を下ろした。両手で繃帯が巻かれた頭を抱え、しばらくじっと座っていた。確かに愛と憎しみは、結局は同じ志向性のものなのだ、と夷戸も思った。それは陳腐だが、真理なのだ。対象に激しく迫ることが、愛であり憎しみであるからだ。愛情の正反対は、無関心——よく言われることだが、それは風祭にとっても真実だったのだ。

風祭は黙って俯いていたが、不意に顔を上げた。

「それからの人生は、惰性で続いていたといっていいだろう。劇団のためになんとかいい脚本を書く、ただそれだけさ。確かに周りに褒められるようないいホンは書けていたが、俺の心は虚ろだった。事故直後以上に、俺は自殺したくなった。奔騰する憎しみのやり場が、自分自身へと向かい始めたのかもしれん。そう、俺は曾我を慾していた。心底からあいつを必要としていたんだ。憎しみを叩きつけることができる相手を……」

「そこに私からの連絡が入った、というわけですな」

木邑が静かに言った。風祭は無言で頷いた。

「いえね、私は十年間、曾我の行方をずっと追い続けていたんですよ。執念、いや妄執と言ったほうがいいかな、それに囚われていてね。曾我をとっ捕まえないと、蝮の木邑の名がすたるってわけで。いつも仕事の合間を縫っては全国を廻り、曾我の探索を続けていました。そして最近、妙な噂を耳にした。壱岐の海岸の沖合にある、弔月島なる小島に、奇妙な館があるというんですよ。しかも曾我の失踪と時を同じくして住民が増えたようだ、と。私はピンときましてね、すぐに壱岐に飛んで、この近辺の漁師に話を訊いた。するとね、漁の帰りにこの淆亂館の近くを通ったある漁師が、露台に曾我らしき人を見た、と言うんです。私は『しめた！』と思いましたね。最近この業界は、ネタ涸れ気味でしたからね。早速、東條さんと風祭さんに極秘でコンタクトを取ったんですよ」

木邑は蝮の異名に違わぬ、爬虫類を思わせる狡猾そうな笑みを見せた。

「別れても愛する相手、そして仇敵との再会を記事にしようというわけですか。いやはや商魂たくましいな」

根津が呆れたような声を出した。

「そのとおり。いい記事になりそうでしょう？　根津さん、あんたも編集者なら、雑誌を売るために、これくらい下種なこともやらんとね。それで石崎さんにすぐ声をかけ、弔月島へと渡った」

「僕もね、昔は絶大な人気を誇った美人女優の東條さん、いや、これは失礼、今や演劇界で確固たる地位を築いた大女優が愛した相手というのをね、是非このカメラにおさめたかったからね」

石崎はカメラを一同にぐるりと向けた。

「……ところが、話は簡単にはいかなかった。まさか、黒羽根兄弟という屈強な使用人がいようとはね。そこから計画が狂い出したんですな。それで、ボートまで沈められた、と。続いて上陸した風祭さんたちも同様にね」

と木邑は、今まで黙って一同の話に耳を傾けていた黒羽根兄弟を見遣った。兄弟は主人が曾我だと暴露されて虚ろな表情ではあったが、誰かが逃げ出さぬよう、警戒だけは怠っていなかった。

「でもね、私はここに監禁されたくらいで、諦めはしませんよ。たとえ屍になろうとも、曾我の記事を書いてやる。それが蝮の木邑の真骨頂ですからな」

木邑は、からからと笑う。

「私はもう殺生は致しませぬ――しかし、曾我を守るのが、我々の役目でございますからな。父なる神、泥烏須《でうす》の次に大事なお方です」

とマーカは幾分誇らしげに言う。

「殺生はいたしませぬ、か。信じていいのかなあ。逃げ出そうとしたら、俺らはブチ殺されるんじゃねえの？」

根津は胡散臭そうに言う。

「私は疑問があるのですよ。どうして曾我さんが、この島へとやって来たのか。そして何故あなた方が曾我さんを主人と仰ぐようになったのか」

『梟の林』の面々が語った曾我失踪の顚末を聞けば、当然湧き上がる疑問を木邑は呈した。

「それは……」

と答えようとしたミーシャを、マーカがすぐに止めた。

「それはお話しできませんな」

マーカはにべもなく質問をはねつけた。

「もうここまで来たんだから、教えてくれたっていいでしょうに。お願いしますよ、マーカさん」

東條たち三者の話を聞いて、好奇心に駆られた夷戸が懇願したが、マーカは無言で首を横に振る。

そこで風祭が、唐突に長椅子から立ち上がった。

「俺はもう我慢できん！　俺は、俺は、この美しい顔を傷つけられた復讐のために、あいつと対決しなければならん！」

風祭は駆け出した。慌てて立ち塞がろうとした黒羽根兄弟を突き飛ばし、階段を駆け登る。

「そのために俺はこの島へ来たんだ！」

風祭は狂人のように叫びながら、廻廊を問題の部屋へと走っていった。マーカがすぐに後を追いかける。ミーシャは肥満した軀を重そうに引きずりながら、一歩一歩階段を上がっていく。広間に残された一同は、魂を抜かれたように啞然としてその有様を見守っていた。

「曾我！　俺だ、開けろ！」

先ほどマーカが見上げた扉に、風祭は体当たりを喰らわした。と、頑丈な厚樫製の扉に跳ね返されると思いきや、扉は内側に難なく開き、風祭は部屋へなだれ込んだ。扉が開いていたのだ。今まで曾我は薄く扉を開き、一同の話を盗み聞きしていたのだろうか。まるで闇の中から周囲を窺う臆病な夜行性の動物のように。

「追い詰めたぞ、曾我！」

哄笑混じりの喚き声をあげながら、風祭は扉を閉じた。マーカの手が扉の把手を摑もうとした刹那、内側からカチリと鍵を締める音が聞こえた。

「御主人様、大丈夫ですか！　御主人様！」

マーカは狂ったように扉を叩き続けたが、中からは風祭の喚き声が聞こえるばかりだ。

「似ているなあ」

騒動に気が動顚した一同をよそに、美菜が呟く。

「え、何に？」

蜷川がすぐさま振り返って、美菜に訊ねる。

「……似ていませんか？　風祭さんと曾我さん」

「ああ、あのふたりね」

東條が思わず苦笑する。

「あのふたり、顔が似ているんですか？」

夷戸が美菜に問うと、

「違う、夷戸君。顔じゃないの。声と背格好が似ていたのよ」

「はあ、確かに……」

と夷戸は今さら気づき、二階の閉まった扉を見上げた。マーカはなおも扉を叩き続けているが、中からは応答がなく、「曾我、出てこい」という風祭の仇敵を呼ぶ声だけが聞こえている。

「美菜さんに言われて気がついた。確かに曾我進一郎と風祭さんは、声が似ている気がする」

「でしょ」

美菜は根津に頷き返した。東條が今度は口を開き、

「おおっぴらに言われたことはなかったけれど、ふたりの相似は業界では有名だったの。風祭さんは売れない若手の頃、背格好が似ているのを買われて、曾我のスタントを務めることもしばしばだった。それで曾我と兄弟分のような関係になり、つるむようになったのね。それに曾我は、気の向かないアフレコの仕事なんかは、風祭さんに影武者をさせたこともあったくらい。それでも違いに気づいた人は、ほとんどいなかった。それくらい似ていたのよ。あんなに憎み合っているのに声と背格好が似ているなんて、同族嫌悪って面もあるのかしらね」

東條は敵同士の不思議な因縁を述懐した。

「仇の影武者を務めていたなんて、面白い話ですな。しかし、それはそれとして我々も、部屋へ行ってみようじゃありませんか。十年ぶりに姿を現す曾我進一郎を、この目で、しかと眼に焼きつけねば」

木邑の言葉に、根津も頷く。往年の曾我の姿を知らないとはいえ、夷戸も一部始終を目撃したくなり、腰を長椅子から浮かしかけた。東條はというと、尻に根が生えたように長椅子に座ったまま毫も動こうとしない。この十年間、会いたくてたまらなかった相手と再会できるとなると、急に怖くなったのだろうか。瞑目し、千切れる寸前の絹糸のように張り詰め始めた表情からは、その真意は窺えない。

と、鍵を開ける鈍い金属音が二階から聞こえ、激しい勢いで扉が開かれた。扉口にいた黒羽根兄弟は、勢いで後ろへよろめいた。

「卑怯者だ！　曾我は卑怯な奴だ」

怒りで肩を震わしながら、顔半分を綳帯で覆った風祭が現れた。黒羽根兄弟がすぐに部屋へ入ろうとしたが、風祭はふたりの腕を取った。

「無駄だよ。出てきやしない。御主人様はバスルームに籠城中だ」

風祭は吐き捨てるように言う。

「俺が部屋へ入ったら、こそこそと鼠みたいにバスルームへ這い込みやがった。それで内側から鍵を掛けて――。どうせ中でぶるぶる震えてやがるのさ。汚いドブ鼠め」

「ドブ鼠ですと！」

マーカが風祭の悪態に耐えきれず、激昂した。

「ああ、あんたらの主人はドブ鼠だ。そうじゃなかったら、何故巣穴から出てこないんだ？　俺が怖いのさ、奴は」

風祭は廻廊を階段へと歩いていきながら、部屋に隠れている曾我に聞こえるようにか、わざと大きな声で、

「曾我がこんなに臆病者だとは思わなかったぜ。まあ、ゆっくりと鼠が穴から這い出てくるのを待つとするか。幸い、あんたの使用人たちがボートを沈めてくれたからな。この館でゆっくりと待って、おまえを皆の前に引きずり出してやる」

と呼ばわった。黒羽根兄弟は扉の中と風祭を見比べていた。しかし、ここで主人を部屋から出

したら、大変なことになると悟ったのだろう。静かに扉を閉め、

「御主人様、どうか鍵をおかけください。またこの者が侵入するといけませんので」

と呼びかけた。

「声と背格好だけでなく、繃帯から鼻の下だけ出していると、面影も似て見えると私は思うんですが」

階段を降りてくる風祭を見遣りながら、木邑が言った。彼は上着のポケットを探り、一枚の古びた写真を取り出した。夷戸たちは、その写真に群がった。東條もやっと金縛りが解けたように、長椅子から立ち上がった。木邑の掲げた写真には、ひとりの男が斜《はす》に構えて写っている。

「ほら、御覧なさい」

木邑は写真を指で軽く弾いて、一同の注意を促した。写真の男は、髪は赤っぽい癖毛で、こめかみに近い端が跳ね上がった凛とした眉に、つり上がり気味の二重の眼、口を右の端に心持歪めて皮肉に微笑んでいる。

「曾我さんの写真だね」

と石崎が木邑から写真を受け取り、矯めつ眇めつ眺めまわした。

「ふむ、なかなかいい写真だね。よく撮れている」

石崎は写真の男が風祭に似ているかどうかよりも、写真の出来について専門家の感想を述べた。それから石崎は、写真を東條に渡した。夷戸たちもそれを覗き込んだ。

「おい、あんたたち、どうしたんだ」

戻ってきた風祭が、不思議そうに一同の輪に割って入った。蜷川が何故か険しい顔をして、東條から写真をひったくり、

「風祭さんが、曾我進一郎に似ているって話をしていたんですよ」

と風祭に突きつけた。

「久しぶりに言われたな、その不愉快な話は」

風祭は色めき立った。石崎は写真の曾我の鼻から上を手で隠し、

「ほら、ここをこうするとね、現在の風祭さんにそっくりだね」

確かに、口の引き攣り具合や、顎の形がよく似ている。

「俺のこの口は、事故のせいでこんなに曲がりやがったんだ。元からひん曲がっている曾我と一緒にしないでくれ」

風祭は吐き捨てる。改めてふたりの相似を思い返し、東條は真正面から風祭を無言で見つめた。想い出の曾我の顔と、重ね合わせているのだろう。その様子を、横で蜷川が不安げに見守っている。

「何を馬鹿なことを仰っているのですか、皆様」

曾我の部屋から戻ってきたマーカが、勢い込んで否定する。

「このような粗暴な方と、主人が似ていようはずはありません。なあ、ミーシャ」

「私は少し似ているようにも……」

ミーシャは言いにくそうに兄に反論した。

「馬鹿な、ミーシャ。お客様方にあてられたのじゃないか。御主人様は、風祭さんとは断じて似ていない」

「似ているわ——わかっていて、わざとそう仰ってるのね」

東條がマーカの言葉を打ち消した。

「いや、僕も似ていないと思うな」

蜷川が珍しく語気を強めた。

「曾我となんか似ていない。東條さん、目を醒ますんだ。曾我の面影を追い求めるのはやめてください。確かに曾我は生きていたらしい。だが、あなたは奴に捨てられたんですよ。散々弄ばれた末に、それこそ、遊び飽きた人形みたいに捨てられたんだ、必要ないってね。それを何故、十年も経って、あいつのことをまだ——」

「やめて！」

東條が平手打ちを蜷川の頬に喰らわした。鋭い音がして、蜷川はよろめいた。

「あなたに何がわかるっていうのよ」

東條は恨みに満ちた眼差しで、蜷川を見た。蜷川は左頬を手で押さえ、涙が溢れそうになりながら棒立ちになっている。当代きっての美男俳優が、無様に顔を叩かれたのだ。夷戸たちは息を呑んだ。木邑と石崎は互いに目配せをした。「いいネタができた」と、ほくそ笑んでいるのだろう。

「まあまあ。俺のツラと、あの糞野郎が似ているなんてつまらないことで争わないでくれよ。『梟の林』の面々が、仲間割れは困るね」

風祭が皮肉っぽく場をとりなそうとした。

「で、曾我の様子は、どうでしたか」

目を潤ます蜷川を一顧だにせず、東條が風祭に迫った。

「どうって、さっき言ったとおりさ。俺が部屋へ入ると、あいつは慌てふためいて、バスルームへ一目散に逃げて行った。そして扉をバタン、だ」

「顔は……曾我の顔は見ましたか。あいつは昔と変わっていましたか」

東條が身を揉むようにして訊ねる。

「いいや。顔は見えなかったな。緋色のガウンを着た背中と後頭部しか見えなかった」

すると、東條は落胆したように、「ああ」と呻いた。風祭は嘲笑い、

「そんなにがっかりしなさんな。奴はそのうち出てくるさ。ここはひとつ、煙で燻すなりして、あいつが出てくるのを――」

と言いかけた、その時だった。二階の部屋の扉が開く、低い音が聞こえた。

## 三　消失と出現と

「曾我さん⁉」

扉が開く音に東條が素早く反応し、悲鳴に似た声をあげた。一同も釣られて二階を見上げた。

「おお、いよいよ曾我進一郎、十年ぶりのお出ましか」

木邑が好奇心に満ちた目つきをして、手をすり合わせる。しかし、開かれた扉から、なかなか曾我は姿を見せない。

「あいつ勿体ぶりやがって。おい、早く出て来い、曾我！」

風祭は舌打ちして階段のほうへ進みかけたが、すぐに黒羽根兄弟に阻止された。夷戸は急に全身が強張るのを感じた。全盛期の曾我の記憶こそぼんやりしているとはいえ、十年間姿を消していた俳優が今、目の前に現れようとしているのだ。夷戸は固唾を呑んで階上を見つめ続けた。ところが三十秒、一分と経っても曾我は出てこない。痺れを切らした風祭は、

「おい、ドラムロールが鳴っているわけじゃないんだぞ。登場に時間をかけて、俺たちを焦らそ

うってつもりか。そうまでして目立ちたいか!?」

と罵った。その時、ひとりの男が現れた。夷戸は目を瞠った。高まる緊張で胃の腑の辺りが見えない手で握られたようにキュッと締まる。

しかし、扉口から姿を現したのは、ゆったりとした黒い服を身に纏った男だった。曾我は緋色のガウンを着ていた、とさっき風祭は言ったはずだが、と夷戸が怪訝に思い、その顔を見上げた。

「……！」

違う。先ほど木邑が見せた写真の、鋭いほどに凛々しい曾我の顔とは違う。現れた男は、横顔しか見えないが、その眉は垂れ下がり、目は虚ろで瞬きをしないのが非人間的だ。口の端も、顎のほうへ近づくようにだらしなく下がり、そこからシューシューと息が漏れている。口許に光って見えるのは、涎だろうか。髪は鳥の巣のように乱れていて、そう、それは広間の煖炉脇に掲げてある、肖像画の男にそっくりだった。

「黒羽根伊留満《いるまん》だ……」

黒羽根兄弟が同時に驚愕の声を発した。マーカは目をこぼれ落ちそうなほど見開き、ミーシャは眉間の皺をしきりに刻み、ふたりとも恐怖に満ちた顔つきをしている。伊留満といえば、伴天連に次ぐ切支丹宣教師の役職名だ。それで夷戸はわかった。あの黒い服は、僧衣なのだ。

「ちょっと、あれは誰？」

予想していた曾我とは似ても似つかぬ男が現れたものだから、美菜は頭の中が錯綜しているようだ。

「おい、この館にはもうひとりいたのか？」

風祭がマーカに迫ったが、彼は視線を黒衣の男に釘づけにしたまま首を振るばかりで何も言葉を発さない。『女性ワールド』誌のふたり、それに蜷川は、呆気にとられた表情で、階上を見据えている。

部屋の窓が開いているのか、僧衣の裾が風に靡いている。突然の登場で観客の注意を充分惹きつけた俳優がおもむろに花道を歩き出すように、黒い僧衣の男は露台の方向へと歩を進めた。裾を翻して歩きながら、シューシューと息を吐いているのが、怪物めいた印象を与える。

「黒羽根兄弟、あいつは誰なんだ。確かさっき、黒羽根伊留満とか言ったが」

まだ驚きを顔から消せないまま、風祭は階段へ向かっていこうとした。マーカが慌てて風祭の腕を摑み、

「駄目です。あの人に近づいてはいけない。悪魔《ぢゃぼ》のように獰猛な危険人物です」

と慌てて抑えた。

「危険人物だと？　どうしてそんな奴が、曾我の部屋から出てきたんだ。さっき俺が入った時には、あんな奴はいなかったぞ」

悪魔のように危険だという謎の人物の出現に、風祭は繃帯越しに両眼を激しくわななかせた。

黒羽根伊留満と呼ばれた怪人物は、無表情でゆっくりと歩を進め、露台への扉を開いた。そし

て扉の外へとその姿を消した。風に揺さぶられる帷《とばり》の外で、謎の男は何をしているのだろうか。

「とにかく、あいつを捕まえましょう」

蜷川が一同に同意を求めたが、危険人物だと言われると、夷戸たちは足が竦んで動けない。

「曾我は？　曾我はどうなったの？　どこへ消えたの？」

初めてそのことに思い当たったように、東條が呻いた。

「そうだ、あいつが危険人物なら、曾我さんが危ないいんじゃないか」

木邑が珍しく狼狽した声を出す。もしかしたら、その危険人物だという黒羽根伊留満なる男に、曾我は自室で危害を加えられたのではないか——夷戸は不吉な思いに囚われた。

その瞬間、露台のほうから絶叫が館内へと響いてきた。

「曾我！」

東條は恐怖の中にも嬉しさが混じった顔つきになった。叫びは、風祭に似た声だった。あれは曾我の声なのだ。いつの間に露台へと曾我は行ったのだろう？　夷戸は混乱する頭を制御して、素早く働かせようとした。

と、露台の帷をめくり、緋色のガウンを着た曾我が半身を出し、すぐに恐怖に駆られたように一目散に自分の部屋へと駆けていった。確かに今度現れた男は曾我だった。ほんの数秒だったが、凛々しく、傲慢にも思える横顔は確かに曾我だった。

「待って！」

東條が前へとよろめいたが、曾我の部屋の扉からは、無情にも鍵をかける音が聞こえた。

「曾我が露台にいた？」

まったく解せないというように、風祭が首を傾げた。マーカとミーシャも、何がどうなっているのかわからないようで、茫然と立ち尽くしたままだ。

「上を見てきます」

その隙をついて、蜷川が階段を駆け上がっていった。夷戸も蜷川につられて、無意識のうちに駆け出していた。

階段を昇って左手にある露台へ出ると、血を塗りたくったような紅い月が、どんよりと重く光ってふたりを見下ろしていた。夷戸は月にあまり視線を向けないようにした。見るからに凶事をもたらすような不吉な月だったからだ。突発したこの事件を嘲笑うように、月は空にぽっかりと浮かんでいた。

半円形の露台の欄干に夷戸が目を遣ると、上陸前に見たようにゼラニュウムの鉢が並べられている。その他には、露台には何もない。そして、誰もいない。

「誰もいませんね」

禍々しい月光の下、夷戸は蜷川に声をかけた。

「ああ」

蜷川は辺りを見回しながら、曖昧な返事をした。夷戸はひと回り露台を巡ってみたが、靴の裏に混凝土の冷たい感触が伝わるばかりで、何も得るところはなかった。黒い僧衣の男は、どこへ消えてしまったのか。

「海では？」

気づいた夷戸が、欄干から身を乗り出して、蜷川に言った。蜷川も釣られて欄干から下を覗いた。月光が冴え冴えと辺りに行き渡っているので、夜目にも大体の様子はつかめたが、館の玄関部周辺には人の姿はなかった。顔を上げたふたりは、無言で視線を合わせた。蜷川の長髪が風になぶられている。周りからは、波が弔月島に打ち寄せる陰にこもった音しか聞こえなかった。島へと波が叩きつけられるたびに、白い波飛沫が鮮やかに夷戸の目に映る。

「あれは？」

蜷川が弔月島と壱岐海岸の中間地点の海を指差した。そこが蒼白く帯状に発光している。

「あれは……夜光虫ですね」

夢のようにゆらゆら光る海を見て、夷戸は答えた。

「夜光虫？」

「そう。プランクトンの一種ですよ。海水温が上がる頃、春から夏に出現しやすいんです」

夜光虫は、波にその身をまかせて揺れながら、光り続けている。蜷川は気味が悪そうにその蒼い光を眺めていた。あの光の中に、黒衣の僧は消えていったのではないか。夷戸は非現実的な考えに囚われた。のみならず、海上を滑るように歩いて、夜光虫の群れの中に溶け込んでいく黒衣の男が幻視された。そう、まるでチェーホフの怪奇小説『黒衣の僧』のように。夷戸は慌てて頭を強く振って、脳裡から幻想を追い出した。

夷戸たちが露台を出ると、曾我の部屋の前に東條たちがひと塊になって群がっている。

「曾我さん、開けて。お願いだから」

そう哀願しながら、東條は扉を叩いていた。

「東條様、おやめください」

少し冷静さを取り戻したらしいミーシャは、なだめるように東條の肩に優しく手を置いた。

「曾我、開けろ！」

事態を収拾するべく、苛立った声で風祭も扉へと声を投げかける。何とか記録に取ろうというのか、木邑はポケットから手帳を取り出し、一同の遣り取りをメモし始めた。

「困りますな、木邑様」

ミーシャがすぐに手帳を取り上げようとした。木邑は悪びれた様子もなく、

「職業病でね。すまんね」

と素早く手帳をポケットにおさめた。マーカはというと、妖気に憑かれたように目を輝かせながら、

「この涙の谷に呻き泣きて、御身に願いをかけ奉る。御身の憐みの御眼を我らに廻らせたまえ。深く御柔軟、深く御哀憐、すぐれて甘《うま》くましますビルゼンサンタマリア様……」

と棒立ちになったまま、手を組み合わせて一心不乱に祈りを捧げている。精神の錯乱を感じさせる姿だ。

「夷戸、外はどうだった」

歩み寄ってきた夷戸たちに、根津が声をかけた。

「それがおかしなことに、外には誰もいないんですよ。弔い月が光っているだけだった」

夷戸は不思議そうに答える。

「あの黒服の男がいないの？」

「ええ、美菜さん。露台には人っ子ひとりいない。どういうことだろう」

と夷戸は腕組みして考え込んだ。

「柱を伝って降りて、逃げたのかな。しかし、弔い月が出現したってことは……」

根津も右拳を口に当て、考えに耽る。

「まさに煙のように消えちゃったのね。この館には、消えて戻ってきた人がひとり、突然現れて、そして消えた人がひとり」

美菜は謎めいた言葉を口にした。

「煙……煙だ！」

美菜の言葉に反応して呼び出されたように、扉の隙間から出てきた煙を見て蜷川は叫んだ。なるほど、黄色い煙が薄く噴き出し始めている。その煙は焦げ臭いような生臭いような、蛋白質が焼ける悪臭を伴っていた。

「煙よ！　中で何かが焼けているのよ」

と東條も煙に気づくと、さらに激しく扉を叩いた。

「曾我さん、開けて。中で何が起こっているの？　とにかく扉を開けて！」

東條が扉を叩くたびに、隙間から煙がもくもくと噴き出す。マーカは錯乱状態から目が醒めたのか、祈りをやめ、

「御主人様、御無事ですか？　御主人様！　ああ、なんということだ」

と銀髪を掻き毟った。ミーシャは蒼い顔を何度も歪めながら、ひと言も口を利けない。

蛋白質の焦げる臭い——考えられることはひとつ。肉体が焼かれているに違いない。曾我は焼身自殺でも図ったのか？　夷戸は、最悪の結末を想定せずにはいられなかった。

「ここはひとつ、扉を破るしかないな」

そう言いながら、木邑は懐中時計にちらりと目を遣った。事件が起きた時間を確認したのだろう。

「マーカさん、この部屋の合い鍵は？」

「主人の部屋の合い鍵など、持っているはずがございません」

マーカは木邑に食ってかかる。

「下がっていてくれ、俺が扉を破る」

風祭がひとり冷静な声を出した。一同は硬い核があるような確かな声の調子に、従わざるを得なかった。

一同を下がらせた風祭は、大きく深呼吸をすると、煙が隙間からたなびく扉に体当たりを喰らわせた。

「あっ、いてッ!」

風祭は肩を押さえてうずくまった。鍵をかけられてしまうと、堅固な厚樫製の扉は、体当たりなどではびくともしない。

「まあまあ、ここは俺にお任せください」

根津が進み出て、風祭を労わるように、その肩に手を置く。

「ふたりで体当たりをしようっていうのか」

風祭が見上げると、根津は人差し指を振って軽く舌打ちし、

「いいえ、これですよ」

ポケットからおもむろに、先の曲がった針金を取り出した。

「こんなこともあろうかと、いつもこれを用意しているんで。こんな物で開くもんかとお思いでしょうが……」

根津は半ば独り言めいた調子で呟きながら、把手の下の鍵穴に針金を突っ込むと、ぐいぐいと右や左に動かした。

「馬鹿な。そんな針金で開くもんか」

風祭が嘲笑したその時、カチリ、と鍵の合う音がした。

「お見事」

木邑が唸った。根津は把手を回し、さっと扉を開け、芝居がかった調子になって右手で中を指し示した。一同は、根津を押しのけるように室内へとなだれこんだ。

部屋の中は赤っぽい電燈がともっている。そこに黄色い煙が充満していた。煙の一部は、開け放たれた眼窓から外へと流れ出している。部屋の左側には、木製の寝台、それに猫脚のテーブルと椅子が置いてあり、その後ろには先ほど曾我が逃げ込んだというバスルームがあるのが、煙越しにおぼろげに夷戸に見えた。一世を風靡した俳優が逼塞していたにしては、簡素な作りの部屋だ。そして部屋の右手には——煉瓦造りの煖炉があり、緋色のガウンを纏った男が、その中へ頭を突っ込んで斃れていた。その首筋の右側には、柄に古代風の装飾が施されたナイフが突き刺さっていた。男が絶息しているのは明らかだった。

煙は煖炉に入った頭の部分から、盛んに噴き出している。夷戸は臭いを嗅いでいると嘔気を催しそうだったので、ハンカチで鼻と口を覆い、その惨たらしい情景を凝視していた。一同は煙を浴びながら、声もなく立ち尽くしている。

「こいつは bad ass な光景だ……」

そう言って、根津は口笛を鳴らした。屍体を見たくらいでは精神がびくともしないらしい。そ

の口笛が動作の開始の合図だったかのように、

「どうなさいました、御主人様！」

とマーカとミーシャが喚きながら、斃れている男に駆け寄った。しかし、頭が煖炉の薪に焼かれているその軀をどうしたらよいものか、わからないようだ。ガウンを着た軀を取り巻いたまま、右に左に逡巡している。

「おい、夷戸」

根津の呼び掛けで、夷戸は我に還った。

「屍体を煖炉から出してやろう」

夷戸は一瞬の躊躇を覚えたが、すぐに頷いた。屍体に歩み寄った根津は、夷戸とふたりで頭の燃えている男の両足を握り、煖炉から引き出した。

ずるずると煖炉から出てきたうつ伏せの軀は、頭髪がほとんど焼けてしまっており、後にはところどころにチリチリに縮れたものがこびりついている。そこから悪臭を放つ煙が立ち昇っていた。根津はその右腕を取り、無造作に仰向けにひっくり返した。

「御主人様！」

マーカはそう呼びながらも、目を背けた。ミーシャは脳貧血を起こしたのか、ふらふらと尻餅をついた。木邑が慌ててミーシャを支えようとしたが、ミーシャの体重で一緒に萌黄色の絨緞の上に転がった。東條は悲鳴をあげた後、両手で顔を覆い、がっくりと床に膝をつく。蜷川は土気色に変色した顔を歪めながらも、その光景から目を離さなかった。美菜は「うっ」とひと声えずくと、まるで漂う煙が瘴気だとでもいうように、手で顔の周りを盛んに払った。石崎は、空のカメラを構えている。風祭の表情は繃帯で窺えないが、眼が異様にぎらぎらと光っているのはわかる。

仰向けにされて露わになった顔は、無惨にもぷすぷすと音を立てて焼けている。時折、何かの汁がジュッと噴き出しては、絨緞へ垂れていく。高い鼻梁以外は一様に皺くちゃに爛れ、その相貌は人間の顔とは思えない形に歪んでいる。ところどころに薄桃色の火膨れができ、焼けた顔をよりいっそう奇怪な形にしている。焦げたところと火膨れ以外の皮膚は黄色く変色し、あちこち裂けて、そこから赤い肉の色が覗いていた。薄く開かれた瞼から覗く眼球も当然焼けていて、瞳がなくなり、生白い色をしていた。眼球はまだブツブツと音を立てながら沸騰している。夷戸は、まるで生焼けの魚の眼のようだな、とぼんやり思った。その眼球からも、蒸気とも知れぬ薄い煙が噴き出し、たなびいている。

夷戸は、人間の顔が焼け爛れているのを初めて見た。しかし、どうしてもそれが生身の人間だとは信じられなかった。人形か何かが焼けている——そんなふうにしか思われない。

開け放たれた眼窩からは、ちょうど月光が煙を縫って射し込み、遺体を浮かび上がらせている。春の夜空は仄明るい。一種夢幻的な光景に夷戸には思えた。そういえば幼い頃、親から買い与えられた人形があまりに女の子っぽいようで気に入らず、庭の隅でそっと燃やしたことを夷戸は思い出した。幼いながらも親を裏切る罪悪感に怯えて、人形に火を点けたものだ。セルロイドの顔が焼け爛れていく様子を、幼い夷戸は、不思議そうに見守っていた。しかし、罪悪感より人間の形をした物を燃やす背徳的悦びのほうが上回り、夷戸は人形が燃えるのを憑かれたように見つめていた。そんなことがあった。今、目の前のこの遺体も、セルロイド製の人形なのではないか……？

「兄さん、とにかく御主人様についた火を消すんだ」

ミーシャが尻餅をついたまま、兄に叫んだ。それで正気づいたマーカは冷たい汗を滴らせながら、バスルームへと駆けていき、中から濡れたバスタオルを持ってきた。

「お許しください、御主人様」

マーカは胸元で十字を切ると、ジュクジュクと厭な音を立てて焦げている顔をバスタオルで優しく包んだ。そこで夷戸の幻想は断ち切られた。

「曾我は死んでしまったのか――？」

バスタオルで頭を包まれた遺体を見下ろしながら、風祭がぽつりと呟いた。

「こんなになって、まさか生きてはいますまい。しかし根津さん、ひとつ脈を探ってみては――？」

自分で触るのは気後れがするのか、木邑が根津に促した。根津は跪くと、転がっている軀の腕を取り、じっと脈を探した。だがすぐに根津は首を振り、

「まだ軀に温かみは残っていますが、とうにこと切れていています」

と一同に宣言した。風祭は、しばらくじっと遺体をねめつけていたが、

「こん畜生！」

と突然叫んだ。

「畜生め、なんで死んじまったんだ。俺は、こいつと対決する日をずっと夢見て生きてきたんだ。復讐する日をな。それが、こいつは勝手に死んじまった。俺が手にかけて殺すはずだったんだ。それが……それが、なんで勝手に逝っちまうんだ。俺はどうしたらいいんだ！」

「やめて、風祭さん」

瞑目したまま、東條が鋭い語調で遮った。

「しかし、東條。こいつは――」

「やめて！」

東條はやっと目を開いた。なんとか一点を見据えようと東條は努力していたが、その小さな瞳の先は、ふらふらとさまよいがちだ。

「私はどうなるのよ。私だって、曾我に会う日を待ちわびて生き続けてきたのよ、この十年間。だから、あなただけがそんな思いではないの。もう言わないで」

風祭はそれを聞いて、憮然として口を閉じた。そうだ、この十年間、ふたりは曾我進一郎に再会する日を待ち続けてきたのだ。永遠に愛する相手であり、仇である曾我進一郎に――。その心

中は、いかばかりだろう。存在の根底から揺さぶられるような気持ちに違いないと夷戸は察した。

「あの、警察とかを呼ばなくていいんですか」

蜷川が心細そうに一同に訊ねた。

「そうだ、警察だ。事件性がありそうだからな」

「なりませぬ」

マーカは風祭の言葉を断固として認めない。

「と申しますか、この淆亂館には、電話などはございません。それに、皆様方の携帯電話もお使いになれませんし、どの道、警察には連絡できないわけでして」

「それなら、この焼け焦げた屍体と一緒に、この館にしばらくいないといけないのか？」

主人の遺体のことを、蜷川が「焼け焦げた屍体」呼ばわりしたものだから、マーカは怒りに燃えた目で見返した。それで蜷川は竦んでしまった。

「ボートは、ないんですかね。僕たちのは沈められてしまったけど、この館のボートがあるでしょう」

名案だとばかりに指を鳴らした石崎に、

「ありませぬな。今は海の底です。お客様方がお見えになったので、使われてお逃げになられたりしたら危険だろうと、早々に沈めました」

とマーカは、にべもない態度ではねつけた。そこで一同は黙り込んだ。完全に島の外とは遮断されているのだ。蜷川が言うように、この「焼け焦げた屍体」と何晩も過ごすことになるのは、やはり夷戸も生理的に厭だった。やはり焼け爛れた屍体から受ける恐怖感は、きれいな屍体とは一段違うようだ。

「御遺体をどうしましょう」

木邑がおもむろに立ち上がり、口を開く。

「ここに転がしておくのもかわいそうだ。寝台に運んだほうが、よくはないですか」

よいことを言ってくれた、とマーカは重々しく頷いた。

「木邑様の仰るとおりです。寝台にお運びいたしましょう。おい、ミーシャ」

だが、普段から蒼い顔をいっそう血の気が失せて紙のように白くしたミーシャは、腰が抜けたまま動けない。

「どなたか、そうだ、根津様。一緒に御遺体を運んでいただけますか」

「喜んで」

根津は快諾した。マーカが遺体の腕を取り、根津が足を持って、寝台へと運んだ。その途中で、はらりと顔をくるんだバスタオルが解け、おぞましい顔が露出した。しかし、火が消えているその顔を一瞥しただけで、肝の据わった根津は遺体を寝台へと運ぶ。マーカは一旦目を背けたが、遺骸を取り落としでもしたら使用人の沽券にかかわると思ったのだろうか。何も言わずそのままついていき、寝台へと優しく寝かせた。萌黄色の絨緞の上には、首筋から点々と血が滴り、煖炉から寝台までの絨緞に黒い染みを作っていった。

石崎が寝台に歩み寄り、あの傲慢ともいえる美しかった顔が無惨に変形した亡骸を、写真におさめるようにカメラを向けた。

「御冗談もほどほどにしていただきたいですな、石崎様」

蹌踉と立ち上がったミーシャが、冷や汗を拭いながら、石崎をたしなめた。

「こりゃあ、すまないね。何か奇異な物があると、カメラを反射的に向けてしまうんでね」

石崎は禿げた頭を掻いて弁解する。

「あの、ちょっと、風祭さん」

そこで夷戸が、手を挙げた。

「何だ？」

風祭は冷たい視線を夷戸へ送る。

「風祭さんが最初、まだ曾我さんが生きていた時にこの部屋に入った時、煖炉に火は熾っていましたか」

「さあ、どうだったか……」

風祭は首を傾げる。

「いや、煖炉に火はなかったようだな。部屋が薄ら寒かったのを憶えているから。しかし、何故そんなことを訊くんだ？」

「いえ、ちょっと気になりまして」

簡単な返答をして、夷戸はそのまま黙りこくった。

「御主人様が、波羅葦僧《はらいそ》に行かれますように――」

マーカがシャツの手首のボタンを開け、小さな真鍮の十字架《くるす》がついた数珠を取り出し、ぶつぶつと祈禱を唱え始めた。

「ミーシャさん、ちょっとお訊ねしたいんですが」

黙想を破った夷戸が、今度は黒羽根の弟のほうに問いかけた。

「曾我さんには、顔以外、首から下に、何か身体的特徴はありませんでしたか。例えば、大きな黒子とか」

すると、マーカも祈禱をやめ、夷戸に向き直った。夷戸の言わんとするところが薄々理解できたようで、マーカは疑惑に満ちた目つきになり、

「どうだろう、ミーシャ。御主人様にはそんなものがあったろうか」

「いや、どうだか……」

ミーシャは不得要領な返事をした。

「主人は潔癖な御方でありましたから、我々の前で肌を露わにすることはございませんでした。ですので、そのような物があったとしても、我々は存じておりません」

「では、東條さん。あなたは曾我さんと、その、関係があった方だから、何か身体的特徴をご存

じじゃないですか？」

東條は視線を斜め上へ向け、

「黒子、傷といったものねえ……。いいえ、記憶に残るような目立ったものはないわね」

「ふむ」

夷戸は鼻を鳴らした。

「とすると、この遺体が曾我さんと判断できるのは、着衣と背格好だけなのですね」

「誠にそういうわけで、夷戸様。しかし、顔はこのようにおいたわしい姿ですが、背格好、体格は、主人と瓜ふたつです」

「ありがとう、ミーシャさん」

夷戸は拳を顎に当て、思考に没入し始めた。彼の精神は異常に活動しつつあった。この事態を分析、解釈する糸口が摑めたのだ。夷戸は普段、異常心理学文献と怪奇探偵小説を愛読する衒学趣味の強い本の虫だ。しかし、実際の事件を前にしても、それらから得た知識を基に、解釈の歯車が回り始めるとは、自分でも不思議だった。何かしら不思議な力に、頭脳が駆り立てられているようだった。

「夷戸様が何を仰りたいか、だんだんわかってきました」

マーカは強張った顔で、夷戸に挑むように言った。思考が途切れた夷戸は、

「そうですか。それなら話が早いな」

と拳をコツコツと顎に軽く打ち当てた。

「ねえ、なんなのよ。何を夷戸君と黒羽根さんたちは話し合っているの？」

美菜が状況をつかめず、曖昧な表情で訊ねる。

「まあ、それは後でゆっくりと。まずはこの部屋の実況検分と参りましょう」

顎から手を離した夷戸は、床に転がっている物を子細に点検し始めた。煖炉の窓側の脇に、ジッポーライターのオイルを入れる缶が転がっている。曾我と思われる屍体は、これを頭部にかけられ、火を点けられたのだろう。夷戸はハンカチにくるんで缶を手に取り、

「空だ」

とひと言呟いた。

「ジッポーか」

意味ありげに蜷川が石崎を見る。

「僕がジッポーのライターを使っているからといってね、それだけで嫌疑をかけられてはたまらんね」

石崎は渋い顔で見返した。

「これは曾我さんのですか」

「はい、主人は短気でして、煖炉の火のつきが悪いとライターオイルをよく薪にかけていました。少々荒っぽいですが……。ですので、主人の物でございましょう」

すぐさまマーカが夷戸の問いに答える。

「ライターか燐寸はどこかな……」

夷戸が中腰になって絨緞を見た。しばらくそうやって探していたが、煖炉のすぐ近くに半分開いた燐寸箱が落ちているのを発見した。

「燃料と燐寸はこの部屋から発見されたか。そして窓が開いていた……」

夷戸は眼窩に歩み寄った。そこから顔を出すと、さあっと潮風が顔を撫でた。夷戸は右手のほうを見た。そちらの方角に、根津の言う「悪魔の暗礁」があるはずだ。今や、夜光虫の集団は拡がっていて、悪魔の暗礁と思われる地点は、月光を吸い込んだように蒼白く発光していた。

「ほう、薄気味の悪い眺めだな」

いつの間にか根津が横へ来て、夜光虫の発光する海を見ていた。美菜も窓辺へと歩み寄ってきた。

「霧が出ていたら、まるで『ザ・フォッグ』だ。難破船の乗組員の亡霊が、曾我さんを殺したのか……。いや、それよりもこの弔い月だな」

根津は月を指差した。

「この紅い月が昇ったら、やっぱり犠牲者が出やがった。伝説の通りじゃないか」

「ほんと、そうだよ。あたしたち、どうなっちゃうの？」

美菜は怯えた声を出す。

たらない。
根津に不意にそう言われて、夷戸は月明かりの夜の海に目を凝らしたが、それらしき物は見当
「見える範囲にはいないですね」
「でも、ここに樋がある」
と根津は、眼窓の横を地上から上階へと縦に伸びている金属製の樋を、拳でこつんと叩いた。
「登ってこようと思えばできないこともない。誰かが出入りできたことになる」
そう言いながら根津は腕組みして、樋と蒼く光る海を交互に見比べた。
「海上には人影はありませんね。しかし、根津さんが言うように、樋を伝って部屋に侵入しよう
と思えばできなくもないです。それと誰か、バスルームを見てくれませんか。さっきマーカさん
がバスルームへ行ったが、誰か隠れているといけませんので」
窓から顔を引っ込めた夷戸が呼びかけた。それに応えて、風祭がバスルームへと歩いていく。
マーカは心外だとばかりに夷戸を睨みつけた。自分がバスルームに犯人を隠匿している可能性が
ある、と夷戸が示唆したのに気づいたのだ。風祭は把手に手をかけ、しばらく躊躇っていたが、
思い切って上部に丸い磨り硝子の嵌まった扉を開いた。しかし、薄暗いバスルームには、クリー
ム色のバスタブとトイレ、それに洗面台があるだけだ。冷え冷えとした空気が流れている。
「ありがとう、風祭さん」

礼を述べながら、夷戸は部屋の中央に戻ってきた。彼は了解操作があっけなく終了したことに満足していた。不可思議な事件と思われたが、まるで子供騙しのような仕掛けで犯罪がなされたのだ。夷戸は解釈の余韻で高まった緊張感に、唇を心持ち震わせながら、一同に告げた。

「事件を整理しないといけませんね。皆さん、広間に集まりましょう」

†

右端の長椅子には『梟の林』の面々、中央の長椅子には666号の乗組員たち、もうひとつには『女性ワールド』誌のふたりが座っている。黒羽根兄弟は煖炉脇に並んで佇んでいた。長椅子が取り囲む中央のテーブルには、屍体から引き抜かれたナイフが置かれている。ナイフをくるんだ水色のハンカチは、血に染まっていた。一同は、そのナイフを凝視して、押し黙っている。

風はますます強くなったのか、時折煖炉の奥のほうで轟々という音が聞こえ、そのたびに薪が勢いを得て燃え上がる。風音の合間に唸るような低い機械音が聞こえるのは、ディーゼル発電機によるものだろう。頑丈な眼窓も突然ガタンと不穏な音を立てるので、ミーシャは気の休まる時がないようだ。マーカは曾我の部屋を離れることを最初は拒んだが、丁寧に遺体に掛け蒲団を被せ、長い祈禱を行った後、やっと一同に従った。

夷戸はフロイドの箱を取り出し、中を覗き込んだ。この箱には、もう十本ほどしか入っていない。もうひと箱、バッグに入れてきてはいるが、この館への軟禁がいつまで続くかわからないのだから、少し倹約して吸ったほうがいいかもしれない。しかし、これから一同へ告げることを考えると、緊張が全身へ走り、一本吸いつけずにはいられなかった。ライターを取り出して火を点けると、夷戸の口中にフロイド独特の味わいがした。

今こうしている間にも、夜光虫の蒼白い群れは島を取り巻き、弔い月は紅い無気味な姿を中空へ現しているのだろうか。それを考えると、夷戸は何やら薄ら寒い気持ちがした。

三服ほど吹かして人心地ついた夷戸は、やおら話を切り出した。

「事件をごく簡単に整理しましょう。まず、曾我さんの部屋から煙が出てきたので、我々は扉を破った。すると、頭を煖炉に突っ込んだ遺体があった。その顔は、無惨にも焼け爛れている――ここまでは皆さんが見たとおりです。遺体は大変衝撃的な有様でした。あの遺体が曾我さんかどうかもわからないくらいの損傷だった。しかしですね、これは探偵小説では実にありふれた、典型的な状況なんですよ」

「というと？」

問い返した木邑に夷戸は頷き、

「俗に言う〈顔のない屍体〉という状況なんです。屍体が発見される。その顔は、めちゃくちゃに叩き潰されているか、焼け爛れて誰だか見分けがつかない。しかし服装などの状況から、被害者は――仮にAさんだとすると――、Aさんに違いないと判断される。そして彼に殺意を抱いていたBという人物がおり、行方をくらましている。『それっ』とばかりに警察は、Bの行方を追うわけですが、杳として行方はつかめない。で、典型的な結末は、どうなると思いますか」

「犯人は実はAだった、ってわけだろ。AがBを殺しておいて、顔を見分けられないように潰してしまう。そして屍体に自分の服を着せたりして、さもAが殺されたように見せかけて、A自身は自分の存在を消して、悠々とトンズラするって寸法だ」

即答した根津に、夷戸は人差し指を突きつけて、

「そうなんです。根津さんの言うようなことが、〈顔のない屍体〉の典型的なパターンです。この事件も、実はそうじゃないか、と僕は言いたいんです。さっき、曾我さんに肉体的な特徴があったか、と黒羽根さんたちに訊いたのは、〈顔のない屍体〉を想定してのことだったんですよ」

「ああ、なるほどね」

美菜はようやく合点がいったらしい。少し疲れた表情で頷いた。

「となるとね、その〈顔のない屍体〉のパターンでいくと、被害者と加害者が入れ替わっているってことだね。被害者が曾我さんで、加害者は今のところ誰かわからないと思っていたけれど、今回もそのふたりが入れ替わっているってことかね」

「石崎さん、話が早いですね」

夷戸は重々しく頷いた。

「そうです。実は被害者は曾我さんではないのではないか？　誰かと入れ替わったのではない

か？　こう考えると――」

「何ということを仰るのですか、夷戸様」

マーカが怒気を含んだ声音で反論する。

「すると夷戸様は、曾我が誰かを殺した、と仰るのですか。一体誰を殺したのです？　その入れ替わられた犯人役とは？」

「そうなんです、そこが問題なんですよ」

夷戸は長い煙を吐きつつ、

「曾我さんと誰が入れ替わったのか――？　しかし、それも簡単に解釈ができます。あの〈現れた男〉ですよ」

と、わざと謎めいた言い方をした。

「〈現れた男〉――黒羽根兄弟が〈黒羽根伊留満〉と呼んだ、あの無気味な顔をした男か。獰猛な危険人物だという……」

風祭は繃帯越しに視線をマーカに向けながら言った。

「そう、この男です。これは伊留満の肖像画でしょう？」

夷戸は、煖炉脇の肖像画を指し示した。黒羽根兄弟は頷く。一同の目は、肖像画に釘づけになった。

「僕の解釈はこうです。黒羽根伊留満なる人物は、いつかはわからないが、樋を伝って二階の曾我さんの部屋へ忍び込んだ。伊留満にどういう理由があったのかわからないが、曾我さんと対決するつもりだったのでしょう。そして部屋を出て、露台へと歩いていった。部屋に曾我さんがいなかったからです。曾我さんは、現在の繃帯をした風祭さんと曾我さんの口許がよく似ている、と我々が話に夢中になっていた間に、部屋を抜け出していたんでしょう。あるいは曾我さんは、この館からそっと露台伝いに逃げ出そうとしていたのかもしれません」

「我々が淆亂館へ侵入したからだな。俺たちの前に姿を現せなかったんだ。こそこそと、臆病な奴め」

風祭は吐き捨てるように言う。

「そうです、その理由による可能性が高いでしょう。しかし、露台から逃げ出そうとしていたまさにその時、露台に黒羽根伊留満が現れた。慌てふためいた曾我さんは絶叫し、部屋へと一目散に逃げ帰った。曾我さんが扉に鍵をかけたのを悟った黒羽根伊留満は、どこから曾我さんの部屋へ押し入ろうか、と考えたでしょう。そこでハタと気づいた。先ほど自分が侵入した窓がある、と。広間には我々がいるので、露台から再び館内へ戻ると、捕えられるかもしれない。そこで黒羽根伊留満は、露台の柱を伝って地上へ降りた。そして島を半周し、また二階へと樋を登った……」

それを聞いている長椅子に座った一同の目は、目に見えない何者かを追っているようだった。

窓から侵入し、露台へと曾我を追い詰め、そしてまた曾我の部屋へと樋を登る黒衣の黒羽根伊留満の怪しい姿を、おそらく脳裡に描いているのだろう。だが、マーカは銀髪を振り乱して、顔を横に振っている。「そんなわけがない」とでも言いたいのだろうか。ミーシャは神経質に目を瞬かせながら、そんなマーカを不安げに見守っていた。

「で、樋を登った黒羽根伊留満は、眼窓から再び侵入した。そこで曾我さんと伊留満は、争いになった……。あのナイフは誰の物ですか」

突然夷戸は黒羽根兄弟に訊ねた。しかし、マーカは潤んだ目を獣のように爛々と輝かせ、答えようとしない。

「ミーシャさん、あのナイフは曾我さんの物でしょう？　違いますか」

そこで夷戸は鉾先をミーシャに向けた。ミーシャは紅潮した頬を河豚のように膨らませ、言葉を発しようとしない。

「まあ、あのナイフが誰の物であるかは、本質的には重要じゃないのです。黒羽根伊留満が持ってきた物を、争いの最中に曾我さんが奪った、とも考えられるのでね。とにもかくにも、曾我さんが争いに勝利したのです。自分の物か、あるいは伊留満から奪った物かはわかりませんが、そのナイフで曾我さんは相手を刺し殺した」

「違う！」

マーカは怒りを抑えきれなくなったのだろうか。衝動を自分自身へと向け、自らの腿を殴りつけた。ミーシャは汗まみれになっておろおろし、

「兄さん、落ち着いて」

と兄をなだめようとする。夷戸はそれに頓着せず、滔々と解釈を続けた。

「伊留満を刺し殺した曾我さんは、このままでは自分が殺人犯として捕えられてしまう、と焦った。扉の外には、我々が押しかけようとしていたからです。そこで伊留満の僧衣を剝ぎ取り、ガウンを脱いで屍体に着せた。そうしておいて、自分は僧衣を着たかどうかはわかりませんが、ともかくも服装を交換した。その上で曾我さんは、伊留満の屍体の頭部へライターオイルをかけ、煖炉へ突っ込んで、燐寸で火を点けた……。顔をわからなくすることで、自分が死んだと思わせるためなのは、言うまでもありません。で、我々が扉を破る前に、曾我さんは伊留満が侵入した眼窓から、樋を伝って逃げたんです。と、これが僕の解釈なんですが、いかがですか」

「素晴らしい」

木邑が心底から感嘆したといったように手を叩いた。根津と美菜も納得したように何度も頷いている。

「ありがとう、木邑さん。あまりにも鮮やかに了解操作ができたので、自分でも驚いていますよ」

夷戸は満足げに煙草を吸い込んだ。

「じゃあ、曾我はまだこの島をうろついているってわけか。さっきマーカが、島に所有しているボートは自分で沈めた、って言っていたから、逃げる手段がないだろうし」

そう言いつつ風祭は早くも立ち上がった。これから曾我の捜索に出ようという勢いだ。

「そうでしょうね。どこかへ隠れているでしょう。だけど、慌てなくてもいいと思いますよ。それこそ曾我さんは逃げる手段がないのですから、遠くへは行けません。もう我々の手中にあるも同然です」

夷戸が血気にはやる風祭をたしなめる。

「曾我め、またドブ鼠みたいに島のどこかへ隠れてやがるんだな。とことんドブ鼠根性に染まった奴だぜ」

風祭は憎々しげな声を発しながらも、どこか嬉しそうだ。仇敵と思いもかけず再会できることを喜んでいるのだ。

「そうすると、曾我はまだ生きているんですね、夷戸さん」

東條の声は震えていた。小さな瞳の下に、溢れそうに涙が溜まっていた。

「ええ、そのうち会えますよ、東條さん。しかし、僕の解釈どおりだと、彼は殺人犯だということになるんですが……」

「いいんです、夷戸さん。曾我が生きているだけでいいんです。ああ、またこれで曾我に会える！　今日はなんて嬉しい日なのかしら」

東條は両手で顔を覆い、咽び泣き始めた。そんな彼女を、蜷川は何か苦い物を味わっているような、複雑な表情で眺めている。

風祭と東條の心中を思うと、夷戸は自分の解釈を誇らしく思った。もう曾我には会えないと絶望したふたりを、夷戸の解釈が救ったのだ。曾我が殺人犯になってしまったことが悔やまれるが、もしかしたら事件は曾我の正当防衛かもしれない。とにかく、風祭と東條には、曾我が生きていて、この世界に存在していることが重要なのだ。そして、夷戸の解釈どおりなら、曾我は生きているのだった。

「黒羽根伊留満がいつ侵入したかについては、我々が風祭さんの顔のことを話している隙に、曾我さんが部屋を抜け出した直後と考えられます。ところでマーカさん、ミーシャさん」

夷戸は黒羽根兄弟へ向き直った。

「あの現れた黒衣の男、黒羽根伊留満とは一体何者なんですか。黒羽根、という姓が一緒ということは、あなた方と何か関係があるんですか。そして、ここが最も重要な点なんですが、曾我さんと黒羽根伊留満とはどういう関係なんでしょう？　何か、昔から怨恨関係にあるとか、そういう間柄なんでしょうか。そうじゃないと、露台で伊留満に出くわした曾我さんがあんなに驚くはずはないし、その後、曾我さんの部屋で争いが起こったのも説明がつかないんですが」

そこで夷戸はふと重大なことに気づいた。

「ああ、もしかして曾我さんは逃げたかもしれない！　だって、伊留満は闇にまぎれてボートでこの島へ来たはずでしょう。そうなると、伊留満のボートが島のどこかに繋留してあるはずだ。曾我さんはそれを発見してボートに乗り、島を離れた、ということも考えられる」

「そんな、またしても奴に逃げられただと」

風祭は拳を握り、長椅子から再び立ち上がった。

「逃がしてたまるものか。おい、黒羽根兄弟、今すぐこの館から出してくれ。いや、出るなと言われても俺は出て行くぞ」

「私も行くわ」

東條は風祭に縋って言った。ふたりは黒羽根兄弟に詰め寄った。

「この期に及んで、殺人犯を逃亡させる手助けをしたら、承知せんぞ。おまえさんたちの御主人様は人を殺しておいて、被害者のふりをして逃げようって肚だ。なんて奸智に長けた卑劣な奴だ」

マーカは異様に輝き続ける目で、口から泡を飛ばして食ってかかる風祭を睨んでいた。が、突如顔を歪めると、視線を外した。そのままマーカはうなだれると、肩を震わせ始めた。マーカの口からは、嗚咽のような声が漏れている。

「おい、どうしたんだ、泣いているのか」

風祭はマーカの肩を小突いた。しかし、マーカは抵抗するでもなく、ひくひくと肩を動かしている。

「まあ、無理もないでしょう。仕えていた御主人様が、殺人犯だったんだから。しかしマーカさん、ここはひとつ風祭さんに力を貸してあげて――」

夷戸の呼びかけを遮るように、幽かな忍び笑いがどこからか聞こえ始めた。一同は、場にそぐわぬ笑いの主を探そうと辺りを見回した。だが、顔を上げている者は、誰もその表情に笑みを湛えてはいない。

「もしかして、マーカさん?」

美菜が呆気にとられてマーカに声をかけた。夷戸も釣られて見ると、うなだれたマーカは肩を揺すりながら、低く笑っていた。嗚咽に思えたのは、笑いをこらえていたのだ。マーカは笑いで息苦しくなったのか、満面に朱を注いだように赤くなった顔を上げ、哄笑し始めた。

「殺されたのは黒羽根伊留満ですと? こりゃおかしい。なんて悪い冗談だ」

マーカは猿のように歯を剝き出して笑い転げる。ミーシャもそれにつられて、蒼い顔をさらに蒼褪めさせて、無気味にニタニタと笑い、

「黒羽根伊留満が今夜、この館に侵入した、だってさ。夷戸様、そりゃああんまりです」

長椅子に座った一同は、哄笑する黒羽根兄弟を啞然として見守っていた。一体何がおかしいのか? 夷戸も狐につままれたような思いだった。自分の解釈は完璧だった。どこにも瑕疵があろうはずがない。さては、この兄弟は完全に気が狂ったのか?

マーカとミーシャは身を悶えるように笑っていたが、やがてやっとのことで、笑いを鎮めることができた。それでもマーカは時々くすくすと笑いを漏らしながら、燕尾服のポケットに手を突っ込んだ。

「黒羽根伊留満は誰か、ですか？　このロケットを御覧なさい」

マーカはポケットから銀色のロケットを取り出すと、夷戸へ放った。受け取った夷戸は、何がなにやらわからないが、それをぱちりと開けた。そこには、煖炉脇の肖像画と同じ男の、色褪せた写真が入っていた。

「これは……？」

夷戸はロケットを一同に回しながら、マーカに訊ねた。

「黒羽根伊留満——本名は黒羽根信造《しんぞう》。そう、私たちの父です。そして、十八年前に私が殺したのです」

笑いを顔から完全に消し去ったマーカは、十字を切りつつ厳かに一同に告げた。

## 四　因辺留濃への道行

「なんだって？」

長椅子に座った八人は、まるで下手な演劇のように声を揃えて叫んだ。

「黒羽根伊留満がマーカさんたちのお父さんで、しかもマーカさんが十八年前にそいつを殺しただって？」

木邑は混乱した面持ちで、鸚鵡返しにマーカの言葉を繰り返した。

「そうなのです。ですから、主人の曾我と伊留満が入れ替わるなど、ありえないのですよ。伊留満はもう死んでいるのですから。私が殺めたのですから。私が殺めた最初にして最後の人物です。もうこの世界には存在しない人物なのです」

マーカの言葉を聞くと、東條はよろめいて長椅子に倒れこんだ。彼女の軀を、蜷川がうまく抱きとめた。この十年間愛し続けた人をめぐる希望から絶望への目まぐるしい変転に、東條の精神の耐性が限界を迎えたのだろう。

夷戸の頭の中も、思考がすべて抜き取られたように真っ白になっていた。死んだ——死んだ？　伊留満は十八年前に死んでいる？　そんなことはありっこない。僕の解釈は完璧なはずだ、と夷戸は強弁したかった。

「どういうことだ。じゃあ、やっぱりあの屍体は曾我だということか？　しかし、我々は伊留満が露台へと歩いていくのを、この目で見たぞ。このロケットの写真と同じ顔をした男がな。なあ、そうだろう、みんな」

風祭は一同に同意を求めた。一同は勿論無言で頷いた。夷戸がひときわ大きく首を縦に振ったのはいうまでもない。

「ですから私も驚いたのです。十八年前にこの手で殺めたはずの伊留満が、今夜淆亂館に現れたのですから。あの悪魔《ぢゃぼ》のような男が」

マーカは真鍮の十字架がついた数珠を取り出し、握り締めた。

「あの男は、因辺留濃《いんへるの》に堕ちているはずです。いえ、私が確かに堕としてやりました。それが、何故今夜、生きて現れ出たのでしょう。因辺留濃が満杯になり、悪鬼が地上へと彷徨い出て、歩き始めたのでしょうか」

「When there's no more room in hell, the dead will walk the earth. マーカさんは『ゾンビ』の名台詞と同じことを言いやがる」

根津が呟き、その後、掠れた口笛を吹いた。

「黒羽根伊留満はマーカさんが殺した。それも十八年前に……。一体、あなたはお父さんである伊留満を、何故殺したのですか」

解釈が否定された夷戸は、そう言って定まらない視線をマーカへ投げた。彼は恥辱という奈落の底に突き落とされた気分だった。こんなことがあっていいのだろうか。得意満面で披歴した自分の解釈が、しかも完璧と思えた解釈が、マーカのひと言で崩れ去ったのだ。自分がまさか名探偵だとは夷戸も思わないが、明智小五郎や金田一耕助、それに法水麟太郎は、かつてこんな無様な姿を曝しただろうか。自我と自己愛が肥大しきっているのは風祭だけではない。自分もそうなのだ。夷戸は言葉どおり、穴があったら入りたいくらいの気持ちだった。

動揺する夷戸の視線を受けながら、マーカは薄笑いを浮かべ、

「伊留満と申しましても、黒羽根信造は本当の宣教師ではないのです。元はといえば、彼の家は室町時代から続く長崎の裕福な商家でした。黒羽根家は家族全員、安土桃山時代に波宇低寸茂《はうちすも》を受け、切支丹になりました。そのほうが南蛮との貿易にも有利だったこともあるでしょう。やがて、江戸時代に本格的に切支丹禁制の世になって、教え導く南蛮人の宣教師も日本からいなくなり、信徒もあらかた火炙りとなった。だが、黒羽根家は信仰を捨てず、そこに鎮座まします麻利耶観音を御本尊として、秘密裡に基督を崇め続けた。隠れ切支丹ですよ。表向きは、浄土宗に改宗したことになっていたらしいですが。宏大な屋敷の蔵の奥深くに麻利耶観音が安置されていて、夜ごと黒羽根家の者は、ごく僅か残った信徒と共に、秘密裡に観音様に祈りを捧げていたのです。

そうして隠れ切支丹の仲間内から、指導者格である証しとして〈伊留満〉の通称を受けたというわけです」

蠟燭の僅かな明かりの下、薄暗い土蔵に安置された黒衣の聖母を拝む隠れ切支丹——。まるで芥川龍之介の描く切支丹物の諸作品を髣髴とさせる情景だ、と夷戸はぼんやり考えた。

「天草の乱の時など、一家の中には天草四郎時貞《あまくさしろうときさだ》の下へ馳せ参じようという意見もあったらしいですが、時の黒羽根家当主は知恵が働く者だったので、一揆には加わりませんでした。負け戦と見切っていたのです。犬死するよりも、長崎で信仰の火を絶やさず燃やし続けたほうがいいと主張してね。切支丹である前に、商人特有の現実主義者だったのでしょうね。代々黒羽根家は地下に潜行した長崎の切支丹たちを庇護し、摘発されることもなく明治維新を迎えました。しかし、明治新政府によって禁教令が解かれて、他の信者たちが羅馬加特力《ローマカトリック》教会の信者に正式に復帰しても、黒羽根家だけはその列に加わりませんでした。基督教徒ではなく、あくまでも〈切支丹〉という民間信仰を守る異端の者となったのです。異端者の道を選んだ理由としては、徳川時代にずっと地下に潜行していたせいで、その信仰が本来の基督教とは変質してしまっていたという説や、隠れ切支丹たちの指導者として信徒を保護してやる代わりに、袖の下を受け取って私腹を肥やしていたので、教会に復帰して罰せられるのを恐れた、などという説もあります。だが、私はこう思います。黒羽根家は〈伊留満〉として三百年間、教会なき者たちの指導者であったので、自分たちこそが真の基督教徒であるという選民思想を発達させていったのでしょう。こうした傲慢な思い込みは正統な基督教的思想では罰せられるべきですが、特殊な日本の基督教史を思うと、仕方ないこととも思えます」

マーカはカイゼルのような八の字の白鬚をひねり、己の家の歴史に考察を加えた。黒羽根家は、傲慢の罪により天から追放された天使《あんじょ》るしへると同じ道を歩んだということだろうか。明治になっても〈切支丹〉として孤立の道を選んだ彼らには、異教徒《ぜんちょ》や廃教者よりもさらに歪んだ悪魔的なものを夷戸は感じざるを得なかった。

「黒羽根家の歴史のことをだらだら喋っている場合ではありませんね。問題は私の父、黒羽根信造です。さて、時代は下って戦後の世、黒羽根家に誕生した信造は、そのような異端的雰囲気の中で育てられました。黒羽根の家は、黒羽根商会という名で長崎でも有数の貿易商として未だ裕福でありました。信造少年は一人息子として、両親や祖父母に『おまえが伊留満の地位を継ぐのだ』と言われ、隠れ切支丹の英才教育を受けたそうです。なんでも、小学生の時にジェノヴァ大司教ヤコブス・デ・ヴォラジネが著した羅甸語《ラテン》の『Legenda Aurea』を読破した天才だったとか。そうした中で信造少年は、我こそが真の切支丹であり、民衆を教え導く者だとの自覚を強めていきました。それは傲慢の罪を犯すものであったかもしれませんが、父は一途にそう思いつめたのです。父にとって転換点となったのは、彼が高校生だった時に祖父母と両親が事故死したことです。父はこれ幸いとばかりに黒羽根商会を畳み、全財産を携えて別荘がある弔月島へ、飄然と移住しました。そう、この淆亂館は、明治時代に黒羽根の先祖が建てた別荘が原型となっています。元々は〈波羅葦僧館〉と呼んでいたそうですが。ともかく信造は、ここを己の宗教的探求の拠点としました。この島を選んだのは、住民に忌み嫌われる不吉な弔月島の噂を、御主の御業をもって調伏、といっては変ですな、払拭しようという考えもあったのでしょう」

マーカはそう言って、館内に視線を巡らせた。原型——ということは、かなりの改装が信造の手によって加えられたのだろうか。夷戸は解釈が叩き毀された恥ずかしさも忘れ、黒羽根信造の物語にしだいに引き込まれていった。

「父はこの館で聖書を読み、御主耶蘇基督に祈りを捧げ、厳しい肉体的な修練を重ねるという苦行僧のような生活を独りで送り続けました。こうした孤立した厳しい宗教生活が、精神の変調をもたらすきっかけとなったのかもしれません。ある日の夜のことです。壱岐の海岸の沖で、ソヴィエト連邦の大型漁船が転覆するという海難事故が起こりました」

マーカは煖炉に歩み寄り、飾り棚に置かれていた手文庫を開けた。中から古びた一枚の新聞紙の切り抜きを取り出し、夷戸に渡した。そこには「ソ連漁船転覆　十五人死亡　八人行方不明」の見出しが躍っている。夷戸が詳しく記事を読んでみると、南下したソヴィエトの漁船は、颱風接近の大時化に会い、突風を受けて転覆したのだとわかった。マーカは記憶の深い窖を探るように、視点を遠くへ置いてまた語り始めた。

「父は詳細な日記を残していました。父の死後、私は日記を読んだことで、彼がいかにして魔道に堕ちたかがわかったのです。この海難事故を契機として、父は坂道を転がり落ちるように堕落していきました」

マーカは手文庫を探り、分厚い黒革の日記帳をいくつか取り出した。

「二十五年前の八月七日の早朝から、父の日記を読み上げていきましょう。……八月七日、快晴。風がやや強い。いつものように朝食を済ます。海の様子が気になるので、外に出てみる……」


黒羽根信造は朝の祈りを終え、いつものようにオートミールとゆで卵だけの質素な朝食を取った。三食がこの粗末な献立だったが、これも宗教的鍛錬の一環だと彼は位置づけていた。

味気ない朝食をすぐに食べ終わり、食器を洗うと、玄関の厚樫の扉を開けた。そこから隧道めいた通路を数歩進んで今度は重い鉄扉を開く。彼は部位すべてが重力に負けたように端が垂れ下がっている醜い面相を挙げた。時間は三時半だが、八月なので外はもう薄明るい。昨日は沖で海難事故があったようで、一晩中海上保安庁の巡視艇やらがうるさく航行していたため、幾分信造は睡眠が足りなく思った。夜半過ぎまで外は荒れていたが、今は晴れ間が出て、風も少し穏やかになっている。

ラジオによると漁船が転覆したといっていたので、重油でも漏れてこの宗教的探求のための愛すべき小島を汚していないだろうかと信造は心配になった。彼は老人のように腰の辺りで後ろ手に組んで、前屈みに石段を降りた。そこから見た限りでは海は汚れているようには見えず、いつもどおりの深い藍色をして弔月島へと打ち寄せている。平穏な明け方だった。

ふと、信造は空を見上げた。すると、明け方の光に消えかかる満月が、血塗られたように紅く染まって見えた。

「はて……？」

月が紅く見えるのは、昇り始める宵の口だとばかり思っていたが……。信造は首を捻った。そういえば、地元の漁師連中に聞かされたことだが、難船が起きた夜には弔月島の上に必ず紅い月が昇るという。それを地元民は弔い月と呼び習わしているそうだ。この紅い月は、悪魔の仕業なのだろうか。俄かに怖れを抱いた信造は、胸許で十字を切った。そして御主耶蘇基督への祈禱の言葉を口の中でぶつぶつと呟いた信造は、不吉な月を見ぬようにして、船着場へと道を下った。

さすがに嵐のせいで、船着場には流木だの何か大きな発泡スチロールだのが流れ着いている。掃除をせねばなるまいな、と考えながら彼が塵芥の群れに目を凝らしてみると――。

「……？」

塵芥にまぎれて、何か亜麻色の海綿のようなものが浮かんでいる。

「これは？」

信造は船着場から身を乗り出して、近くにあった棒切れで海綿状の物をつついてみた。すると、肉体を有するものだけに特有の充実した感触があった。にわかに心臓が高鳴った彼は、もう一度目を凝らしてみた。

「子供だ！」

思わず信造は声に出して驚いた。そこに浮かんでいたのは、赤茶色の浮き輪にしっかりと取り縋った、ひとりの子供だった。海綿と見えたのは、子供の豊かな亜麻色の髪の毛だったのだ。しかし、その子は浮き輪に縋って俯いたまま、波に揺られるばかりでまったく動こうとしない。もしや死んでいるのでは――？　信造は胸苦しいまでに高まった心臓の鼓動を己の肉体の内奥から聞きながら、さっきの棒切れでなんとか浮き輪ごと子供を手繰り寄せようとした。何回か失敗したが、やがて信造は子供を乗せた浮き輪を船着場まで引っ張ることができた。

信造は黒い僧衣の袖が濡れるのも構わず海中に手を差し入れ、子供を船着場へと引っ張り上げた。デッキに仰向けに寝かせてみると、子供はブリーフひとつしか身に着けていなかったので、男の子だとわかった。

その少年の姿を見て、信造は己にも信じられぬほどの昂奮を覚えた。髪は亜麻色の巻き毛、ふっくらした頬を持つ美少年で、年の頃は十二、三、まるで宗教画に出てくる天使《あんじょ》のようだった。そんなあどけなさの残る少年が、熟れた桃のようであったろう頬を長く海水に浸かっていたため真っ蒼にし、しっかりと瞑目している。漁船で雑役夫でもしていたのだろうが、難破によって裸同然で船から放り出され、海を彷徨った挙句に弔月島へ流れ着いたに違いない。

信造はびっしょりと濡れたその肢体をくまなく見渡した。軀には筋肉があまりついておらず、体毛もほとんどないので、胸は平板だがどこか中性的な感じを醸し出していた。しかし、股間の膨らみだけは早熟で、そこだけが男性的な主張をしていた。少年をじっと眺めていると、信造の頭の中で何か得体の知れないものが弾ける感覚があった。

信造は罪深く思えたその感覚を、頭を振って追い出すと、とりあえず心臓マッサージを施そうと少年の胸に両手を置いた。その胸は蒼く冷たい。掌に少年の乳頭の柔らかい触感が伝わると、信造の胸中でまた何かがざわめいた。二度三度と胸を軽く押してみたが、少年は息を吹き返す様子はない。胸に手を当ててみると、弱いながらも鼓動が信造の耳に伝わった。

「助かるだろうか……」

信造は呟くと、今度は人工呼吸をするために、少年の紫に変色した唇に自らの口を当てた。少年の唇は、熟れた果実のようにぽってりとして柔らかい。信造はやけに熱くなった吐息を少年の肺に送り込んだ。すると少年は「う、う……」と呻き声をもらし、足を軽くばたつかせた。希望の僅かな光が見え始めた信造は、もう一度息を送り込んだ。すると少年は顔を背け、げえっと海水を吐き出した。これで少年は助かりそうだ。信造は神に感謝するために、また胸許で十字を切った。と、その時だった。

「この少年は神の御子の生まれ変わりである。泥烏須様が真《まこと》の切支丹であるおまえを祝福するために遣わされたのだ」

急に耳元でそんな怪しい声を聞いたので、思わず信造は少年から目を離し、後ろを振り向いた。

しかし、弔月島に住むのは自分ひとりだけであり、勿論辺りには誰もいない。嵐の名残である時折強く吹く風が、僧衣の裾を揺らしているだけだ。となると、今の声はどこから聞こえたのだろう。信造は右を向いたり左を見たりしていたが、やっと誰もいないのを納得すると、今のは空耳だったのだろうと己に言い聞かせた。

信造は息を吹き返しかけている少年を、誰かに見咎められないように密かに館内へ運び入れた。誰に見られてもやましいところはないはずだが、何故か信造はそうしなければいけないという観念に囚われていたのだ。

信造は少年を抱きかかえて二階へと階段を上がった。思春期を迎えつつある少年とはいっても、こんなに軽いものかと彼は思った。自室のバスルームへ少年を一旦連れていき、トイレに座らせると、ブリーフを脱がせて裸にした。思わず信造は目を背け、十字を切った。そして冷えて萎んだ少年の股間をなるべく見ないようにし、軀をごしごしとバスタオルで拭いてやった。そうしてやると、少年の軀はだんだん血の気を取り戻し始めた。

「よし、いいぞ。これで大丈夫だろう」

信造はもう一度、裸の少年を抱くと、自分の寝台に運んでいった。寝台に少年を寝かすと、熱が出始めた額に氷嚢を下げるやら、暖かい毛布ですっぽり首までくるんでやるやら、甲斐甲斐しく介抱した。しばらくすると、少年は瘧がついたように震え始めた。

しだいに薔薇色に染まってきた少年の頰をじっと眺めながら、信造は先ほどの空耳のことを考えていた。少年は神の御子の生まれ変わり——確かにそう聞こえた。あれは本当に空耳だろうか。ことによると、天の使いが私に話しかけたのではないか？　私ほど敬虔な切支丹はいないのだから。私は今まで神の声を聞いたことはなかったが、いにしえの預言者も最初に神の御声を聞いた時は、今の私のように半信半疑だったのではないか。私は偉大な預言者たちの列に加わるのだろうか——？

信造がそんな不遜なことを考えていると、まもなく少年は呻き声と共に息を吹き返した。黙考を破られた信造は、慌てて少年の顔を覗き込んだ。初め、少年はどこにいるのかわからない様子だった。大きな碧い瞳をたゆたうように天井に向けていた。やがて自分を見下ろす醜い男の顔に焦点がやっと合ったらしく、目を瞬かせてじっと信造を見た。その無垢な眼差しに、信造は何と言ってよいかわからなかった。しばらくふたりは無言で視線を合わせ続けた。やがて少年の眼差しと沈黙に耐えきれなくなった信造は、

「め、目が醒めたのかい」

と、どもりながら訊ねた。少年はそれには答えず、何を思ったか震える左手を伸ばすと、信造の頬に触れた。まるで自分が助かったことを他人の肉体の存在から確認しようとでもするかのようだった。熱を帯び始めた指先で、少年は何回も信造の頬を撫でた。その熱い指の感覚とは裏腹に、信造は背筋がぞくりとして、思わず軀を動かした。信造の胸中を知らない少年は、やっと手を離すと「ここはどこか」と拙い英語で問うた。

「……日本だ」

伊留満も英語で答えた。

「日本？」

少年はあえかなる表情を見せた。

「そうだ。日本の弔月島という島だ」

信造の声は我知らず震えていた。それでも怪しまれないように、努めて優しい声を出した。しかし、何を怪しまれるというのだろう？　信造は自分の思考が制御できず、うねうねと捉えどころなく乱れていくのを薄っすらと感じた。

「日本……」

少年はソプラノの声音で呟いた。そして数瞬ぼんやりしていたが、見る見る間にその顔に不安が拡がった。自分は遠い異国に独りぼっちなのだろうかと思っているらしい。

「おじさんは誰？　神父様なの？」

少年はなおも震えが去らない身体を自ら抱き締めながら、縋るような眼差しで信造を見た。信造はひと言、「そうだ」と答えた。勿論、黒羽根家の者は代々〈伊留満〉と呼び習わされているだけで、正式な聖職者ではないのだが、信造の傲慢な宗教的自己理想化がそう答えさせたのだった。

「おまえの名前は？」

信造は少年の名を問うた。落ち着きを取り戻そうとすればするほど、信造の咽喉元に何か閊《つか》えたようになって声が出にくい。何を自分はこんなに動揺しているのだろうと我が身を訝りながら、信造は咳払いをした。少年は大きな碧い瞳を不安げに動かしながら、記憶を辿っているようだった。しかし、瞳は朦朧として焦点が定まることはなく、結局少年は名前を答えなかった。

「まあよい、ゆっくり休みなさい」

信造は震える手で毛布の首元のあたりを優しく叩いた。何故だかわからないが信造は常ならず神経が昂ぶった。八の字に下を向いた眉は、まるで毛虫か何かのようにひくひくと動いていた。

子守唄こそ歌わないものの、信造はしばらく優しく毛布を叩き続けた。少年は、また眠りに落ちるのか、とろとろと瞼を閉じ始めた。髪と同じ亜麻色の長い睫毛がゆっくりと下がっていく。

少年の額に汗の玉が浮き始めた。信造は少年の額を撫でて、汗を拭ってやった。この少年の汗ならば、少しも厭な気がしないのが不思議だった。

と、少年は突然がばと寝台から跳ね起きて叫んだ。

「神父様、僕、何も思い出せないんです。僕の名前はなんというのでしょう?」

「名前が思い出せない?」

信造は怪訝な顔になった。少年はうんうんと大きく頷いた。

「なんにも、なんにも思い出せない。僕はどうしてここにいるの? 僕は誰?」

「昨日の夜、何があったか憶えているかな? おまえの家族はどうした?」

狼狽しながらそう質す信造の溶けた護謨人形のような醜悪な顔を、少年はじっと見つめていた。

少年は何か言おうと唇を開きかけるが、そのたびにすぐ口をつぐみ、言葉が出てこない。

「ほら、思い出すのだ。おまえの名前は？」

少年は眉間に皺を寄せ、視線を右手上方へゆっくりと走らせた。

「僕の名前は……名前は……」

だがしばらくして少年は、ふうっと脱力すると、力なく首を横に振った。亜麻色の髪が、少年の頬に纏わりついた。

「駄目なの。なんにも思い出せないの。昨日の夜何かあったのですか、神父様」

その時にすでに信造は悪魔に魅入られていたのだろうか。少年が記憶を喪失しているという事実に、信造は深く安堵したのだった。乗っていた漁船の転覆とそれに続く漂流の衝撃で、少年は一切の記憶を失ってしまったのだろう。家族はどうなったのかわからないが、大方死んでしまったに違いない、と信造は勝手に決めてしまった。それならば、自分がこの子の親代わりとなって育てても、誰も文句は言うまい。この島から出さなければいいのだ。この孤島に来る者など、たかが知れている。うまく隠しおおせるに決まっている。それよりも、こんな天使のような美少年を逃してはいけない。この少年をまた俗世に帰すことこそ罪悪だ。厭わしい労働など知らず、ただ神の御言葉のみを信じさせて、ここに住まわせればよいのだ。記憶がなくなってしまったのだから、一からこの少年を自分のような真の切支丹に育て上げることもできる。そうだ、神の御言葉しか知らぬ純粋無垢な少年、天使の生まれ変わりのような少年——それを自分が育成してやるのだ。

信造の頭の中で、悪魔的ともいえる思考が急速に具現化していった。彼はにわかに痰が絡みついた咽喉を震わして、こう告げた。

「おまえは孤児だったのだ。それで、船に乗り組んでいたのだが、その船が沈んでこの島に流れ着いた。それを私が助けたのだよ」

そう言い含めた瞬間、まるで天使たちの吹く喇叭が自分の周りで鳴り響いたように信造には感じられた。信造の喋る下手な英語の答えを聞いて、少年は最初何がどうなったのかわかっていないようだった。少年はちょっと微笑んで、

「僕が孤児だったの？　本当に？」

と子供っぽく口を尖らせた。しかし、信造は偽りの言葉がばれやしないかという動揺を押し隠しつつ、なおも冷然とした表情で少年を見下ろしていた。すると、彼の言葉が現実であると理解し始めたのだろう。急にその人形のように端正な顔は歪み、わっと泣き出した。

少年の目尻から流れ出る涙が、信造には植物の出す甘い汁のように思えた。信造の中で、何か獣めいた獰悪な感覚が疼き始めた。信造はそっと身を屈めると、少年に接吻するふりをして、その涙を吸った。その涙が口に入った時、信造は官能の滑らかな槍が軀の奥深くを貫くのを感じた。

だが、少年はそんな変態的な慾望に信造が身を任せているとは知らず、ただ神父様が慰めてくれていると思ったのだろう、信造の首に縋りついて泣きじゃくった。そうされると、自分が狂ってしまうのではないかと思えるほどの官能の嵐が信造を襲った。

官能の虜となった信造は、上気した頭に船着場で聞いた空耳をぼんやり思い出した。「少年は神の御子の生まれ変わりで、泥烏須様が自分を祝福するために遣わした」というあの空耳を。

その刹那、信造は天啓を受けた――と思った。自分に天上の愉悦をもたらすこの漂流者の少年は、まことに神の御子の生まれ変わりであるに違いない。汚れなきこの瞳はどうだ、大理石のように滑らかなこの白い肌はどうだ。とても人間とは思われない。記憶がないというのも、当たり前だ。神の御子の生まれ変わりが、俗世の記憶など持っていようはずがない。まさに天が遣わしたもうた御主耶蘇基督の生まれ変わり――よしや最後の審判が訪れようとも、自分は救われる。救われるのだ。何故なら、私は神の御子と一体であるからだ。

信造は宗教的感激のあまり、涙を流していた。彼の涙に、少年はちょっと不思議そうな顔をして泣き止んだ。だが、信造が倒錯的な慾望と一体化した宗教的恍惚状態にあるとは思わず、ただ自分を憐れに思ってくれるのだ、と少年は考えたので、また幼子のように泣きじゃくった。しばらくの間、ふたりは抱き合って咽び泣いていた。

「ああ、泥烏須様、この子をお遣わしになってくださってありがとうございます」

信造は日本語で低く呟きながら、少年をさらに強く抱き締めた。

「いい子だ、いい子だ。おまえは天涯孤独の身なのだ。これからはこの私と暮らそう。私と暮らせば、なんの苦労もいらぬ」

そう信造は諭した。信造の目には優しい色はなく、その声音には幾分脅迫的な調子が混じってきていたことに彼は気づいていなかった。もしも神の御子に逃げられでもしたら——と信造は不安で胸苦しさを覚え始めていた。是が非でもこの子を引きとめねばならない。神の恩寵を我が手にするのだ。何故なら私は天に選ばれた預言者なのだ。信造の慾望は急速に拡大していった。

だが、疑いを知らぬ少年は、彼の言葉をすんなり受け容れたばかりか、

「ここにいてもいいんですか、神父様。本当にここにいてもいいの？　ここで暮させてください、神父様。僕、行くところがないんです」

と涙に濡れた瞳を哀れっぽく上目遣いにし、懇願さえした。それを聞いた信造は、喜悦の色が表情に表れないように厳めしい顔を作った。

「いいとも、いいとも。この館で暮らそう。そして一緒に神様に祈ろう」

そう言いつつも、信造はあまりにもうまく事が運んだので、自分でも信じられぬくらいだった。自分はあっけなく神の御子の生まれ変わりを手にしたのだ。今まで人類でこんな神の御恵みを味わった者がいるだろうか。やはり黒羽根の家は神に祝福された家系だったのだ。信造は有頂天だった。

「ありがとう、神父様。ここに置いていただけるなら、なんでもします。一生懸命働きます」

殊勝な少年の言葉を聞いて、信造は亜麻色の髪を撫でながら、

「うむ、いい子だ。しかし、働く必要はない。神の御言葉をただ信じ、この館で遊んでいればよいのだ。おまえは良いところに流れ着いたな」

と恩に着せるような口ぶりを匂わせつつ、髪の毛の柔らかな感触を味わった。だが信造はこの時にはまだ気づいていなかった。敬虔な宗教心という隠れ蓑の裏で、自分が獣性の虜になっていたのを――。

それから半月ほどすると、黒羽根信造の介抱の甲斐あって、少年は寝台から出られるようになった。信造は彼に「エゴールシカ」という仮の名前をつけた。

エゴールシカ少年は今までの生活の記憶をすべて失っていたせいもあって、天真爛漫そのものだった。信造の言いつけを忠実に守り、日夜神に祈った。信造は少年に労働をさせず、ただ聖書だけを読ませた。しかし少年は特に不満がる様子もなく、広間の長椅子に座っては、熱心に聖書を読み耽っていた。それを見て、信造は深く満足するのだった。現代の子供にこんな敬虔な真似ができるわけがない。やはりこの子は天から下された贈り物なのだ、と。そしてふたりは、お互い拙い英語を用い、神について様々なことを話し合うのだった。

少年が記憶を取り戻す気配はなかった。その様子を見て、信造は自信を深めた。この年代の子供ならば、世俗の生活で身についた粗暴な振る舞いや野卑な言葉を吐いてもよさそうなものだが、まるで神の恩寵に守られた小鳥のように無邪気に過ごしている。自分は真に神の御子を得たのだ、自分は偉大なる預言者の中でも抜きんでた存在なのだ、と信造は偏執狂《パラノイア》的な信念を強固にしていった。

信造は黒い半ズボンに白いワイシャツを少年に身につけさせていた。エゴールシカは恢復するにしたがって、肉づきがよくなりむっちりとしてきた。それは少年らしいというよりも、女性的な肉感だった。特に半ズボンから伸びた足など、しなやかでありながらふくよかな太腿で、臑毛も生えていなかったので、早熟の少女のような魅力を湛えていた。それを見ると、信造は少年の足に自らの唇を這わせたい衝動に駆られた。エゴールシカの太腿に接吻をしたら、どんな甘い味がするだろう。そんなことをぼんやり考えながら淫靡な目つきで少年をじっと見つめている自分に気がつくと、信造は今にも泥烏須の逆鱗に触れるかと恐れ、十字架に向かって懺悔《こいさん》を熱心に述べるのだった。

だが、少年を見る信造の目は、日増しに好色の度合いを深めていった。目をそらそうと努力しても、いつの間にかエゴールシカの肉体を見つめているのだ。自分は神の御子に恋情を抱いているのだろうか、と自らを訝った。それはあってもいいことだろうか。いや、そうではない、自分はただ神への愛に衝き動かされて、少年への愛着を深めているだけなのだと信造は信じようとした。

しかし、少年を見るたびに身内に渦巻くこの衝動はどうしたらいいのだろう。信造は胸が引き裂かれる思いで、十字架に祈り続けた。彼は頭がどうにかなりそうになった。聖母麻利耶様は処女懐胎をなされた。そこに肉慾の介在する余地はなかった。しかし、自分は慾望の対象としてエゴールシカを見ているのではないか。肉慾に憑かれた魔手で少年を摑もうとしているのではないか。そもそも、神の子に肉慾を抱く者がかつていたであろうか。娼婦であったともいわれる携香女《けいこうじょ》マグダラの麻利耶でさえ、基督に肉慾を抱くことはなかったはずだ。それを男である私が――！

信造は堂々巡りの煩悶に十字架の下で頭を掻き毟り、時には嗚咽を漏らした。信造の身を切られるような苦しみにも、神は答えてはくれなかった。広間に架けられた聖骸布は、沈黙を守ったままだった。信造は思った。エゴールシカを発見したときのように、神の御言葉が聞けたらよいのに、と。

そんなある日、秋半ばのことだった。信造が広間に下りてくるとエゴールシカは上半身裸になって、開襟シャツの綻びを繕っていた。できるだけ質素を旨とした生活を送らせるために、少年にはシャツを数枚しか与えていないのだから、そうするしかなかったのであろう。信造はその姿を見て、と胸を衝かれる思いだった。薄く薔薇色に色づいた肌に、桃色の乳首がついている。贅肉はさほどついておらず、均整のとれた体格をしており、そこに暑さのためか汗が光っていた。そして天使のような亜麻色の巻き毛。

信造は思わず息を押し殺して僧衣の裾を握り締め、凝然として少年の姿に見入っていた。鼓動がにわかに高まり、口の中がからからに渇いた。信造は女を知らなかったが、女性といえどもこんなに美しい軀を持っている者はいないだろうと思われた。

気配に気づいたエゴールシカは、後ろを振り向いた。そこに信造の姿を認めると、少年は屈託なく微笑んだ。その笑顔には、自分を助けてくれた恩人に対する何らの警戒の色もなかった。それが却って信造の堕落を誘っているように思われ、信造は眩暈を覚えた。気が遠くなるように感じた信造は、踵を返すと、のろのろとまた階段を上がり始めた。

「神父様、どうしたの？　お加減が悪いの？」

エゴールシカ少年がそう言っているのが聞こえたが、そんな些細な言葉でさえ、まるで男娼のように自分を誘っているとしか思えなかった。

自室に戻った信造は跪いて両手を組んだ。そして涙を流しながら祈った。

「ああ、私はどうにかなりそうです。あの神の子の肢体を見ていると、最も忌むべき鶏姦の肉慾に駆られるのです。天主様はわたしの堕落をお望みになっているのでしょうか。それとも、これを試練として乗り越えろと仰っているのでしょうか」

そこで信造は、はっと顔をあげた。

「もしや、あのエゴールシカは私を堕落させるためにやって来た、神の御子のふりをした悪魔なのでしょうか。私を破戒へと導く悪魔――ああ、そうならば、天主様、我が身をお助けください。私は肉慾に負けてしまいそうです」

くどくどした信造の神への呼びかけをかき消すように、突然館は轟音と共に震えた。波羅葦僧館の屋上に落雷したようで、下の階からエゴールシカが悲鳴をあげているのが聞こえた。先ほどまで外は晴れ渡っていたのに、どうして急に雷が――？　信造は恐怖した。これは神の降臨が間近いことを知らせるものだと直観した。もしや、最後の審判が始まるのであろうか。そして自分は、神の御子に肉慾を抱いた罪で因辺留濃の業火に焼かれる運命となるのだろうか。信造は冷や汗を垂らしながら、床に頭をすりつけて祈った。と、窓の外で雷鳴に混じって太く荘重な声が聞こえた。

「……黒羽根信造」

そう我が名を呼んでいるのが確かに聞こえた。泥烏須様の御声だ——と直観した信造は、恐れと共に、神の声を聞くことができる自分を誇りに思った。やっと神が自分に答えてくれたのだ。自分が願えば、神は聞き届けてくださるのだ。信造がなおも恐れ入って頭《こうべ》を垂れていると、もう一度声は聞こえた。

「……信造よ」

信造は眉毛、目、口の端がだらりと垂れた顔を恐る恐るあげた。窓の外はにわかに降り出した驟雨に遮られて、よく見えない。

「何を迷っておるのだ、信造よ」

声は信造に問いかけた。それは詰問する調子だった。

「私が神の御子の生まれ変わりを遣わした。それはおまえもわかっていよう」

信造は平伏して首を縦に振った。

「それならば、何故私の子を愛でない……?」

信造はぎょっとした。泥烏須は、まさか神の御子との肉体的交渉を慾していらっしゃるのか?どの聖典にも書かれていない、神の子との交接。そんな罪深いことを泥烏須様は自分に強要しようというのか。

「我が御子と媾合《こうごう》する――これは私に選ばれし者だけが許された特権である。神の御子との媾合は、肉慾であって肉慾ではない。私と一体化するための聖なる秘儀なのだ」

なるほど、そうであったのか――信造は深く合点した。それならば自分のような真の切支丹が、エゴールシカに恋情を抱いたのも納得できる。それは神に選ばれた証しだったのだ。自分は人間中で、最も神に愛される存在なのだ。

しかし――と信造はふと疑念に囚われた。本当にこの声は神の声なのだろうか。悪魔の奴めが神を偽って私に誘いかけているのではないか――？　と信造が考えた刹那、天地が鳴動するほどの激しい轟音と共に波羅葦僧館が揺れた。二度目の落雷だった。

「私をるしへると疑おうとは、私を愚弄する気か、信造よ」

その声には、今にも信造を握り潰さんばかりの怒気が漲っていた。神は信造の思考もすべて見通していたのだ。

「滅相もございません」

信造は神への畏怖の念に打たれ、全身が総毛だった。神を悪魔と取り違えるなど、あってはならぬことだ。信造は自分の愚かさ故に、今まさにここで因辺留濃に堕とされるのではないかと思った。疑いを持ってはならない。神の御旨を疑うなど最も重い罪だ。この声を信じるのだ。これは神の御声だ。彼は己に言い聞かせた。

「……ようやくわかったか、信造」

その声からは怒りが消え、穏やかな調子になっていた。

「信造よ、おまえは私が選んだ人間だ。今まで存在した、いかなる預言者とも、我が御子を媾合させることは許さなかった。だがおまえは違う。おまえは真の切支丹だ。信造よ、我が御子と媾合せよ。我が御子と……媾合し……私と一体となるのだ……これこそが、真の秘蹟《さがらめんと》だ……」

その声はしだいに幽かな囁きになっていった。神の御声が消えていく。信造はその声を追いたかった。せめて神の御姿をその目にしたかった。彼は卒然と窓辺に駆け寄り、外を窺った。

信造は目を疑った。先ほどまでの雨は嘘のように去り、外では鷗がゆるやかに天を舞っているだけだった。今までのことは幻だったのか？　信造は半信半疑で外の景色へ目を凝らした。すると、鷗の鳴き声に混じって「信造……信造……」と呼ぶ声が聞こえているような気がした。幻ではない。真に自分は神の御声を聞いたのだ。信造は息を吐き、床にへたり込んだ。

「私は二度までも神の御声を耳にした」

信造は我知らず呟いていた。

「こんな幸福があるだろうか……？」

へたり込んだまま、信造は額に浮き出た汗を拭った。そうしてしばらくじっとしていると、神への畏敬の念と共に我が身が祝福された悦びがふつふつと湧いてきた。神の御子への肉慾は罪ではないのだ。それどころか、神に選ばれた者だけに、そう、唯一この自分に許された神の恩寵なのだ。世界で自分ひとりだけが神との一体化を許されたのだ。信造は悦びのあまり、脳髄が白熱を帯びたように、ぼうっとした。彼の心は、無限の陶酔境に羽ばたいた。

「泥烏須様の御命令だ。やるしかあるまい」

彼はしばし気を落ちつけると、蹌踉《そうろう》と立ち上がった。そして自室を出ると、ゆっくりと階段を降りていった……。

エゴールシカとの交接は、日毎夜毎行われた。最初少年は、信造がふざけていると思ったのか、笑いながら逃げ回った。しかし、あくまでも信造がエゴールシカの肉体を求めていると知ると、恐怖に泣き叫んだ。親代わりになると思っていた聖職者に、まさかそんな仕打ちを受けるとは思わなかったからだ。少年は激しく抵抗した。だが信造は彼を無理矢理押さえこんで、目的を果たした。

房事の後、信造は忘我の境地にあった。これで自分は神と肉体的にも霊的にもつながったのだ。世界の切支丹の中でも、自分こそ最も神に愛でられた存在なのだ。そう考えながら、信造は床に伏したまま、喜悦の涙を流した。

「神の御子と私は一体化した……」

信造は悦びに咽び泣いた。自分は神に次ぐ存在となったのではないか。そんな不遜な考えも浮かんだ。だが、その堕天使的な傲岸さを信造は自覚できなかった。少年との媾合で得た目眩めく快感が、神に次ぐ存在である何よりの証拠だと信造には思えたのだ。信造は深く長い満足の吐息を漏らした。

床に転がったまま、裸のエゴールシカも泣いていた。痛みと軀を汚された恥辱に泣いていた。しかし、回数を重ねる毎に少年は無抵抗になっていった。無表情に信造を受け容れるようになった。そして交接後、恨みに満ちた目で信造をじっと凝視するのだった。

だがそんな少年を顧みず、信造はますます少年との交接に熱中し、夜も自分の寝台で共に寝るようにエゴールシカに命じた。もうこうなると、神の子との一体化など二の次で、ただ肉体的な慾望に溺れる信造だった。

それから数週間経った晩秋のある朝、信造は目を醒ますと、横に寝ているはずのエゴールシカの肉体をいつものように探った。だが、そこはもぬけの殻で、少年の姿はなかった。少年の軀の温かみが蒲団に残っているだけだった。最近は度重なる交接で疲憊しきっていた少年は、信造より先に起きることなどなかったのに。信造は慌てて跳ね起き、僧衣を着るのももどかしく叫んだ。

「エゴールシカ！」

しかし、答えはなかった。信造は焦燥で足をもつれさせながら、廻廊へ出た。不吉な予感が頭をよぎった。

「エゴールシカ、どこにいる！」

信造の叫びは虚しく吹き抜けに谺していった。少年の姿はどこにもなかった。逃げたな、と信造はようやく直覚した。

「逃がしはせんぞ、エゴールシカ！」

僧衣の裾を翻しながら、信造は階段を駆け降りた。聞くに堪えぬ罵詈雑言を呟きながら、信造は厚樫の、そして鉄の扉を開けて、外へ出た。

船着場には半ズボン一枚のエゴールシカが繋がれたボートの舫《もや》いを解こうとしていた。少年は信造の姿を認めると、恐怖に顔を歪め、ボートのロープを慌ててまさぐった。

「何故逃げるのだ、エゴールシカよ」

少年の姿を見て、落ち着きを取り戻した信造は、垂れ下がった口の端を不敵に歪めながら、一歩一歩彼に近づいていった。

「なあ、エゴールシカ。おまえは神の御子だろう？　何故私から逃げるのだ。私は神との交渉がなくては生きていけんのだ。それはおまえもわかっていよう。神の御子よ、エゴールシカよ、私はおまえを愛しているのだ。ずっと愛し続けていたいのだ」

そこで信造は急に思い当たった。信造の顔色は蒼褪めた。

「まさか、神は私を見放そうというのか？　そうなのか？　だからおまえは逃げるのか？」

信造は矢継ぎ早に質問を発した。少年はロープから手を離し、憎悪に燃える眼差しで信造をねめつけている。そして、地面に唾を吐き捨て、少年は叫んだ。

「何が神の御子だ、この悪魔め！　俺を散々おもちゃにして弄んだくせに。俺がどんな思いでこの館で暮していたか、わかっているのか。他人にも言えない屈辱を与えやがって。おまえなんか地獄に堕ちろ！　この糞野郎！」

少年は年頃に似合いの下品な罵言を叫んだ。

「エゴールシカ、まさか、おまえは……」

信造は愕然とした。まさか、エゴールシカは記憶が戻ったのか？　ソヴィエトの漁船に乗り組んでいた時の記憶が……。

「うるせえ、このホモ野郎！」

少年は信造に躍りかかった。信造はもんどりうって倒れた。少年は彼に馬乗りになり、

「悪魔め、地獄に堕ちろ！　死ね！」

と叫びながら、ありったけの力を揮って信造の顔を殴りつけた。そこには明らかな殺意がこもっていた。信造は顔面の骨が砕けるかと思うほどの痛みに呻いた。こんな少年にどうしてこれほどの力があるのかと訝るほどの強烈さだった。このままでは撲殺される——そう思った信造は、殴られ続けながら片手で地面を探った。と、石礫が手に触れた。

次の瞬間、信造の顔に血飛沫が撥ね飛んだ。少年は目と口を大きく開いたまま、顔を土気色に変えて静止していた。少年の口から、涎がたらりと垂れた。少年はゆっくりと右に倒れていった。どうと音を立てて少年は地面に転がった。少年の左のこめかみが陥没し、薄桃色の脳漿がはみ出ている。緑の芝生の上に血と脳漿の混じったものがどろどろと流れ出し、信造の手の辺りに拡がっていった。急に辺りは静かになった。波が島に打ち寄せる音、そして潮風の囁きだけが幽か

に信造の耳に入った。

信造はしばらく地面に倒れたまま、空を仰いでいた。秋の空は、薄く雲がたなびき、抜けるように蒼かった。そこへ鷗がくるくると円を描きながら飛んでいる。ああ、のどかだな、と信造は思った。こんな日にエゴールシカと野良仕事をするのもいいかもしれない……。

信造の左の腕に温かい感触が伝わった。エゴールシカの血だ、と信造はぼんやり考えた。神の御子といえども、脳味噌を持っているらしい。こんなに血と一緒に溢れ出すのだから。この脳味噌は、全智全能《さひえんちいしも》を司る神聖なる脳味噌なのだ……。

と、信造は我に還った。

「エゴールシカ！」

跳ね起きた信造は、エゴールシカに取り縋った。

「起きるのだ、エゴールシカ！」

信造は少年の軀を揺さぶったが、力なく頭が振られるだけだった。頭が動くたびに、陥没した頭部と鼻孔から暗赤色の血がどくどくと流れだした。エゴールシカの死に顔は、安らかなものではなかった。信造への憎悪を顔に貼りつかせたまま、彼は死んでいた。まるで今にも起き上がって、信造の咽喉笛を食い破りそうな獰猛な顔つきだった。

「何故死んだ、エゴールシカ……」

死に顔を見下ろす信造の目から涙が滴り落ち、少年の血と混じり合った。

「おまえは神の御子ではなかったのか？　神の御子なら何故死ぬのだ。永久《とこしえ》の命を持っているのではないのか……？」

何度も何度も少年の遺骸を揺さぶりながら、信造は泣き叫んだ。しかし、少年の名をいくら呼んでも、彼は甦らなかった。

少年の軀からは、しだいに温かみが失われていく。信造は慌てて、少年の裸の上半身をさすった。張りつめたような感触はすでになく、死の冷たい手が、エゴールシカの軀をくまなく撫で始めていた。どこからか銀色に光る蠅が飛んできて、少年の露わになった脳漿の上を這い回った。

「エゴールシカよ！　私を置いていかないでくれ！」

信造は咽喉の肉が裂け、血が絞られるかというような絶叫をした。鷗がその叫びに驚いたように、長く尾を引く鳴き声をあげた。信造は唇を嚙み締めて、嗚咽を漏らした。

泣くだけ泣いた後、信造はようやく気がついたように呟いた。

「埋葬せねばなるまいな……」

信造は、エゴールシカをどこへ埋めたらよいだろう、と考えた。そこでふと彼は思い至った。神の御子である耶蘇基督は十字架上で刑死したが、三日後に復活した。とすれば、まだ希望があるのではないか。今死んだからといって、少年が神の御子ではないということにはならない。そうだ、復活を待つのだ。復活という奇蹟を成し遂げてこそ、真の神の御子なのだ。

信造は少年の遺骸を抱き上げた。そして自室へと運ぶと、自分の寝台へ寝かせた。

「私は泥鳥須様に選ばれた、神に次ぐ唯一の人間だ。私こそが神の御子の復活をこの目で見届けるのだ」

屍体が自分の寝台に寝かされているというのに、信造は浮き浮きした気持ちで部屋を出た。

「三日、三日待てばいいのだ。そうすれば、エゴールシカは復活する」

信造は静かに自室の扉を閉めた。

それから三日、彼は飲まず食わずで広間の長椅子に横になりながら、待ち遠しさに気の遠くなるような思いだった。もしや三日より早くエゴールシカは復活しているかもしれないと思うと、信造は自室に駆け込みたい衝動に駆られた。しかし、ここが我慢のしどころだ、と彼は己に言い聞かせた。復活前に何かをやらかすと、すべてがふいになってしまうかもしれない。信造はそれが怖かった。

三日目の夜明けを迎え、仄かな白い曙光が波羅葦僧館の眼窓を通して射し込み始めた時、信造は長椅子から、がばと立ち上がった。

いよいよだ、復活の時は来た。エゴールシカは甦り、神の言葉を語るだろう。信造は嬉しさに打ち震えながら、階段をいそいそと昇った。

あまりの喜びの大きさに覚束ない手つきで自室の扉を開けると、魚が腐爛したような生臭い臭気が鼻を打った。そして、無数の蠅が翅を打つ音が耳障りに聞こえた。

「エゴールシカ、起きたか？」

漂う異臭に嘔気を催しながらも、信造は扉口から寝台を遠目に見た。エゴールシカは顔をこちらに向けて寝かされている。顔色は暗紫色に変わり、陥没した左のこめかみには無数の蠅がたかっているが、幽かにエゴールシカが瞬きをしたように思えた。

「おお、エゴールシカ！　遂に復活したのだな！」

信造は、まろびそうな勢いで寝台に駆け寄ったが、エゴールシカの軀の前でぎょっとして立ち止まった。エゴールシカの腐った眼球には、生白い無数の蛆虫がたかって蠢いていた。蛆はとろりとした眼球を喰らっているのだ。蛆虫のその動きが、エゴールシカが瞼を動かしたように錯覚させたのだった。エゴールシカの顔は萎びたように筋が入り、老人のように見えた。それでいて腹だけは餓鬼のように膨れつつあった。内臓が腐って瓦斯が溜まっているのだろう。信造が茫然と見ている間にも、少年の眼球と目尻の縁の間から、にょろりと蛆虫が這い出した。

「何故だ、何故おまえは復活しない？」

信造は腐爛した少年を抱き締めた。死後硬直が解けた少年の頭は、がくりと力なく仰け反り、ぽかんと開いた口から、悪臭を漂わせる黄色い粘液が流れ出した。うじゃうじゃと少年の顔に取りついた蠅が翅音を立てて逃げ去っていく。腐肉を喰らう、石膏のような色をした蛆虫が、ぽろぽろと地面にこぼれ落ちた。

「エゴールシカよ、おまえは……」

そこまで言って信造は絶句した。その先は言いたくなかった。彼は腐った粘液が流れ出す、土色に変色した少年の唇へ接吻した。涙が止まらなかった。接吻を続け、腐汁を啜る信造の目に、やがて毒蛇を思わせる冷酷な光が宿り始めた。床に散らばって、なおもうねうねと動いている蛆虫たちを、信造は思い切り踏み潰した。

眼窩から、消えゆく月が見えた。エゴールシカの血のような、暗赤色の月が……。

信造は、凶事をもたらすという弔い月を、まともに見据えた。そして、手を組んで祈った。

「月よ、我に魔力を与え給え」と……。


「……この後には、神への冒瀆の言葉がこれでもかと書き連ねられています。私にはとても読むことはできません」

マーカは溜息をついた。

「ペドフィリアにネクロフィリアか。ユルグ・ブットゲライト監督もブッ飛ぶイカレようだな。黒羽根信造って奴は正真正銘の変態だ」

マーカの語る忌まわしい話を聞き終わった根津は、呆れたように軽く首を振った。

「それにパラノイアもね。精神病理の塊ですね、伊留満は。あるいは、怪奇な思いつきかもしれませんが、弔い月に魅入られて、伊留満は屍体愛好癖の魔道に堕ちたのでしょうか」

夷戸も根津に同調する。

「そうかもしれないね」

美菜は疲憊した表情で頷いた。

「弔い月ってのは、何です？」

蜷川が問うたので、根津が簡単にこの島の伝説を説明した。聴き終った蜷川は、

「この島は月の魔力に呪われているってことか。さっきも紅い月が出ていたし。そうなると、今夜あんな惨劇が起こるのは、必然だったのかな。やれやれ、なんて島に俺は来ちまったんだ」

と、頭を抱える。

悪夢のような長い物語の余韻を頭から消し去りたくて、夷戸はフロイドに火を点けた。ふうと空間に向かって煙を吐き出しながら眼窓の外を見ると、弔い月は雲に翳っているのか、外界は冥冥たる闇に支配されていた。十字架やら聖骸布の模造品やら黒衣の聖母やらが飾られた広間は、恐らく黒羽根伊留満が信仰を守っていた当時そのままなのだろう。それらの古色蒼然とした装飾品を見ているだけで、夷戸の頭の中は澱んだようになり、先ほど確かに目撃したはずの伊留満の姿は幻だったのか現実だったのか、判然としなくなるのだった。

「まあ夷戸は変態の気があるからな、伊留満の話を聴いてもどうってことはないかもしれないけど――」

「どういうことですか！」

根津が揶揄したので、夷戸は慌てて遮った。

「で、そのエゴールシカの屍体はどうなったの？　まさか雨月物語の『青頭巾』のように、少年

の屍を食べてしまったなんていうことはないわよね」

と東條は眉根に皺を寄せ、嫌悪の情を表した。

「埋めました」

マーカは簡単に答えた。だが、それでは一同が納得しないとわかったのか、すぐに語を継いだ。

「元々この館は二層だったのですが、伊留満は淆亂《バベル》の塔を模してさらに高く改装しました。そして屋上の桜の樹下に、白骨を埋めたそうです」

「うわあ、あの桜の下に？　気持ち悪い」

最前、ボートから眺めたひ弱な桜の下に美少年の遺骨が埋まっていると知り、美菜は薄気味が悪そうな声をあげた。

「それでは、伊留満はどうなったんだ。そのまま発狂したのか？」

マーカの長広舌に飽き飽きしていたのか、風祭は苛立たしげに貧乏揺すりをしながら問う。マーカは重々しく首を横に振った。

「先ほど東條様が『青頭巾』のことを仰いましたが、あの物語に出てくる阿闍梨のように、確かに伊留満は鬼になったのです。といっても、姿形が変化したわけではございませぬ。精神が鬼と化したのです。伊留満は魔道に堕ちた。『神の御子が死ぬのならば、神など信仰しても無意味である』と悪魔的な悟りを啓いたのです。この館を淆亂の塔に擬えたのも、その表れです。己が魔神になろうとしたのです。それほどエゴールシカの死が、伊留満の精神に打撃を与えたということとでしょう」

「大体、エゴールシカが神の御子であるなんてことも妄想だしな。その以前から伊留満は狂気の兆候があったんだろうよ」

根津は自ら旨とする単純明快主義で、伊留満の堕落を直截に結論づけた。

「そうでございましょう。しかし、そのせいで私たちはひどい虐待を受けたのです」

マーカは弟を見遣って、長い息を吐いた。ミーシャは思い出したくない記憶があるのか、頭を抱えて目を固くつぶった。

「虐待って？」

蜷川がすぐに反応して黒羽根兄弟を質したが、ミーシャは口をつぐんで容易には答えようとしなかった。マーカはまた自己の世界に没入したのか、独り言を呟いている。

「そうだ、あなたたちは伊留満の息子だと言ったがね、伊留満はその後、結婚したのかね」

石崎がもっともな質問をする。ミーシャは汗が玉のように浮かんだ猪首を慌てて振り、

「まさか、あの悪魔のような伊留満と私共が血の繋がりがあるなどとお考えになっては困ります」

と否定した。

「それでは、養子なのかね」

石崎の追及にミーシャは兄を顧みたが、彼が何も答えようとしないのを見ると、渋々無言で頷

いた。

「しかし、エゴールシカを亡くした伊留満が養子をふたりも取ったというのは、どういうことなんですか。新たな神の御子探しでも始めたんでしょうか」

「それは……」

と夷戸の問いに答えながら、ミーシャはポケットチーフを取り出し首の汗を忙しく拭った。そして横目で兄を見遣りながら、おずおずと、

「魔道に堕ちた伊留満は、もう神の御子探しなどは行いませんでした。では何故私たちが養子に貰われたかというと、虐待を加える生贄としてでした。それも陰湿な精神的虐待を加えるためです。そしてこの館を悪魔主義の拠点としようと目論んだのです」

「虐待の生贄とするために養子を貰う？　堕ちも堕ちたり、まさに悪魔だな、黒羽根伊留満は」

根津は驚き呆れたためか、それとも単にアルコールが体内から切れてきたためか、足をむずむずと動かしながら慨嘆した。

「そうです、まさに伊留満は悪魔でした」

マーカが思い出すのも忌まわしいといった調子で、ようやく口を挿んだ。

「神の御業を感じさせるような、この世の者とは思われぬほど見目麗しい幼児を養子にして、その子に虐待を加えることで、神の存在、神の恩寵を踏み躙ろうとしたのです。今は醜く崩れましたが、私もミーシャもそれは美しい子供だったのですよ」

マーカは自嘲気味に笑みを浮かべ、髭をひねくった。

「私は五歳の時に児童養護施設から貰われてきたのですが、その日の日記にこう書いてあります」

別の日記帳を手文庫から取り出すと、マーカは頁を繰った。そして、ぴたりとある頁で手を止めると、日記帳を皆に向けて掲げた。そこには「ベイトソン――二重拘束――精神的破壊」という三語だけが、大書されていた。

「今思うと、施設の係の者に連れられてこの島に来た時に、すでに私は伊留満という男はおかしい、と直観していました。その時はぼんやりとしか理解できませんでしたがね。今でも私は伊留満と初めて会った時のことを憶えています。私がボートに乗って船着場へ着くと、伊留満がすでに待っていました。それまで伊留満は茫乎とした表情で立っていたのですが、父親が新しくできた喜びに私が船着場に飛び乗ると、さっと腕組みをして警戒の表情を取りました。元から伊留満は醜悪な顔ですが、あんな恐ろしい人間の表情を見たことはありません。眉根を深く寄せ、眼をぎらつかせ、口をへの字に歪め――幼い私が驚いて、その場に立ち竦んでしまったのも無理はないでしょう。すると伊留満は急に表情を緩め『どうしてそこに突っ立っているんだい。新しいお父さんだよ。なんと可愛いこと』と口調だけはさも愛らしそうに言うのです。私は人見知りもあったのでしょうが、怖さでそれ以上近づけませんでした。伊留満は、にたりと笑いながら近寄ってきて『おかしな子だ。こんなに私が可愛がろうとしているのに』と係の者に向かって言いました。しかし、伊留満の言葉と先ほどの表情が乖離していることが、どうしても理解できず、私は怯えました。でも、怖がってはいけない、この人は自分の新しい父親になる人なのだ、きっと自分を愛そうとしているに違いない、と思い込もうとしました」

マーカは伊留満との初対面の体験を回想しながら、遠くの空間を睨むような目つきになった。

「その夜、粗末な食事を終えると、当然父が遊んでくれるものと思い、私はふざけて伊留満に飛びつきました。するとどうでしょう。彼は私を邪慳に振り払った後、すぐに柔和な表情になり『もう休むといい。この館に来て疲れただろう。私はおまえに元気に育ってほしいから、ゆっくり休んでほしいのだ』と言ったのです。しかし、です。伊留満のその振る舞いから、私を愛そうとしていないことなど五歳の私でもはっきりとわかりました。でも口では私を心配しているようなことを言う！　私は混乱しました。幼い頭をぐるぐると働かせて考えました。そして疲れてなどいなかったのですが、伊留満がそう言うのなら自分は疲れているのだと思い込み、寝ることにしました。私は自分の身体感覚さえもその時初めて疑ったのです」

「二重拘束《ダブルバインド》だ……」

夷戸は思わず呻いた。

「二重拘束？　日記帳にも書いてあったけど、どういうこと？」

美菜が不得要領な顔つきで訊ねる。夷戸は人差し指を上げ、

「二重拘束とは、グレゴリー・ベイトソンが発見した病理的なコミュニケーションの一形態です。

公式的に言うと『これをするとおまえを罰する』あるいは『これをしないとおまえを罰する』という第一次の禁止命令が〈犠牲者〉に出され、そこに第一次の命令とは矛盾する第二次の禁止命令が続きます。これは非言語的《ノンバーバル》コミュニケーションの形態を取ることが多いんです。仕草や口調や言葉に隠された含意などですね。そして、犠牲者が関係の場から逃れることを許さぬ第三次の禁止命令が出されます。二重拘束の犠牲者となった者は、メッセージ間の矛盾を解きほぐそうにもそれができず、どちらのメッセージに反応してよいかわからない状況に嵌まってしまうんです。これがふたり、あるいはそれ以上の人の間で、ひとりを犠牲者として繰り返し経験されるんですよ。現在は否定されていますが、この種のコミュニケーションにどっぷり浸かって生育することが、統合失調症の病因ではないかと考えられた時代もありました」

「ううん、嚙み砕いて言うとどういうことなんだ?」

根津が首を傾げた。

「じゃあ、勉強嫌いの根津さんにもわかるように、さっきのマーカさんの体験を見ていきましょう。簡単に要約するために、メッセージの等級をふたつだけと考えます。まずマーカさんが船着場へ近づくと、伊留満は険しい警戒の表情を浮かべました。これがひとつ目の等級のメッセージです。そしてそれに気づいてマーカさんが身を退く。すると『私が新しいお父さんだ、おまえは可愛い子だ』などと自分が子供を遠ざけていることを否定するために、愛情の装いを持った言葉を伊留満は発する。これがふたつ目の等級のメッセージです。これらの両メッセージは明らかに矛盾しています。しかし、マーカさんは父となる人との関係を維持するために、この愛のメッセージの欺瞞を見破ってはならない状況に嵌まり込むわけです。そしてマーカさんはメタなレベルでのシグナルについての自分の理解を体系的に歪める必要に迫られるわけなんです。どうです？」

長椅子に座った一同は、わかったようなわからないようなぼんやりした顔つきで機械的に頷いた。だがマーカだけは、夷戸の言葉に感銘を受けたようだった。まるで救世主に出会ったように手を組み合わせた。

「そうなのです、夷戸様。やっと私を理解していただける方に出会うことができた！　まさにあなたの言うとおり、伊留満は私を二重拘束的に生育し、精神的に混乱、破滅させようと仕組んだのです。養子である私を罠に嵌めたのです。私は伊留満の死後、この日記帳を見て〈二重拘束〉という語を知りました。そして彼の書架を探すと、ベイトソンの論文が数々収められていました。私はそれを読んで、自分の罠がどういうものであったのかを知りました。伊留満はベイトソンの文献を耽読し、周到な計画を持って、私を養子に迎えたのです」

そしてマーカは奥歯を噛み締めながら、言葉を吐き出した。

「転向前は、心理学など神の存在を否定する学問であると忌み嫌っていたそうですが、神に背を向けるようになるや否や、伊留満は心理学に飛びつきました。彼は宗教に背を向け、神を呪うようになると、唯物論へと急接近したのです。唯物論的科学である、心理学へと魔の手を伸ばしたのです……。そうして、神の御業など否定するために、心理学を援用して養子を虐待しようとしたのです」

「恐るべき転び伴天連、いや転び伊留満だな」

「まさにヴィルヘルム・ライヒの悪魔版だ」

根津と夷戸は暗澹たる表情で、相次いで嘆息した。

マーカは、頭《かぶり》をゆるゆると振ると、苦しそうに語を継いだ。

「伊留満との生活は一事が万事、この調子でした。毎朝、伊留満は私を抱き締めて『おまえを愛しているぞ』と言ってくれるのですが、彼の腰は引け、腕の筋肉は妙に硬直し、顔は無表情なのです。『愛している』というメッセージと、非言語的なメッセージが明らかに矛盾しているのです。私がそれに驚いて身をよじると、伊留満はきっと『どうした、もう私のことを好きじゃなくなったのか？』と訊ねます。そうして私は養父である伊留満の愛情表現を拒んだ罪の意識に駆られるのです。私は混乱しました。いつも混乱の極みにありました。そういえばこんなこともあった。ある日、学校に行く私に伊留満がお菓子のいっぱい入った袋を渡し、『これを好きなだけ仲の良い子にあげなさい。おまえに沢山お友達ができるようにな』と言いました。私は喜び勇んで壱岐の学校に行き、友達にお菓子を全部配って帰ってきました。すると伊留満は激しく怒ったのです。『こんなに闇雲にお菓子をあげてしまう子がどこにいる！　お父さんの子でいたかったら、罰として今日の夕御飯は抜きだ』と。私は孤児で、淆亂館以外に行くところはないのですから、伊留満の指図に従う他はありません。第一のメッセージで『好きなだけあげてよい』と言ったのに、全部あげると『闇雲にあげ過ぎだ』と矛盾したことを言って怒る。そして『お父さんの子でいたかったら罰として夕飯抜き』と、暗に私が行きどころのない孤児であることを認識させ、養父との関係から逃げ出すことを言外に禁止するのです」

と、遠くの空《くう》を睨むマーカの目は、子供の頃のマーカがそうであっただろうように、激しく瞳の焦点が揺れ、動揺の色を表していた。

「私は養父への愛を示せば罰せられ、愛を示さなくても罰せられ、しかも伊留満以外の人間に支えを求めることも禁止されて育ちました。伊留満が張り巡らした二重拘束という呪縛の罠に嵌まり込んでいたのです。私はそうやって育つうちに、自分に向かって発せられた言葉の裏には、私を脅かす隠された意味があるのではないかと始終警戒を怠らない性格になっていきました。私の周りで起こる出来事の背後には、何か隠されたメッセージがあるのではないか？　それをいつも飢えた猟犬のように嗅ぎ回るのです。私は猜疑心の塊になり、特別な意味づけを発見することに熱中する人間となりました。つまり、妄想型の統合失調症者めいた人格へと、伊留満の罠によって形成されてしまったのです……」

マーカの右目から、ひと筋の涙がこぼれた。彼は両手を握り締め、ぶるぶると震わせていた。

夷戸はたまらず口を挿んだ。

「かつては〈母原病〉などという言葉もあった。しかし統合失調症者の家族研究を行った者らが提唱した〈統合失調症者を作る母 schizophrenogenic mother〉理論は、現代では否定されていますよ。統合失調症者の養育者を、あまりにもカリカチュアライズし過ぎているということで。確かに伊留満の養育方法は異常ですが、少し考え過ぎではないですか」

マーカをこれ以上混乱させまいと、夷戸は慰藉の言葉を投げかけた。するとマーカは白い眉をグイと上げ、目をいからせた。

「考え過ぎですって？　それは私のような養育を受けていないから、そう言えるのです。実に体系化、精緻化された二重拘束的養育を受けて、おかしくならない人がいるでしょうか？　そんな人間はいない。何故なら、私がその生き証人だからなのです」

そこでマーカは言葉にならぬ伊留満への罵詈雑言を、口の奥でぶつぶつと呟いた。そして俯いて、何か妄念でも振り払おうというのか左手を無意味に上下に動かしながら、周囲をうろうろと歩き回った。しばらくそうやっていたが、マーカは急に立ち止まると、きっと顔を上げ、

「いや、私はまだマシだ。この弟のミーシャなどは、もっとひどい養育を受けたのです」

その言葉を聞いて、ミーシャの蒼い顔からさらに血の気が退いていった。

「夷戸様は御存じでしょう。行動主義心理学者ワトソンとレイナが行った、アルバート坊やの恐怖条件づけ実験を」

夷戸は勿論ワトソンたちの実験を知っていた。彼は無言で頷いた。

「あの実験では、生後九ヶ月のアルバートにこういう条件づけを行いました。まずアルバートに

白鼠、兎、犬、毛のついているお面、毛のついていないお面などを見せました。坊やはそれらにまったく恐怖を示しませんでした。それから二ヶ月後、坊やに白鼠を見せ、彼が鼠に手を触れた瞬間、背後で鋼鉄棒を激しく叩いたのです。坊やはその金属音に恐怖しました。そして再び坊やが白鼠に触れた瞬間、また実験者は鋼鉄棒を叩いて音を出したのです。坊やは啜り泣いて恐怖を露わにしました。そして一週間の実験休止後、アルバート坊やに金属音なしで白鼠を見せました。坊やは鼠に手を出そうとはしません。鼠を近づけると、すぐに手を引っ込めるのです。この後、白鼠と激しい金属音の結合を五回繰り返すと、坊やは鼠を見ただけで、瞬間的に泣き出し、逃げ出そうとするようになりました。つまりこの実験では、それまで顕著な反応がなかった白鼠と恐怖を引き起こす金属音を随伴させることによって両者が結合してしまい、学習の結果、白鼠恐怖症という条件反射が形成されたのです。そして興味深いことに、アルバート坊やは条件反射形成後には白鼠だけではなく、他の毛のある刺戟、例えば犬や毛皮、サンタクロースの面などにも恐怖が生じるようになりました。つまり、刺戟般化が起こったわけです。ここまではいいですね、夷戸様」

「ああ、僕もよく知っていますよ。心理学史に残る悪名高き実験です」

マーカの問いかけに、夷戸は苦い顔でまた頷いた。

「悪魔的な伊留満は、この実験をミーシャに応用したのです。ミーシャは私が七歳の頃、生後一年でここに引き取られたのですが、伊留満はミーシャに様々な色をした布を見せました。ミーシャは特に反応を示しません。そして何かの拍子に黒い布で遊ぼうとした瞬間、伊留満は激しい金属音を鳴らしたのです。当然、ミーシャは恐怖で泣き出します。そして黒い布に触れるたび、金属音を聞かせました。すっかりミーシャは黒い布恐怖症に罹ってしまいました。だが、何故伊留満は黒い布への恐怖条件づけを行ったのか？」

「伊留満がいつも黒い僧衣を着ているからですな」

木邑が即答した。ミーシャは今まさに金属音が聞こえているように、耳を塞いで啜り泣いている。マーカは頷いて、

「そうです、木邑様。伊留満は黒い布に恐怖条件づけを行った後、いつも黒い僧衣を着ている自分に刺戟の般化が起こるのを期待したわけです。実験は大成功でした。幼いミーシャは伊留満の僧衣姿を見るたびに恐怖で泣き叫び、しまいには激しいひきつけを起こすようになりました。こうしてミーシャは養父への恐怖を学習したのです」

「それでわかったわ。ミーシャさんがジッポーの蓋の音や大きな音に敏感なのが。その恐怖条件づけとやらを思い出すからなのね。まったく、なんて恐ろしい奴なの、伊留満は」

美菜は伊留満の奸智に感心したように、溜息をついた。

「肉体的な虐待を与えるのではなく、心理学を応用して精神的に追い詰めるところが、却って怖いわね」

東條もカプリに火を点けるのも忘れ、指に煙草をはさんだまま嘆息した。心理学を悪用して養

子を虐待する——普段、心理学を援用して患者を何とか助けようとしている夷戸には、考えもつかないことだった。そして特異な虐待方法を思いついた伊留満の肖像画を、彼は畏怖の念を込めて見ざるを得なかった。伊留満は最悪な意味での一流の心理学者と言えた。

「伊留満は、このように養子を精神的に虐待することで、神への冒瀆を表現しようとしたのです。その顚末が、逐一この日記帳にしたためられています」

とマーカは、憎しみをぶちまけるように荒々しい手つきで、手文庫に黒革の日記帳を放り込んだ。

「私たち兄弟は伊留満に苦しめられどおしだった。私は偶然にも物置部屋に打ち捨てられていた聖書や神学書を発見し、秘かに耽読して信仰への道を深めることで、慰めの道を見出しました。心の中に御主を宿すことで、なんとか精神的虐待に耐えようとしたのです。私は聖書を読むと、蒙が啓かれる思いでした。たとえ現世で苦しめられたとしても、御主に祈りを捧げ続ければ、きっと波羅葦僧で耶蘇基督の御許に額ずく栄光《ぐろおりや》に浴することができると。一方で、こんな輝かしい道を捨てた伊留満の精神の荒涼さを思うと、背筋が凍る思いがしました」

恐るべき伊留満の精神の内奥を見つめるように、マーカは眉根に皺を寄せた。

「……しかし、神に縋るにも限界があった。伊留満の精神的虐待は日に日に恐ろしさを増し、もうこのままでは精神的に破滅してしまう、そこまで私たちは追い詰められました……」

マーカは思いつめた表情で言った。外では風が唸りをあげていた。煖炉の通風孔で暴れる風の音が、黒羽根兄弟の苦衷を表現するように、物悲しく聞こえた。

「私が十三歳の時です。中学生になった私は、もう養父を殺すしかないと思いつめました。二重拘束の罠は激しさを増すばかりだったからです。弟を救うためにも、あいつを殺すしかない。そう決心しました。私はある日、伊留満を釣りに誘いました。伊留満は最初不審げな目をしましたが、私についてボートに乗り込みました。何か釣りを種にして、また二重拘束の罠に嵌めようという魂胆だったのでしょう。私はボートを漕いで、沖合の岩礁へと向かいました。そして……」

マーカは言葉を切り、一同を据わった目で見渡した。夷戸はその眼光の残忍さに、思わず身の毛がよだった。一同は固唾を呑んで、次の言葉を待った。マーカは薄笑いを浮かべると、

「……そして、私は伊留満が着ていた黒いマントに、隠し持っていたガソリンを浴びせ、火を放ちました。伊留満は焔に包まれ、まるで蓑踊りのように、七転八倒したのです。フフフ、いにしえの殉教者のように踊り狂いましたよ。苦し紛れに伊留満は、海へと身を投げました。だが、あの岩礁の辺りは、潮の流れが急だ。伊留満はすぐに溺れました。溺れながら『この小僧め、憶えていろ。必ず戻って復讐してやる』などと喚いていましたっけ。最期まで負け惜しみを言っていましたが、潮に巻かれてすぐに見えなくなりました。養父の姿が海中へ没すると、私は哄然と笑い出しました。笑えて仕方がありませんでした。私はボートの上にひっくり返って笑い続けました。しかし、そのうち涙が出てきたのです。それはなんの涙だったのでしょう？　あんな悪魔のような養父を殺したのに、涙が出てくるなんて――。私は泣き笑いのまま、ボートを漕いで弔月

島へと戻りました。そして警察へ自首し、医療少年院へと送られたのです……」

語り終わったマーカは陰鬱な顔をして、肖像画に挑むように近づいていった。しかし、その肖像画から二メートルほど右手の壁を見ると、にわかに恐怖に駆られたように顔を手で覆った。

「おお、あの超越者……」

マーカは怯えたように呟き、壁から目を背けた。そして肖像画の中の伊留満に目を転じた。彼の胸中にはどんな思いが去来しているのだろう。二重拘束の罠に嵌められて養育され、そして自分が生き残るためには養父を殺さざるを得なかったマーカ。正常な人間には到底測り知れない錯綜した思いが胸に渦巻いているのだろうか。

「伊留満の屍体はあがらなかったんですか？」

美菜の問いに、ミーシャが代わりに頷いた。

「ええ、大方潮の流れに巻かれて、沖合へと流されて行ったのでしょう。その屍体さえも見つかりはしませんでした。兄が少年院へと送られて、私はまた施設へ戻ったのですが、いつ伊留満が現れるかと、びくびくしどおしでした。だが奴は現れなかった。奴は海の藻屑となったのです。海水をしこたま吸って、ふやけて白く崩れた肉を魚に食われたのです。そうに違いありません」

ミーシャは糸のように目を細めて笑った。長い長い黒羽根一家の怪奇な物語を聞き終わり、一同から何となく吐息が漏れた。夷戸は黒羽根兄弟の長広舌を頭に入れ終えてしまうと、逆にこちらの正常だと信じている精神的な力が吸い取られ、脳髄が空っぽになったような気分になった。

それが吐息の漏れた原因であろうと思った。マーカは肖像画を射竦めるように見つめながら、一同にもう一度告げた。

「でありますから、伊留満が今日現れるなんて、あり得ないことなのですよ」

## 五　宴の精神病理学的考察

「じゃあ、さっき現れた伊留満は一体どこのどいつなんだ。僕は確かに、この肖像画と同じ顔をした男を見たぞ」

　蜷川が肖像画に閉じ込められた伊留満の姿を指差しながら言う。

「そこで、最初に私が申したことに戻るのです。悪鬼となって、伊留満はこの世に還ってきたのではないか、とね」

　マーカは白い眉を片方だけ上げ、神秘的な物言いをした。

　悪鬼となって冥府から此岸に戻った破戒僧――夷戸はあまりに幻想的だとは思ったが、蜷川が言うように誰もが先ほど伊留満と思われる姿を見たのだ。マーカの言葉を否定するならば、自分の知覚を否定しなければならない。そう考えていくと、鬼気が広間に隈なく沁み渡るように感じられた。

「しかし、この広間には十字架《くるす》も掲げておりますし、聖骸布も麻利耶観音様もございます。これらは伊留満が魔道に堕ちて以来、物置部屋に放られていたのを、伊留満を殺した後に私がまた飾ったのです。いかにも聖堂のようなこの広間におれば、悪鬼伊留満といえども我々に手は出せますまい」

マーカは顔を引き攣らせ、無理に笑おうとした。

「海に突き落とされても『必ず戻ってくるぞ』と伊留満は喚いていたと言ったね」

石崎は未だ震え気味の指を額に当て、考え考え、言葉を絞り出した。

「ということは、その予言どおりになったということだね」

「そのとおりなのです。だから私たちは恐れているのです。確かに伊留満は還ってきた。それもこんな日に――」

とミーシャは薄ら寒さを表現するためか、燕尾服の襟をかき寄せるような仕草をした。

「必ず戻ってくるぞ、か……」

根津が無気味な伊留満の予言を繰り返した。その時、波が船着場に当たって派手に崩れる音が館内まで聞こえてきた。一同は思わずぎょっとして扉口を見た。伊留満がまた現れたのではないかという、根拠のない不安に駆られながら。

「伊留満には、実は腹違いのよく似た兄弟がいたとか」

木邑が冗談めかして言ったが、マーカは言下に否定した。

「先ほど申しましたように、伊留満は黒羽根家の一人息子です。伊留満の父に妾がいたという話はありませんし、まして腹違いの兄弟など……」

「あんたが海に突き落として、伊留満が溺死したのは確かなんだな」

「確かか、と仰られますと……」

風祭の問いに、マーカは表情を曇らせる。

「屍骸があがらなかったわけですから、そう仰られると確言はできかねます。しかし、あの急な潮の流れに巻かれて海に沈んだことは確かですし、それから二十年近くも姿を消していたことからしても、まず死んだと申して間違いはありません」

「じゃあどうして——」

と東條が言いかけて口をつぐんだ。話が堂々巡りになっていることに気づいたのだろう。「じゃあどうして？」と夷戸も考えていた。一体あの時何が我々に起こっていたのか？　我々の知覚が錯誤を犯していたのだろうか。心理学の世界に身を置く夷戸としては、思考がまずそこへ向かった。だが、怪奇小説読者でもある彼は、もしやあれは怨霊ではないか、という幻想的な思考も働いていた。または、魔道に堕ちたために不死身の力を得た伊留満などというのも物語的にはいいかもしれない。いずれにしろ、不可思議な現象があの時に起こったのは、間違いはなかった。

一同も夷戸と同じ疑問にぶつかっているのか、腕組みをしたり、天を仰いだりして黙考している。そこで石崎が沈黙を破った。

「君たちの言うようにね、伊留満は確かに死んだとしよう。マーカさんは医療少年院に入り、ミーシャさんは施設へ送られた。そして君たちは、この館に再び戻ってきたんだね」

「はい。この館は私共がいない間、空き家になっておりました。忌まわしい記憶がつきまとっているとはいえ、この館は懐かしい我が家です。私は二十歳で医療少年院を出所すると、この館に戻ってきました。そして弟を呼び寄せたのです」

弟を見遣りながら、マーカは言った。

「ふむ。そうすると、どういう経緯で君たちは曾我を主人として崇めるようになったんだね？しかも、そんじょそこらの使用人には及びもつかない忠実な下僕ぶりだ。曾我と主従関係を結んだ理由を聞かせてもらいたいんだが」

今度は木邑が不思議そうに訊ねた。確かにその点を訊くのを忘れていた、と夷戸は思った。

「それは……申し上げられませぬ」

マーカは断固として言い切った。

「それは怪しいぞ。何か秘密があるんだろう。あんたたちの生育歴の秘密までばらしたんだから、どうせなら吐いてしまえよ」

と風祭は冷笑気味に促す。

「何故曾我と私共が主従関係を結んだのか――それは絶対に申し上げられませぬ。この秘密は墓場まで持っていく所存です。しかし、これだけは言えます。曾我は主人として崇めるのに、ふさわしい人物でありました。逆説的に言えば、曾我でなければ主人と崇める存在になり得なかったのです。ですから、私共も誠心誠意お尽くししたのです」

「じれったいなあ」

マーカの言葉を聞いて、根津は不平を鳴らした。

「この館に一緒にいるんだから、もうここらで胸襟を開いて、ざっくばらんにいきましょうや。主人に適任だったという、その理由をぶちまけてさ」

しかし、マーカはそう語りかける根津から目をそらすと、またぶつぶつと独り言を呟き始めた。それを受けて、広間には何とももどかしい空気が流れた。誰もが、曾我と黒羽根兄弟の間に横たわる秘密を知りたがっていた。

「皆様、申し訳ありません。事態が混乱しておりましたせいで、すっかり皆様に飲み物などをお出しするのを失念しておりました。どうでしょう、お酒などお召し上がりになりませんか」

場を和ますように、ミーシャが提案した。

「酒？　貰います、貰います。まさかこの館に閉じ込められるとは思わなかったから、アルコールの在庫が欠乏気味でね」

舌なめずりをする勢いで、一転して根津が提案に食いついた。

「私は世界の麦酒を集めて飲むのが趣味でありまして。大抵の有名銘柄はございますから、どうぞお申しつけください」

我に還ったマーカが述べた。夷戸は確かに咽喉の渇きを覚えていた。しかし、黒羽根兄弟から差し出される麦酒を、無警戒に飲んでいいものだろうか。もしや、毒が混入されているということはないだろうか。確かにマーカは「もう殺生はいたしませぬ」とは言った。だがその言葉は偽りで、黒羽根兄弟が我々を一気に毒殺することを考えていたならば――？

「僕は、遠慮しておこうかな……」

恐る恐るといった調子で蜷川が言った。どうやら、夷戸と同じことを考えていたらしい。

「ええ？　飲まないの？　勿体ない！　まさか、黒羽根さんたちが俺たちを毒殺しようとでも考えているとか？」

根津が揶揄すると、

「そんなことはないよ！」

と言いつつ、蜷川は顔を強張らせている。

「大丈夫ですよ。俺たちを皆殺しにするつもりなら、お得意の鶴嘴を振り回して、とうに惨殺してるでしょ。俺たち、皆んな丸腰なんだし」

説得力のあることを根津が珍しく言った。

「それもそうだなあ」

木邑は顎をさすり、やや納得した様子だった。

一同は麦酒の銘柄を少し考える姿勢になった。

「咽喉が渇いたから、私はいただくわ。あんまり麦酒は好きじゃないから、米国産の薄いのがいいわね。クアーズ・ライトで」

　東條が言うと、

「じゃあ僕も」

　蜷川は東條に気弱だと思われたくないのか、主体性なく想い人と同じ要望をした。おっかなびっくりといった調子ではあったが。

「俺も咽喉がカラカラだ。俺はポーラナー・ヘフェ・ヴァイス。あるかい?」

　風祭の問いに、マーカは頷く。

「それでは私はサン・ミゲールを。亜細亜の麦酒が好きでしてね」

　と木邑はにやりと笑い、ウインクをした。

「あたしはしっかりしたボディがあるのがいいわね。シメイのブルーにしよっと」

「僕は……あまりお酒が得意じゃないんで、麦酒カクテルはできますか」

　一同に同調し、渋々ではあったが夷戸もマーカに注文した。美菜と同じ物を、と格好をつけて言いたかった彼だが、ここは正直なところを述べた。マーカは下戸の夷戸を特に軽く見るでもなく、

「はい、シャンディ・ガフやレッドアイなどでございましょうか」

「じゃあレッドアイで」

「せっかくでございますから、クラマトジュースでお作りいたしましょう」

気を利かせたマーカだが、夷戸はそのジュースが何やら見当がつかない。

「クラマト？」

「蛤のエキスが入ったトマトジュースだよ。クラムとトマトでクラマト」

根津の説明に夷戸は、ははあと頷く。

「俺は露西亜のバルティカ・ナンバースリーね。三本は持ってきてほしいな」

不躾な要望を根津はする。

「石崎様は何にいたしましょう」

マーカが石崎を顧みると、彼はいつの間にか赭ら顔をさらに紅潮させ、額に汗を滲み出させている。

「どうかなさいましたか」

こちらも汗びっしょりなミーシャが怪訝そうに訊ねると、

「いや、僕はね、いいんだ。お水をもらえますかね」

と金壷眼を瞬かせて、突っ慳貪に返事をした。

「石崎さん、水盃はいけませんよ。そりゃ今生の別れのときに飲むものだ。縁起が悪い」

根津は冗談めかした。石崎は口を尖らせて何か言おうとしたが、結局口をつぐんでしまった。

「では、少々お待ちください」

言い残すと、黒羽根兄弟は広間の右手へと歩いていった。

「露西亜にもいい麦酒がありますか。スラヴ人はウォッカしか飲まないと思っていましたが」

木邑が愉快そうに根津に言うと、

「いやいや、これがなかなか侮れませんよ。俺の故郷の福岡には、『タイガ』っていう老舗の露西亜料理店があるんですがね、そこで初めて飲んだのがバルティカ・ナンバースリーでして。キンキンに冷やすとクリアな感じがさらに際立って、これがうまい」

「初めて飲んだのは、三歳のときですか」

夷戸が茶々を入れると、

「違うな。母乳代わりに生後五ヶ月の時だ」

と根津は嘯く。

「ははは、根津さんは酒飲みなんですね。私はエスニック料理が好きなもので、もっぱら亜細亜麦酒を頼むことが多くて。タイのシンハーとかベトナムのバーバーバーとかは割と有名ですが、フィリピンの麦酒も最近はうまいですな。銘柄は忘れたが、昔のフィリピンの麦酒は馬糞臭くてね。あれは肥料の臭いがそのまま移ったんですかねえ。あれからすると、近年は格段の進歩ですな」

木邑が笑うと、「野趣横溢ですな」と根津も笑う。ふたりの麦酒談義の間も話に耳を傾けるでもなく、石崎は俯き加減で座っている。その額から冷や汗がぽたりと床に落ちた。

石崎の様子の急変に、何が彼に起こったのだろうかと夷戸は訝った。もっとも、館に監禁され、焼け爛れた屍骸まで見てしまったら、どうにかならないほうがおかしいのかもしれない。それでいくと、この状況で麦酒が飲めると嬉しがっている根津などは、神経が図太いのか単にアルコール依存症の気があるだけなのか……？　もっとも、根津は無気味な伊留満の影を払うために、わざとはしゃいでいるようにも思える。

そこへ色とりどりのラベルが貼られた麦酒壜を満載した銀の盆を持って、黒羽根兄弟が現れた。

「いよっ、待ってました！」

根津が大袈裟に喝采する。根津は神経が図太いというより、ただ能天気なだけだなと判断し、夷戸は独りで苦笑した。一同にミーシャが麦酒の壜とグラスを配って歩く。根津はグラスなんてまだるっこしいと、早くも喇叭飲みしかねない勢いだ。

「石崎様は、やはりアルコールはお飲みにならないほうがよいでしょうな。お加減がこれ以上悪くなったら大変だ」

と言いつつも、マーカは麦酒の壜を取り上げると、グイと石崎に突き出した。夷戸はオヤと思った。言動が矛盾している。

「僕は、いいと言っているじゃないか」

うるさそうに石崎は麦酒壜を払いのけると、盆の上の水が入ったグラスを取った。

「どうしますか、乾杯しますか」

木邑が軽く笑いながらも、気後れした調子で問いかけた。なんとなく一同は立ち上がった。

「しかし、この館に軟禁されているのに、乾杯はおかしいかな」

「木邑様、ではその麦酒を我が主人、曾我進一郎にお捧げください。主人が波羅葦僧に行かれますように、祈っていただければ」

マーカが提案すると、風祭は毒々しい調子で、

「俺は断じて祈らないね。あいつには地獄へ堕ちてほしいからな」

と言って先に麦酒を飲み始めた。それが合図の代わりになり、一同はちょっとグラスを掲げると、無言で麦酒を飲み下した。

夷戸もレッドアイをひと口だけ、恐る恐る飲んでみた――青臭さが鼻について、クラマトの妙味はあまりわからない。ただそれだけで、特に薬物めいた味はしなかった。黒羽根兄弟は、我々を毒で鏖殺するつもりはなさそうだ。夷戸は、人知れず安堵の溜息を洩らした。

石崎はというと、水が入ったグラスを飲もうとしているが、手と指が震えてうまく飲めない。

――アルコール離脱に顕著な手指震顫《しんせん》ではないだろうか。石崎さんは、根津さんなんかよりも重篤なアルコール依存症者なのだろうか……。

発汗や顔の紅潮なども綜合して、夷戸はそう判断した。石崎は苦労しながらひと口水を飲むと、震える手をマーカに差し伸ばし、

「すみませんね、ちょっと気分が悪いものだから、どこかの部屋で休ませてもらえんかね」

マーカはそれを聞いて、しばらくじっと石崎を見つめていたが、

「承知しました。二階の主人の部屋の右隣はいかがでございましょう。煖炉の真上の部屋でございます」

と扉のほうを指差した。石崎は軽く手を挙げると、何も言わぬままのろのろと階段を昇っていった。と、途中で、げえと咽喉を鳴らして嘔吐しそうになっている。

一同は廻廊を重たい足取りで歩く石崎を不思議そうに見ていた。彼が扉の中の暗闇へと消えると、木邑が苦い笑いを嚙み締めるように、

「石崎さんは、あれでアルコール依存症でね。三日前にちょっとした理由があって断酒をしたんだが、まだ調子が悪いらしい。今度こそは、きっぱりと酒はやめると言っていたんだがな」

と解説する。やはりそうだったか、と夷戸は思った。

「断酒か。俺もしないといけないかな」

ぐいぐいと麦酒を飲み込みながら根津が言うが、本音ではてんでそんなことは考えてもいないらしい。

「なんでも、三十年近く前に奥さんと別れてから、酒量が徐々に増えだして、五年前くらいからは、もう朝から晩までへべれけの状態だったとか。それで報道カメラマンの仕事も失って、うちに拾われたというわけで」

「人に歴史ありですな」

と根津が木邑の言葉をよくわからない文句で引き取った。

「根津さんも、ああなってはいけませんよ。お酒は楽しくほどほどに」

木邑は酒造会社の啓発コマーシャルのようなことを言う。

「しかしだな、何故曾我は十年前に失踪したんだろうな。そこがわからない」

伊留満出現の謎は一旦脇に置いて、風祭が曾我の話題へと引き戻した。するとマーカは、ぎらりと目を光らせて、言った。

「主人はlunaticでありますから」

「lunatic？」

マーカの謎めいた言葉に、蜷川が反応して問い返した。

「精神に異常を来たしているということですかな？」

問い質した木邑に、マーカは物々しく首を振り、

「いいえ、そうではございません。ただ、まるで月のような御方だと言いたかったのです」

と、あくまで一同を煙に巻くようなことを言う。

「月のような人？　さっぱりわからんな。あんたらが曾我を主人として迎えた理由は、それか？」

風祭が問いかけると、マーカはあっさりと「はい」と答えた。一同はマーカの次の言葉を待ったが、それ以上は口を閉ざし、何も言おうとはしなかった。それで一瞬白けたような空気が広間に流れたが、

「曾我の失踪か……。それは私にはある程度推測がつくように思いますね」

と、サン・ミゲールの入ったグラスを掲げながら、木邑が重々しく言ってその空気をかき消した。

「私どもの調査によりますと、どうも曾我はパニック障害を発症していたらしい。カメラの前に出ると、冷や汗をかいて頭が真っ白になり、発狂するんじゃないかという恐怖に襲われて倒れたことが、失踪前に何回かあったそうなんです。今でこそパニック障害への罹患を芸能人が告白することも稀ではないが、その当時は〈パニック発作〉という言葉も一般的ではなく、得体の知れない病気と思われていましたからな。それで誰にも相談できず、舞台にもカメラの前にも立てなくなり、絶望して失踪したのではないかと」

「それは違うと思うわ、木邑さん。曾我はそんなに精神の脆い人間ではなかったわ。むしろ撲っても死なない部類の人間ね。私の前でそんな脆さを見せたことはなかったし、パニック発作のために何もかも打ち棄ててどこかへ失踪するとは思えないわね」

と色めき立って反論した東條へ、木邑は意地の悪そうな眼差しを向け、

「ふふ。これは、したり。精神が脆いのはあなたのほうでしたね」

と、曾我失踪後の東條の荒れた生活をあげつらった。

「おい、東條さんになんてことを言うんだ」

蜷川が気色ばんで長椅子から立ち上がり、木邑に食ってかかる。

「蝮の木邑だか何だか知らないが、おまえのようなゴシップを喰らって生きている、蛆虫みたいな人間に何がわかる？　東條さんは曾我の失踪で深く傷ついたんだぞ。そこから立ち直って、ここまでのキャリアを築いたんだ。おまえなんかに東條さんの一時的な不幸をどうこう言われたくないね」

「おお、蜷川坊ちゃまがお怒りだ」

木邑は面白がって蜷川の怒りを煽りたてる。額に青筋を蠢かせて、数歩前へ出かけた蜷川の肩を、東條は摑んで止めた。

「皆さんが御存じかどうかはわかりませんが、いや、今日の蜷川君の言動で一目瞭然かな」

と、酔いがまわるにしてはまだ早いが、木邑は少し赤くなった鼻の頭を、片手で撫で上げた。

「この蜷川君は、東條茉莉花さんにぞっこん惚れ込んでいるらしいんですよ。これは我が編集部が確度の高い情報を得ていたんだが、今日この場で明らかになりましたな。蜷川君は東條さんを好いている。これは大変なことになりましたぞ。この館から出られたら、巻頭スクープで取り上げないと。『梟の林に衝撃走る　東條茉莉花と蜷川裕也が熱愛！』ってね」

忍び笑いをするゴシップ誌記者を撲ろうというのか、蜷川は拳を固めた。しかし、こんな修羅場は何回もくぐり抜けてきたであろう木邑はまったく意に介することなく、

「案外今日の曾我進一郎惨死の段も、蜷川君の仕業かもしれませんな。曾我が生きているとなったら、東條さんの気持ちがまたグラリと曾我に傾くことになる。東條さんに惚れている蜷川君は、

それだけは避けたい。そこで何か詭計をめぐらして、蜷川君が恋敵の曾我を殺害したのかもしれませんな」

「この野郎ッ！」

蜷川は顔を蒼くしたり赤くしたりして、心中の動揺を明らかにしていた。何かしなければ男がすたると思ったのか、手近にあったグラスを木邑にぶちまけようとしたところで、風祭が鋭い声を出して機先を制した。

「やめろ、蜷川。挑発に乗ってどうする」

そして一転して風祭は静かな調子になり、

「おまえが何かやればやるほど、この木邑さんのスクープの種になるんだ。それくらいわからないのか。おまえも演劇人なら柔和な表情でも作って『否定はしませんが、肯定もしません』くらい言って冷笑してやれ」

と諭した。さすがに血気にはやる蜷川も、劇団主宰者には抗えないと見え、「しかし……」と呟いて力なくうなだれた。

「あの、言い争いはそのくらいにして、あたし、ちょっと思ったんだけど……」

美菜が躊躇いながらも口を挿んだ。一同の視線は蜷川と木邑の諍いから、急に美菜に集中した。

美菜は自分が注目の的になったのに当惑して、ハスキーな声をさらに掠れさせた。

「えっとね、あたし、さっきから考えていたんだけど……曾我さんと風祭さんは鼻から下と背格好は似ているわけでしょう？　だから、風祭さんが曾我さんの部屋に押し入った時に、実はふたりは入れ替わったんじゃないかと」

「どういうことですか？」

夷戸はレッドアイの青臭さをフロイドの煙で塗り消しながら、問い質した。美菜は咳払いをして、

「どういうこともこういうことも、言ったとおりよ。ふたりは、曾我さんの部屋で入れ替わったの。風祭さんは繃帯と服を脱いで、曾我さんのガウンと交換した。曾我さんは風祭さんの服を着て、繃帯を頭からすっぽり被り、風祭さんになり変った。曾我さんのアフレコをするくらい、ふたりは声も似ていたと東條さんは言ったでしょう？　だから、そのまま何食わぬ顔をして、曾我さんは部屋を出てきたの。『曾我はドブ鼠だ』とかなんとか喚きながらね。そして、実はさっきからここにいるのが、曾我さんじゃないかと。で、死んだほうが風祭さんってわけ」

一同の視線は、今度は風祭へと緩やかに転回していった。東條は小さめの可愛らしい目を瞠った。木邑は何故か息を呑んで、風祭の繃帯を見つめている。黒羽根兄弟は目に見えて平静を失い、

「まさか……」と言葉を残して後は絶句している。自分に視線の焦点が合っているのを充分自覚した風祭は、ふっと、たゆたうような笑みを見せた。

「こんなところで俺が注目を浴びるとはな。できれば舞台上で浴びたいもんだが。そりゃまあ俺と曾我は、鼻から下は似ていることは認めよう。声と背格好も似ている。だから、入れ替わりが

不可能ではないことは確かだ。しかし、だ。曾我の露台から自室への逃亡は、どう解釈するんだ？　あれをここにいる全員が見たんだ。伊留満の出現は考慮外に置くとしても、確かに曾我の顔をした男が、露台から奴の部屋へと走っていった。さあ、それを説明してもらおうか」

「そこまでは考えていなかったんだけど……そうね、風祭さんの言うとおりね」

美菜があっさり降参すると、風祭は勝ち誇ったように、

「ほら見ろ、お嬢さん。思いつきで他人を貶めるもんじゃない」

と嘲った。だが、夷戸は持ち前の異常心理学的な知識を持ち出して、美菜に助け船を出したくなった。確かに曾我の逃走はこの目で見たことだが、曾我と風祭の入れ替わりはあり得ない着想ではないと思われたからだ。

「いや、ちょっと待ってください。そこはこう考えるとどうでしょう」

夷戸が人差し指を立てると、風祭は即座に鼻で笑い、

「おやおや、今度もまた名探偵さんがしゃしゃり出てきたか。今度はどんな解釈で我々を煙に巻くのかな。どうぞ、君の名解釈を聴いてあげますよ。いや迷うほうの字の迷解釈かな」

しかし、夷戸はその揶揄を歯牙にもかけなかった。彼の脳内で、衒学趣味による解釈が、その発現を求めていた。

「まあそう馬鹿にせずに聴いてください。精神医学における妄想には、人物誤認妄想というものがあります。人物誤認——つまり誰かと誰かを取り違える妄想です。このタイプの妄想は、文学

や映画でもよく取り上げられるものです。これには、親しい人が偽物と入れ替わっていると確信する替玉妄想のカプグラ症候群や、迫害者や知人が見知らぬ人の外観を装っていると妄想するフレゴリの錯覚以外にも、〈相互変身症候群 intermetamorphosis〉というものがあります。これは〈変化自在〉とも訳されるとおり、親しい人物などが自由自在、意のままに他人になり変わることができるという妄想です。フランスのクールボンが最初に症例報告を行ったんですが、患者の中年女性は自分の夫や近所の人が異なる人物に自由自在に変身できるという妄想を持っていたそうです。極めて稀な妄想ではあるんですが。それが我々に集団的に起こったとしたらどうでしょう。つまり、曾我さんと風祭さんの人物交換が行われたのち、我々は曾我さんの部屋から出てくる風祭さんを見た。しかし、我々は集団的に相互変身症候群の妄想に囚われていて、露台に行く風祭さんが伊留満に変身していると思った。そして露台から走って出てきた人物は、曾我さんに変身していると思った。ただ、一過性の妄想状態であったため、〈変身している、なり変わっている〉という確信が抜け落ちて、その人物そのものを見たと思っただけだった……」

「馬鹿言うな。君が言うとおりだとしても、そのなんとかやら言う妄想は、極めて稀なんだろう？　それが集団的に起こるなどということがあるものか」

風祭はお話にならないといったふうに、右手をひらひらと振った。夷戸はその反論を予期していたので、すぐに反撃に出る。

「でも、ですよ。我々は軟禁されているという精神的負荷が強くかかった状態です。黒羽根兄弟は、我々に主人の秘密が知られてはいけないという、こちらもまた強度の負荷がかかった状態である。となれば、ストレスフルな状況によって、一過性で人物誤認妄想が起こった可能性があるかもしれない」

夷戸は言い切ると、繃帯姿の男の顔をじっと見た。しかし、風祭と思われる人物も容易には屈服しない。

「わかった。じゃあこちらも大幅に譲歩して、一過性でその人物誤認妄想が我々に起こったとしよう。では何故我々は伊留満なら伊留満、曾我なら曾我と同じ人物に誤認したのか、そこが問題だろう？」

なかなか風祭は核心を突いてくる。夷戸は返答に窮しかけたが、

「この館内に醸成された異常なatmosphereが、我々に妄想を相互に感応させたのではないでしょうか。一種の感応精神病状態ですね」

と逃げを打った。

「非現実的過ぎる。お話にならんね」

と吐き捨てると、風祭はポーラナーを飲み下しておくびを出し、それで夷戸に対する否定と軽侮の意を表した。

「でも、面白いことを考えるわね、夷戸さん。人物誤認妄想か。あってもいいかもね、そんなことも」

目の前にいるのがもしかすると曾我かもしれないと思って、希望の火が再燃したのだろうか。

東條が夢見るように薄く笑って賛意を表明した。

「ええ、この異常な状況下では、なんだって起こり得ると思うんですよ」

解釈が否定の集中砲火を浴びるかと思いきや、思いがけないところから評価されたので、夷戸は大きく頷いた。

「でも夷戸、あそこで死んでいたのは、実は風祭さんだったとする。あれは顔のない屍体だったからな、その可能性もある。だとすると、どうして風祭さんは死んだんだ？　自殺か？」

根津は二本目のバルティカを喇叭飲みしながら、首を傾げた。

「自殺かもしれないわね」

その問いを東條が引き取って、

「ほら、さっきも風祭さん自身が言ってたじゃない。自分の美しい顔が醜く崩れて舞台に立てなくなったことで、絶望したって。ずっと長い間、風祭さんは自殺衝動の虜になっていたらしいの。だから、最期に演劇人らしく、人物交換と顔のない屍体の大芝居を打って自殺したって考えもありじゃない？」

だが、なおも不可解そうに根津は首を傾げたまま、

「では何故曾我さんがグルに？」

「それは根津さん、曾我は自分の責任を感じていたんじゃない？　自分が風祭さんの俳優生命を

潰えさせたことに深い自責の念があったとは思う。それで、風祭さんの最期を華々しく飾ってやるために、協力したとも考えられるわ」

「なるほど……」

東條の解釈を聞いて、根津は腕組みして考え込んだ。風祭はというと、長椅子に仰け反って、

「あはは、俺は死んじまったらしいぜ。自殺したんだとさ」

と一同の議論を鼻であしらっている。

「異常な状況下では、なんだって起こり得るか……」

鬚が伸び始めた顎をさすりながら、木邑が猜疑の目を風祭に向け、

「私は心理学だなんだと難しいことはわからないがね、風祭さん、あんたが本当に風祭士郎その人なのかは確かに疑問だね」

そこで急に木邑は詰問の調子になった。

「おい、もしやあんたは夷戸さんたちの言うとおり、曾我なのではないかね。どうなんだ？」

「どうなんだ、って言われてもね。俺は風祭だとしか言いようがないね」

風祭は不貞腐れたように唇を曲げた。

「じゃあ、その繃帯を脱いでみろ」

「い、や、だ、ね」

木邑の要求を、風祭は小馬鹿にしたように斥けた。

「なんで好きこのんで、醜い顔を晒さなきゃいけないんだ」

「脱げ！　今すぐ脱ぐんだ！」

木邑はグラスを置くと、風祭に飛びかからんばかりの気色を見せた。

「ちょっと待ちなよ、木邑さん」

美菜が慌てて口論に割って入った。

「どうしたの、木邑さん。急に昂奮したりして。もしこの人が曾我さんだとしたら、どうなさるつもり？」

「復讐だ」

仲裁に入った美菜に向けて、木邑はぎろりと眼を動かした。

「復讐？」

美菜は鸚鵡返しに問う。

「そうだ。何故私がここまで曾我を追い続けてきたのか。蝮の木邑の異名を取った私だが、何もニュースバリューだけで追っていたわけじゃない。曾我は今や半ば忘れられた存在だからな。今さら曾我が出てきたところで、大きなニュースになるかは疑わしい。では何故か？　私が曾我を追っていた理由、それがこれだ」

木邑は手帳からぼろぼろになった新聞のコピーを取り出して、皆に回した。夷戸がそのコピーを見ると、「都立高校校舎から女子生徒転落　自殺か」という見出しが載った小さな記事だった。

「これが――？」

夷戸は怪訝な思いで木邑を見た。木邑は短く刈り込んだ胡麻塩頭を苛々と掻き回し、

「娘だ。この記事に載っている転落した女子生徒というのが、私の娘なんだ」

と長嘆した。木邑の娘の自殺と曾我とがどのような関係にあるのか――夷戸は不思議に思った。

「娘さんが自殺ですか、それはお気の毒に。しかし何故？」

根津が今度は木邑に問いかけた。この館にいる人々の複雑な人間関係が次々に明るみに出ることに、夷戸は完全に戸惑っていた。館内の人物は、蜘蛛の巣のように奇妙に絡み合った糸で繋がれているのだ。

「曾我に遊ばれた女のひとりだったんだよ、うちの娘は」

「曾我に遊ばれた？」

と言い、東條が眉宇の辺りに不審の念を浮かべた。木邑は頷きつつサン・ミゲールをちょっと飲んで、昂奮で渇いた咽喉を湿した。

「東條さん、あんたは言ったろう。曾我には様々な女の影があったって。うちの娘は、その中のひとりだったのさ。まあ、うちの娘も品行方正というわけじゃなかった。十七の高校生でありながら、夜の街で遊んでいたんだからね。そこで曾我と知り合って、遊ばれたんだ。それだけならまだいい。まだ許せる。曾我が悪辣なのは、鰒の木邑の娘と恐らく知っていた節があるんだ。その上で、うちの娘を弄んだんだ。しかも、娘は妊娠した。曾我に妊娠させられたんだ。けれども、そ

曾我は卑怯な奴だった。奴は責任を取らなかった。奴は娘を脅して口封じをしたばかりか、所属事務所の裏の力を使って、事を揉み消しにかかった。娘は奴の脅しにすっかり震え上がって、親にも相談できず、すっかり悲観して高校の校舎から身を投げた。どうやら、それは曾我の私に対する意趣返しだったらしい。私が曾我のスキャンダルをすっぱ抜いたことで、奴は私への復讐の機会を狙っていたようなんだ。あいつは娘を破滅させることで、まんまと復讐を成就させたのさ……」

木邑は俯いて、長椅子に腰をかけた。膝の上に両肘を乗せ、手の甲に頭を凭せかける。そうやってしばらく言うべき言葉を探しているようだった。だが、大きく息を吸うと、

「そりゃあうちの娘も非難されるべきところはある。高校生のくせに、遊びに夢中になっていたから、そんなことになったんだ。それは私にもわかっている。しかし、曾我はそれにつけこんで、娘を罠に嵌めたんだぞ。誰にも相談できないようにな。そして独りで苦しんで、死を選ぶしかなかった娘の心中は如何ばかりだったろう。それを思うと、不肖の娘だったが、私は泣けて泣けて仕方ないんだ」

木邑は俯いたまま、目尻を拭った。娘を亡くした父の悲哀が、その丸まった背中から漂っていた。

「木邑さん、それは本当なの？」

東條は問うたが、木邑は少し顔をあげて、険しい目で彼女を見た。その目色がすべてを物語っ

ている。

「……だから、最初曾我が失踪したと聞いて、娘の件のほとぼりが冷めるまで、行方をくらましたんじゃないかと思った。それくらい卑劣な奴だったからな。それで私は、曾我を必死に追い始めたんだ。絶対に奴を逃がしてなるものかと。娘の死の償いをさせてやると。その追跡が十年になろうとはな」

木邑は自嘲とも悲嘆とも取れる歪んだ表情を見せた。

「だから、追跡十年目にして奴の手掛かりを摑んだ時は、私は娘の墓前で泣いたね。やっと娘の翔子《しょうこ》――娘は木邑翔子というんだ――の仇が取れると思ってね。それで、曾我に恨みを抱いているであろう風祭さんと東條さんに声をかけて、曾我の罪を糾弾してやろうと思ったんだよ。東條さんはどうやらまだ曾我に未練があるようで、それは思惑違いだったが。しかし、こんな事態になってしまった……」

そこまで言って、自暴自棄になったように、木邑は麦酒をぐいぐいと呷った。

「木邑様、私共にはそんなお話は、にわかには信じられませぬ。我が主人がそんな非道なことをしていたとは」

控えていたマーカが白鬚をひねりながら口を開いた。

「黒羽根さん、あんたたちの主人はひどい男だよ」

木邑は泣き笑いのような曖昧な表情で、微笑んだ。

「だから、この繃帯をした男がもしも曾我だったなら、今すぐにでも私は絞め殺すね」

木邑はまさにそこに曾我の首があるように、両手で空を握った。黒羽根兄弟が警戒するように進み出て、風祭と木邑の間に入った。

「へえ、曾我は叩けばいろいろと埃が出てくる男だな。しかしね、木邑さん。俺は風祭だ。くれぐれも早まって、絞め殺さないでくれよ」

固い表情の一同の中で、風祭の口だけが皮肉に笑っている。木邑はいきなり胡麻塩頭を深々と下げ、

「風祭さん、だから繃帯を脱いでみてくれ。もしもあんたが正真正銘の風祭さんなら、曾我は死んだと私は諦めがつく。あの悪人は醜く顔を焼かれて死んだんだぞと、翔子に報告してやれる。だから――」

「い、や、だ」

風祭は、木邑の哀願をにべもなくはねつける。

「繃帯を脱いだところで、俺にはなんの利点もないしな。醜い顔を晒すのだけはごめんだ。俺は事故以来、誰にも顔を見せてはいないんだ。それを何故今になって」

黒羽根兄弟が楯になっているので強気になれるのか、風祭はあくまでも繃帯を脱ぐ気はないらしい。

「そうか……」

木邑は悄然として肩を落とした。蝮の木邑と言われた男も、親子の悲しい物語を内に秘めていたのだ。それぞれの物語を抱えて淆亂館に集う人々の顔を、夷戸はそっと見回した。

一同はそこで黙り込んだ。風と波の音を聞きながら、夷戸はぼんやりと座っていた。綳帯姿の男は一体誰なのか――これが事件の焦点となるかもしれない。夷戸は風祭に躍りかかって、無理矢理綳帯を脱がそうかと思案した。夷戸はちらりと綳帯の奥の目を窺った。

そこで、美菜が不意に長椅子から立ち上がった。便所にでも行こうというのだろうか。美菜はそろそろと黒羽根兄弟のほうへ歩いていったが、急に俊敏な動きを見せて兄弟の盾を迂回すると、風祭に摑みかかった。

「おい、貴様、何をするんだ!」

風祭は頭の綳帯を押さえたまま、慌てて立ち上がる。美菜は風祭の背中に、ちょうどおんぶのような姿勢で抱きつくと、左手で風祭の頸動脈を絞めながら、右手でなんとか綳帯を取ろうと彼の顔をまさぐる。

「あたし、案外執念深いんだから。あたしのさっきの解釈が当たっているか、確かめてやる!」

美菜は叫びながら、綳帯の結び目を片手で解きにかかる。一同は、あまりのことに茫然と格闘を見つめていた。夷戸も呆気に取られて声も出せず、長椅子に座ったまま、ただふたりに見入っていた。

「さあさあ、鬼が出るか、蛇が出るか？　曾我さんが出るか、風祭さんが出るか？　あたしの飛びつき式チョークスリーパーの味はどう？」

不敵に口走りながら、美菜は鼻の辺りの繃帯を解き始めた。繃帯姿の風祭と思しき男の鼻から下は、首を絞められて赤紫色に変色し始めた。

「く、苦しい……。誰か、助けてくれ……」

風祭は息も絶え絶えに声を絞り出したので、やっと黒羽根兄弟は我に還り、

「何をなさるのです！」

とマーカが美菜を羽交い絞めにした。

「ちょっと、何するのよ！　あとちょっとで、あたしの解釈が本当だったってわかるんだから！」

美菜は喚いたが、如何せんマーカとは体格差がありすぎる。小柄な美菜は、風祭から引きはがされた。風祭は長椅子に凭れ込むと、空咳をしながら繃帯を直しにかかる。

「この阿魔、なんてことをしやがる。もう少しで俺のおぞましい素顔を晒すところだった」

憎々しげな眼つきで、風祭は美菜を睨んだ。

「曾我さんの顔を晒すところだった、でしょ」

美菜はマーカに羽交い絞めにされたまま、駄々っ子のように足をばたつかせて、負けじと睨み返した。

「美菜さん、手荒なことは、やめなよ。マーカさんも美菜さんを放してやってください」

夷戸は呆れて声をかけた。しかし、心の底では、美菜が風祭を名乗る男の綳帯を取ってくれたら、事件は一気に解決に向かったかもしれない、という一抹の残念さがあった。

「まったく、美菜さんは喧嘩っ早いな」

麦酒を飲み干しつつ、根津が愉快そうに言う。綳帯を整えた風祭は、

「おい、お嬢ちゃん。今度俺に指一本でも触れてみろ。ぶち殺すぞ」

と凄んだ。ようやくマーカに縛めを解かれた美菜は、肩をさすりながら、

「あら、お嬢ちゃんって、あたしのこと？　あたしの格闘の腕前を見たでしょ？　そっちが返り討ちにあうからね」

と不貞腐れて席に戻った。

今の格闘騒ぎの名残で、淆亂館の一同は何となくざわついていたが、

「あの、話を蒸し返すようですが――」

と蜷川が言いにくそうに言葉を挿んだ。

「我々はいつになったら解放されるのでしょうか。曾我進一郎と目される人が亡くなった。それはもしかしたら風祭さんなのかもしれないが……。ここは警察に入ってもらってすべてを明らかにすることとして、我々を解放してはいただけないでしょうか」

「それはなりませぬ」

あくまで厳然として、マーカは言い放った。

「事がここに至った以上、我々が善後策を考えだすまで、皆様方はここに御滞在ください。それはそうと、皆様方はお疲れではございませんか。もうそろそろお休みになっては？」

そう言われて、思い出したように夷戸と根津は伸びをした。確かにこの館に囚われてから様々な事件や物語を矢継ぎ早に見聞きして、夷戸の軀にもじっとりと疲労感が纏わりついているように思えた。

「そう言われるとそうだな。麦酒も飲んで、なんだか眠たくなってきた」

と根津は腕時計を覗き込んだ。

「もう十時半か。ここからどうしても解放してくれないって言うなら、ちょっと休ませてもらおうかな。長期戦になるかもしれないから、体力を温存しておきたいし。部屋はどこを使ってもいいのかい」

「はい。四階は私共使用人が使っておりますが、二階と三階に使える部屋が五部屋ずつあります。主人の部屋以外、どこでもお使いください」

「屍骸がある部屋なんて、こっちから願い下げだ」

風祭が冗談めかしてマーカに言葉を返した。マーカは、むっとしたようだが、それには反論せず、

「私共は失礼ですが、この広間で皆様方の動きを監視させていただきます。夜のうちにどなたかが外に逃げ出そうとされては困りますのでね」

と宣言した。それを潮時とばかりに、一同は首を回したりしながら立ち上がった。先に立った東條を蜷川が小走りに追ったが、彼女は無視してさっさと歩いていった。

「ねえ、屋上へ行ってみない？　エゴールシカ少年が眠っているあの桜の樹を見てみたいの」

美菜が片眉を仔細ありげに上げて囁いた。根津は壜の中に数滴残った麦酒を名残惜しそうに見ながら、

「夜桜見物か。風情があるな。ちょっと行ってみるか。……ねえ、マーカさん」

「なんでございましょう」

「屋上へ行ってみてもいいかな。桜の樹を見てみたいから」

マーカは麦酒壜を片づける手を休めて少し考えたが、やがてゆっくりと白い頭を縦に振った。

「ようございます。どうぞご自由にご覧ください。それとエゴールシカの魂にも祈りを捧げていただけますか」

それで相談はまとまった。夷戸たち三人は、玄関脇の階段を屋上へと上がっていった。四階からは急な梯子段になっている。軋む梯子に摑まって昇っていくと、船室にあるような上げ蓋がついていた。それを上げると、外気が下へ流れ込んできた。

夜の空気は幾らか重たかった。人間、そして様々な機械が昼間に上空へと吐き出した、夥しい量の汚れた瓦斯が、夜のうちにゆっくりと沈澱していくからだろうか。そこへ生ぬるい風が吹いているので、いっそう空気に重たさを加えている。夷戸たち三人は屋上へと出た。

弔い月は濃い灰色の厚い雲に翳っているので、その顔は見えない。なんだか雨催《あまもよ》いの空になっていた。その分厚い雲と接するように、ひょろひょろと幹の貧弱な桜が一本立っている。三人は混凝土を踏んで、桜へと歩いていった。丸い屋上のちょうど中央部に、直径七メートルほどの広さで円型の花壇が作られて、乾いた褐色の土が敷き詰められていた。その花壇の真ん中に桜は立っていた。桜は梢を四方へ懸命に伸ばして、今が盛りと咲き誇っている。薄紅色の大きな傘が屋上に差しかけられているようだ。上げ蓋と反対側のところに低い煙突があり、煖炉から湧き出る煙を空へと吐き出していた。その脇に大樽が置かれていて、大きな芭蕉の樹が植えられていた。夜目に黒々とした姿を見せる芭蕉は、煙突の護衛兵然としてひっそり立っている。屋上にはその他は灌木ひとつ植えられていなかった。

美菜が桜の梢に手を伸ばして、呟いた。

「枝ぶりは弱々しいけど、綺麗な桜ね。美しい桜の下には屍体が埋まっているとかいうけど、本当にエゴールシカの遺骨が埋められているのね」

「そう思うと、なんだか無気味な桜だな。骨を養分として、この桜は伸びたんだぜ」

と、根津は桜のすべすべした幹を撫で上げた。

「桜の根の力は凄いと言いますからね。この桜の根もそのうち屋上の屋根や壁を食い破り、この館を滅ぼすのでしょう」

夷戸は桜の下の地面を軽く踏み均して言った。

「桜に浸蝕される館か、それもまた一興だな」

普段は至って散文的な根津も、珍しく風雅な台詞を吐く。

「夜光虫はどうなっているかな」

と夷戸はフロイドに火を点けながら、屋上の外縁へと歩いていった。下の海を覗くと、夜光虫の群れは今や弔月島を取り巻き、盛んに燐光を放っている。光の帯が波に揺られて島へと打ち寄せられていた。

「なんだか怖いな」

思わず夷戸は呟いた。島が蒼白い光を放つ雲に乗って、ふわふわ浮いているように思われた。

「燐光で海が埋め尽くされているな。これでこそ弔月島の名にふさわしい」

根津は自然の演出に感心したように溜息をついた。混凝土の欠片をひとつ拾うと、根津は海へと投げ込んだ。すると、混凝土が放られた地点の夜光虫が、刺戟に呼応するようにひと際ふわふわと光を放った。

「うわあ、まるで思考を持っているみたいだ。石礫に反応しやがった」

「まるで亡霊みたいですね」

頓狂な声を出した根津に、夷戸は頷き返す。ただのプランクトンに過ぎないが、まるで霊的な反応のように夷戸は思えた。

「あたしたち、これからどうなるんだろう」

桜の樹下に立ち尽くしたまま、美菜が問う。夷戸は桜の下に歩み寄りながら、

「黒羽根兄弟しだいですからね。あのふたりが、善後策とやらを早く考え出してくれないと。僕だって、早くこの島を逃げ出したいですよ」

「あたしも早く帰りたい。根津さんと夷戸君の誘いに乗って、クルーズなんてしちゃったから、こんな羽目に……」

美菜が恨み言を言ったので、夷戸は慌てて手を振り、

「そう言いながらも、さっきは大立ち回りだったじゃない、美菜さん。案外、現在の状況に探偵的興味をそそられているとか？」

「そんなわけじゃないけど……。ただ早く事件の解決をつけたかっただけ」

すると、根津が桜の樹に歩み寄って、眼を輝かせ、

「そういえば、エゴールシカ少年の骸が葬られているっていうこの桜の下を掘ってみれば、さっきの事件に繋がる糸口が何か見つかるんじゃないか？　伊留満出現の謎が解けるかも。どうだ、やってみないか？」

と、早くも編み上げブーツの先で乾いた地面を掘り始めた。夷戸も「なるほど」と同意し、樹下にしゃがみ込んで地面を掘る。

「どうする？　この地面から魔物が出てきたら」

「厭なこと言わないでくださいよ、根津さん」

ふたりを見て、美菜は呆れたように、

「ふたりとも何やってんのよ。それよりか、弔月島へ来ようと最初に言ったのは根津さんだよ。こうなった責任を取ってよ。館に軟禁されて、おぞましい屍体まで見せられて、たまったもんじゃない！」

「そうだったな。でも、実のところ俺は、結構この状況を楽しんでるんだ。奇怪な事件っていうのは、何度巻き込まれてもスリルがあるもんだな」

忍び笑いをした根津に向かい、

「あたしは早く家に帰りたい！」

と美菜は、膨れっ面を見せる。

「まあまあ、俺が事件を解決してやるからさ。危機一髪で犯人の魔の手を逃れ、そして一同を集めて解釈を披露する、って展開がいいな」

太平楽を並べる根津に、恵戸は「そうなればいいですけどね」と苦い笑いを漏らした。

美菜は生欠伸をして、

「はあ、色んなことがあり過ぎて、もうぐったり疲れちゃった。エゴールシカ少年に黙禱して、もう帰ろうか。墓暴きなんて、冒瀆的なことはやめなさいってば」

「ええ？　だって何か手がかりが見つかるかもしれないじゃん。例えば、伊留満が生きていて、地面の中の巣穴で眠っているとか。で、俺たちに気づいて、『クリープショー』の第一話みたく、くわっと地中から甦って襲いかかってきたりして」

「まったくもう！　墓暴きは、やめやめ！　ほんと、呪われるよ！」

美菜にたしなめられて、根津は不服そうだったが、やっと地面を掘るのをやめた。夷戸も手についた土を払って立ち上がった。

三人は、桜の下で一分ほど瞑目して祈りを捧げた。異国の地で性的虐待を受け続けて、挙句に殺された少年は、今は天国に行っただろうかと夷戸はちらりと思った。しかも伊留満は宗教的確信犯だっただけに、その犯罪のおぞましさが募る。できれば天国というものがあって、エゴールシカが安らかに暮らしていることを切に夷戸は祈った。

「あ、雨……」

美菜が天を見上げて、手を差し出した。変わりやすい海の天候は、エゴールシカへの祈りに同調したように、空から涙を降らせ始めた。芭蕉の葉に雨滴が当たって、ぱらぱらと音がし始めた。

「濡れる前に中へ帰ろ」

美菜は先に立って上げ蓋へと歩き出した。

「俺はこの階の部屋にするかな。屍体とは離れていたいし」

階段を三階まで降りたところで、珍しく臆病風に吹かれたように根津が言う。美菜は廻廊から下を覗いて考えていたが、

「あたしも三階にしよっと。やっぱり二階は……ちょっとね」

と低声で言った。

「あれ、格闘家とは思えない弱気だね」

と揶揄する根津に、美菜は顔をしかめ、

「気分的な問題よ。いくら腕っぷしが強いといっても、屍体のそばじゃ、ちょっと……」

他の者たちはそれぞれ部屋を見つけて引き取ったのか、脱出者を警戒する黒羽根兄弟以外にも う姿は見えず、館内は森閑としていた。

「僕は……」

夷戸はどうしようかと考えあぐねたが、

「……僕は二階の曾我さんの隣の部屋にします。真の名探偵なら、事件に近いところにいなくちゃね」

と冗談ともつかぬことを言う。美菜が驚いて、鳶色の瞳で夷戸の顔を覗き込み、

「夷戸君、本当にいいの？　伊留満がまた現れて、殺されちゃうかもよ」

「またあ、そんな脅しをかけて」

夷戸はそう受け流しつつも、自分の発言はちょっと無謀だっただろうかと考えた。しかし、ここで男気を見せれば、美菜に頼もしく思われるだろうという下心が勝った。そんな夷戸をしげしげと根津は見て、

「臆病な夷戸にしては珍しいな。ま、何かあったらすぐ三階へ来い。俺の蒲団に入れてやるか

ら」

「それだけは御免こうむります、根津さん」

と夷戸は手を振った。それで根津たちも手を振り、三人は三階で別れた。

夷戸は二階にある、事件現場の手前の部屋に来た。ひとつ深呼吸をして覚悟を決め、厚樫の扉を開いた。室内は闇に包まれていて、寝具の白さだけが目に冴える。煖炉に火は熾っていないので、部屋の中は少し冷えている。夷戸は扉に鍵をかけると、窓へ近寄った。蒼白い海が見え、外は雨が本降りになったようで窓硝子に雨滴がついている。夷戸は窓の鍵を確かめると帷を引き、寝台にその身を投げ出した。

——眠ってしまっても、本当に何も起こらないだろうか……。

ひとりになって、夷戸は急に不安になった。寝台の上で胡坐をかき、煙草を盛んに吹かすことで、その不安を彼は打ち消そうとした。

しかし、壁ひとつ隔てたところに屍骸があるというのは、さすがにいい気持ちはしない。何か物音でも聞こえてきたら、と思うと、彼の聴覚は鋭敏になった。

すると、眼窓を雨が叩く音に混じって、実際にはありもしない音が部屋の向こうから聞こえてくるような気がする。夷戸は恐怖に駆られて、煙草を銜えたまま思わず耳を塞いだ。しかし、頭の中から聞こえてくるのか、外からなのかはわからないが、なんだか衣擦れのような音が聞こえた。これは空耳だ、と夷戸は己に言い聞かせた。恐怖のあまり、実際には存在しない音が聞こえているのだ、と。

――大丈夫。鍵もかけたし、いざとなったら根津さんが言うように、上の階へ行けばいいんだから。

夷戸は手を伸ばして灰皿で煙草を押し潰した。そして半身をずらして、ジーンズの尻のポケットから小さなピルケースを取り出した。プラスチックのケースを開けると、中から薄青色の睡眠導入剤をつまみ上げる。

――このフルニトラゼパム二ミリグラム錠で、すぐに寝てしまおう。寝てしまえば不安だってなくなる。

夷戸は心中で呟くと錠剤を口に放り込み、水なしで飲み下した。乾いた錠剤が咽喉にひっかかるような感触を加えながら、ゆっくりと嚥下されていった。用量は超えているが、もう一錠服用したほうが早く眠れるだろうか、と思ったが、それはやめておいた。泥のように眠り込んでしまったら、危険に対処できなくなってしまう。

――明日になったら、新たな犠牲者が出るのだろうか。

ぼんやりと夷戸は考えた。すると、急に震えが背筋を駆け抜けた。

――いや、何も考えないでおこう。とにかく明日になれば、事態が打開されるかもしれない。だから、ここは寝てしまって体力を温存しよう。

夷戸は蒲団を被ると、片腕を枕にして頭を凭せかけた。頭の中には、弔月島に押し寄せる夜光虫の群れのように、明日への不安が渦巻いている。空耳こそ今は聞こえなかったが、風や雨の音がすると、すぐに幻覚的な音を誘いだしそうな気がする。

——万事放擲して寝るに如くなし。

夷戸は祖母からよく聞かされた言葉を頭の中に思い浮かべた。強いて目をつぶり、眠りの壁の向こう側へ行けるのをひたすら待った。

## 六　悪夢と悪魔

夷戸はぽつんと浜辺に座っていた。彼は天を見上げた。近くの叢で地虫の鳴く単調で陰鬱な声が聞こえる。右手で地面を探ると、砂の感触が天然の絨緞のように優しく伝わった。

夷戸は口をぽかんと開け、ぼんやり夜空を見つめていた。星月夜なので空は明るく、ところどころに浮かんだ雲もすぐに風で吹き払われた。よく見ると、星が銀色の矢のように、盛んに降っている。ひとつの星が砕けるように流れ出すと、それに引きずられるように続いてまたひとつの星が降る。そして夜空に吸い込まれるように消えていく。まるで露の流れる窓硝子を見ているようだった。流星だ、流星群だ――と夷戸は思った。

「やっと来たのね」

背後で、不意に女の声が聞こえた。夷戸は振り返った。

「待っていたわ」

その声にはどこかで聞き覚えがあった。

そこにはひとりの女が立っていた。彼女の顔貌は、母親と美菜と、昔の学友である松浦杏子《まつうらきょうこ》、そして東條茉莉花がひとつに入り混じったようだった。彼女らひとりひとりに似ているようでいて、そして誰にも似ていない、不思議な顔だった。

女は夷戸の横に腰を下ろした。そしてじっと俯いていた。長い睫毛が星と月の明かりを受けて、仄かに光っていた。その姿は悲しげにも見えた。夷戸は様々なことを喋った。女は特に心を動かされる様子もなく、「ええ」「そう」など簡単な返答を夷戸に与えるだけで、俯いたままだった。

やがて、話が途切れた。ふたりの間に沈黙が訪れると、風が浜辺を吹き過ぎた。夷戸は急に気まずく思った。彼は目の前に拡がる夜空を見上げた。相変わらず星が次々に流れていく。

「夜空にミルクを落としているみたいだな」

夷戸は思わず呟いた。

「そうね」

やはり女は簡単に答えた。

「流れ星に願い事をしようかな。君はしないの？」

夷戸は笑って女を見た。女は顔を上げ、じっと彼を見返した。

「子供っぽいかな」

その視線の鋭さに気圧されながらも夷戸が自嘲気味に笑うと、女は首を振って言った。

「願い事をしてどうするの？」

「どうするって……」

夷戸は言葉に詰まった。だが、また気まずい空気が流れ始めるのを阻止するために、すぐに語を継いだ。

「希望を持つことはいいことだろう？　希望を持たなくちゃ、人間は生きていけないじゃないか」

「そうかしら」

女は髪をかき上げて、耳にかけた。青磁のように蒼白い頬が見えた。

「そうだよ。人間はたとえむなしい希望でも、それを持ち続けることで生きていけるんだ。チェーホフの『中二階のある家』は知ってる？　あれは儚い希望の物語だと思うな」

「願いを持っても、人はいずれ裏切られるのよ」

女は押し被せるように言った。

「そして希望が潰えるたびに、人は老いていくのよ。だから、希望を持つことは、死への近道を辿っていることなの」

「まさか」

夷戸は笑ったが、女は笑わなかった。鴇のように東條や美菜の特徴が入り混じった印象的な眼を夷戸の顔に向け、

「そう、あのエゴールシカも。彼は伊留満に助けられたことで希望を持った。家族はいなくなっ

ても、波羅葦僧館で新しい生活を送られると。でも、その希望は無惨にも打ち毀された……。エゴールシカは最初に辱められた日から死ぬまでの日々、急速に老いていったの。心はもはや少年じゃなかったの。希望なんか持ったせいで、そんな苦痛を味わわなければいけなかったの」

厭世的な文句を言いつのる女をなだめようと立ち上がると、いつの間にか女の横に小さな少年が座っている。背格好は十歳くらいだが、銀色の髪をした少年だった。

「見る？　エゴールシカの本当の姿を」

女が言うと、少年は顔を上げた。背格好と不釣り合いに、その顔は年老いて深い皺が幾筋も刻まれ、萎びていた。少年は苦しそうに空咳をした。そして老人特有のどろんとした光沢のない瞳で、何かを訴えかけるように夷戸を見上げた。

「これが、エゴールシカ？」

夷戸は冷水を浴びせられたような気持ちになり、後ずさった。女は頷き、

「そう。希望をなくした後のエゴールシカよ。そしてわたしも――」

と口をつぐんだ後の女の顔は、急速に萎びていった。髪の毛から色が落ちて白髪になり、幾房か抜け落ちた。顔中に皺が走り、歯は欠け、顔色は黄色くなり、肉は醜くたるんだ。まるで腐りかけの烏瓜のような顔になった。夷戸は愕然として、女の変化を見つめた。女は無理に微笑もうとして、歯の欠けた歯茎を見せて顔を歪めた。

「これが今のわたし。なまじ希望を持ってしまったことで、今はこんなに老いさらばえたわ。希

望は必ず潰える。そして絶望へと変わる。そして人は老い、希望なんかには鈍感にならざるを得ないの。流れ星に願い？　それは結局、絶望を深める手段だわ」

「そんな！　希望を持たなければ僕は生きていけない！　どんな人間だって、希望を持たなければ！」

夷戸は叫んだ。すると女は、脂肪で垂れ下がった瞼を上げ、歯を剥いて笑った。

「だから、あなたも——」

夷戸はその言葉に驚いて、シャツの袖を捲り上げて露わになった自分の腕を見た。その腕は水気がなくなり、幾重にも皺が寄って、青黒い血管が蚯蚓のようにうねっている。

夷戸は声にならない叫びをあげた。女とエゴールシカは皮肉な薄笑いを浮かべた。

「……の世界へようこそ」

ふたりは声を揃えて囁いた。空にはいつの間にか、紅い弔い月が昇っていた。……

†

そこで夷戸の夢は途切れた。不意に目が開いた。焦点がぼんやりと合ってくると、そこには見慣れぬ薄暗い天井があった。だが、自分がどこにいるかということよりも、長い夢がやっと終わった安心感に、夷戸は思わずほっと息を漏らした。

「……の世界へようこそ……」

夷戸は悪夢の中で聞いた台詞を思わず繰り返した。そしてしばし考え込んだ。あいつらは何の世界にようこそと言いたかったのだろう？　絶望の世界、だろうか。いずれにしてもあの様子からは、不吉なことを言ったに違いない。

夢の余韻が頭を締めつけている。まるで宿酔のような後味の悪さが頭に残っていた。そこではっとして腕を上げると、張りのある筋肉質な細い腕があった。見慣れた自分の腕だ。夷戸はそれを見て安心した。

しだいに頭がはっきりしてくると、ここはどこだろうという不審の念がようやく夷戸を捉えた。蒲団が乱れて、半分寝台からずり落ちていた。彼は夜具の中で独りもがき苦しんでいたようだ。部屋の中に漂う冷気に耐えつつ軀をじっと横たえていると、波の音がするのに気づいた。海が近い——それでやっと、ここは淆亂館なのだと気がついた。昨日黒羽根兄弟に囚われて、ここに軟禁されたのだ。そして死んだはずの黒羽根伊留満が現れ、顔のない屍体の事件に遭遇した……。

夷戸は昨日のことをようやく思い出した。溜息をひとつ吐いて腕時計を見ると、十一時だった。部屋の中は帷越しに薄明るくなっている。とすると、自分は十二時間近くも眠っていたらしい。薬のおかげとはいえ、こんな状況でよくも長時間眠れたものだ、と夷戸は独りで苦笑いした。

間断なく穏やかな波の音が聞こえ、それはまるで自然の子守唄のように眠りの世界へと再び夷戸を誘《いざな》う。あんなに眠ったはずなのに——と思いながらも、ぐずぐずと彼は寝台に横になっていた。

「ああ、薬の作用がまだ続いている……」

夷戸は欠伸まじりに呟いた。寒さでくしゃみをひとつして、ずり落ちた夜具を引き上げ、目を瞑った。その時、上階で「誰か！」というような悲鳴が聞こえた。

再び目を開けた夷戸は、一瞬寝台の中で硬直した。今の声は僕特有の幻聴だろうか。いや、違う。はっきりと上階から聞こえた。何が起こったのだろう？　また何か事件が？　恐怖に囚われかけたが、すぐに振り払うと夷戸は跳ね起きた。そして薄ら寒い部屋から廻廊へ急いで出た。美菜や根津に何かあったのだろうか。

廻廊から下を覗くと、「梟の林」の面々と木邑が長椅子に座って、三階を見上げていた。

「今、何か声が聞こえましたよね？」

夷戸が下へ呼びかけると、四人は不安そうな面持ちで揃って頷いた。そこへ、

「おい、なんの騒ぎだ？　美菜さんの部屋から、悲鳴が聞こえたようだけど」

と根津が三階の廻廊へと出てきた。

「声がしたのは、美菜さんの部屋なんですか！」

言うが早いか、夷戸は駆け出して三階へと階段を上がった。夷戸の想い人の美菜を、何か変事が襲ったのだろうか。まさか、殺された……？　いや、そんなことはない。美菜は簡単に殺されるような人じゃない。夷戸は不安でもつれそうになる足を懸命に前へ出し、美菜の部屋の前に辿

り着いた。根津は美菜の部屋の前で棒立ちになっている。

「美菜さん、開けて！　何かあったの!?」

夷戸が激しく扉を叩くと、すぐに鍵が開く音がして、蒼白な顔色の美菜が扉口に現れた。

「よかった、無事だったんだね」

夷戸は我知らず涙が滲むのを感じた。美菜は震える唇で何かを言おうとしていたが、なかなか言葉にならなかった。

「どうしたの？　一体何があったの？」

美菜はごくりと唾をひとつ飲み込むと、

「あいつが、伊留満が……」

と呟いた。

「え、伊留満？」

根津はそれを聞くと、拳を反射的に固めて、二、三歩部屋の中へ踏み入った。まさか、あの黒衣の僧が、また淆亂館に現れたのだろうか。瞬時に緊張で鼓動の高鳴りを聞いた夷戸だった。

「また奴が現れた？」

「……そうなの、夷戸君。伊留満が煖炉にいたの」

部屋のほうを振り返って、美菜は小刻みに震える指先で煖炉を指差した。根津は気後れしながらも、つかつかと煖炉に歩み寄り、中を覗き込んだ。

「はあ、何もいないぞ」

拍子抜けしたように、根津は歪んだ微笑を見せた。

「いたんだよ！　確かにいたの！　煖炉に伊留満が」

大きく首を横に振って、美菜は反論した。

「どういうこと？　ちゃんと僕らにもわかるように話してよ」

夷戸が促すと、美菜はぽつりぽつりと話し始めた——。

美菜は昨夜の感情の高ぶりからか、半睡半醒の状態を繰り返していたが、いつの間にか眠ってしまった。美菜が次に目覚めた時は十一時近かった。よく寝たはずなのに、ちっとも疲れは取れた気がしなかった。美菜は溜息をつくと、もう一度寝ようかどうしようかと、とろんとした眼差しで火の熾っていない煖炉をぼんやりと数分間見つめていた。

そうして視線の先に煖炉を置いていると、煖炉の中にするすると何かが降りてきた。

おや、と美菜は訝った。薄暗い煖炉の中に、何かがある。美菜は煖炉に目を凝らした。

「……！」

美菜は慄然として目を瞠った。暗い煖炉の中に、人間の顔が逆さにぶら下がっていたからだ。上下が逆になっているのと、気が動顚しているのとで、最初は誰の顔かわからなかった。まさか生首でも下がっているのかと凝視すると——それはあの黒羽根伊留満の顔だった。ざんばら髪が下に垂れ、溶けかけた護謨人形のような特徴的な恐ろしい顔がそこにあった。

「………」

美菜は叫び声をあげようとしたが、咽喉が見えない手で絞めつけられているようで声がでない。四肢をばたつかせて逃げようとしたが、重い棒のようになって動かない。美菜は恐怖に押し潰されそうだった。このままでは、侵入者の意のままになってしまう。

美菜の恐怖の様を見て取ったのか、伊留満の口はニューッと左右に開き、冷ややかな笑いを浮かべているように見えた。どんよりとした妖しい眼差しが、逆さに美菜を捉えている。美菜と伊留満の視線が数十秒交錯した。何故今ここに伊留満が現れたのか？　伊留満が煖炉から這い出てきて自分は殺される、と美菜は瞬間的に思った。そこで、ふっと全身が脱力して、ようやく声が出た。

「誰か！」

美菜はあらん限りの大声で、扉に向かって叫んだ。

そしてもう一度煖炉に目を転ずると……そこには何もいなかった。耐火煉瓦に囲まれて、暗い窖が覗いているだけだった。美菜は我が目を疑った。先ほどの伊留満の顔は幻であったのか？　美菜は煖炉の中を見据えた。しかし、伊留満が再び現れる気配はない。美菜はどうしようかと迷ったが、決心して寝台を下りると、恐る恐る煖炉に近づいていった。

おっかなびっくり煖炉の中を覗き込むと、そこには僅かな灰が残っているだけだ。伊留満の影も形もなかった。排気孔も見てみたが、暗闇の中に風が時折そよぐだけだった。試しに火かき棒で排気孔の中を探ってみたが、何も触れない。

「おかしい……」

顎に手を当てて、思わず美菜は独り言を呟いた。伊留満の姿を幻視したのだろうか。美菜は煖炉の前にしゃがみ込み、首をひねった。だが、幻視にしてはあまりにはっきりとしていたような気がする。いや、普通に知覚した物と変わらず明瞭だから、幻視と言えるのだろうか。まさか、亡霊を見てしまったのか――？　怪奇現象なのか、知覚の錯誤なのか、美菜の混乱した頭には判断がつきかねた――。

「それだけ？」

呆れたように根津が言った。

「それだけ、って何？　あたしは怖い思いをしたんだから！」

思ったような反応が得られなかったからか、美菜は不満げな表情になった。

「寝ぼけて幻でも見たんじゃないの、美菜さん」

と根津は簡単に切り捨てた。

「そう言われると、あたしも確信がないんだけど……」

美菜は照れ隠しにちょっと下唇を突き出した。

「ここから伊留満の首がぶら下がっていたわけだな」

根津は言いながら、もう一度排気孔を覗き込んだ。

「そう」

美菜の返事を聞いているのかいないのか、根津は火かき棒を取ってもう一度、排気孔を探った。かつかつと金属が混凝土に当たる冷たい音が聞こえてきた。

「美菜さんがそう言うだけじゃ、なんともねえ」

根津は火かき棒を置くと、腕組みして言った。夷戸は部屋の明かりを点けて、室内に漂い始めた鬼気を払うように、さらに帷も開けた。柔らかい綿のような春の陽射しが室内に舞い込んで、三人を取り巻いた。部屋は明るくなったが、それでも美菜は少し躊躇いがちに煖炉に歩み寄った。

「煖炉に何か痕跡は残っていませんか？」

夷戸に言われて、根津は灰箱を手で撫でてみて、

「いや、毛髪とか僧衣の切れっぱしとか何かあるかと思ったが、そう都合よく遺留品はないね」

と指先をこすり合わせた。灰がさらさらと根津の指先から流れていく。

「こうなると、美菜さん寝惚け説に俺は一票入れたいね」

空気中に流れる灰をフッと吹いて、根津は言った。

「確かに見たんだけどな……」

美菜も強弁はできず、言葉を濁した。

「まあ、なんにしても、襲われなくてよかったね、美菜さん」

夷戸は冗談めかして、そっと美菜の肩に手を置いた。美菜は血相を変え、

「ああ、夷戸君もあたしが幻を見たと疑ってる！　あたしは本当に見たの、伊留満を！」

「疑っちゃいないけど……ごめん」

夷戸は慌てて謝った。根津はニヤニヤしながら、

「さっきの悲鳴、乙女にしては随分と野太い悲鳴だったなあ。あれが美菜さんの地声？」

「うるさい！　余計なことを言わないの！」

ぶつくさ言う美菜を促して、三人は廻廊へと出た。すると木邑がほっとしたように、

「お嬢さんは無事だったんですな」

「ええ、大丈夫ですよ。なんでもないです」

美菜の代わりに、根津が答えた。そこで食堂のほうからチリチリとベルを鳴らす音が聞こえてきた。食堂からマーカが現れ、

「遅い食事になって申し訳ございませんが、用意が整いましたので」

と下から三人に呼びかけた。

「昨日の昼から麦酒しか飲んでいないから、さすがに少食の俺も腹が減ったな。行こうぜ」

根津が先頭に立って階段を降りていく。マーカのお手製の料理を食べても大丈夫だろうかと思ったが、昨日麦酒を飲んでも何事もなかったのだ。もう毒殺されることもないだろうと、幾分安心した気持ちで、夷戸と美菜は根津に続いた。

美菜が寝惚けたのだろうとは思ったが、夷戸は階段の途中で何度も後ろを振り返ってみた。し

かし、扉が冷然と閉まっているだけで、何かの気配は感じられない。美菜は夢と現《うつつ》を混同したのだろうか。だが、昨日も現に我々は伊留満の姿を見たではないか。幻覚を見たと一笑に付すのは、重大な手抜かりではないのか。伊留満は、もしや館のそこここに出現する超自然的な能力を持っているのではないか。夷戸の脳内で、不可思議な思いだけが募っていった。

玄関の右横に食堂があり、石崎を除く一同が集まっていた。食堂にはもう肉の焼ける香ばしい匂いが漂っている。美味しそうだ、と夷戸が思うのを追いかけるように、昨夜の顔のない屍体から発されていた蛋白質の焦げる臭いが鼻に甦り、少し胸が悪くなった。

「亡くなった主人が好んでおりました料理を誂えました。鮪のタルタルに鶏のポーピエット、それとヴィシソワーズでございます。ヴィシソワーズは時候には早いですが、主人が特に好んでおりましたもので」

マーカの言葉の後、ミーシャによって夷戸たちの前に冷たい白いスープと円形に盛られた魚肉、それに球体をした肉料理が並べられた。

一同はナイフとフォークを取り、一瞬互いに不安げな目配せをした。だが、先陣を切った根津が、鮪のタルタルを食べて何ともないのを見て取ると、ホッとしたように食事に取りかかった。

食堂に、ナイフとフォークが皿と触れあう軽い音が響いた。五分ほど一同は無言で食事をしていたが、

「マーカさん、葡萄酒はある？　赤がいいんだけど。銘柄はなんでもいいよ」

という根津の言葉で、なんとなく会話が始まった。

「昨日はよく眠れましたか？」

夷戸が「梟の林」の三人に問いかけた。無言で首を横に振る東條は、小さめの瞳を充血させていた。瞼も腫れている。ただ眠れなかっただけなのか、泣いていたのかはわからないが。

「俺はよく寝たよ」

綳帯姿の風祭は、口だけモグモグと動かしながら、ぞんざいに言った。

「どうやら曾我が死んだらしいから、昨日はもっと祝杯を挙げたかったが、思いのほか酔いがすぐ回ってしまってね」

「本当は、あなたは曾我さんで、ここは自分の家だから、よく眠れたんじゃない？」

美菜は昨日の解釈に固執し、皮肉を投げかけた。風祭は無視して、

「蜷川、おまえはどうだ」

と問いかけたが、蜷川は眼の下に隈を作り、額に髪を無造作に垂れかけている。いかにも疲労した様子だった。

「そんなに眠れませんでしたよ。眠ったと思ったら、目を醒ましたりを繰り返して。こんなところに監禁されて、ぐっすり眠れるわけがないじゃありませんか」

「おやおや、東條さんに夜這いをかける機会を窺うのに忙しくて、眠れないのかと私は思ったが」

顎髭が黒々と伸びてきている木邑は皮肉っぽく当てつける。しかし、蜷川はちらりと険しい視線を木邑に投げただけで、何も言わなかった。それほどの元気も残っていないのだろう。

「そういう木邑さんはよく眠れたようですな」

赤葡萄酒をマーカに注いでもらってご機嫌な根津が言う。木邑は昨夜の取り乱した様子をさっぱり顔から洗い流したように、落ち着いた調子で、

「はい。そりゃもうぐっすりと休みましたね。蝮の木邑はこういう修羅場を何度もくぐってきておりますからな。取材のはり込みで幾晩も眠れないなんてことはざらですから、眠れる時には潔く寝る習慣がつきました。そういう根津さんは？」

「いや、酒飲みのせいか、もともと睡眠の浅いほうでしてね。それでも今朝の七時くらいまでは寝たかな。そういえば、石崎さんは？」

「石崎さんは……どうしたんだろう。さっき部屋の扉をノックしてみたんだが、返事がないんでね。そのままにしておいた。昨日は気分が悪そうだったから、そっとしておいたほうがいいかと思ってね」

と木邑はポーピエットの切れ端を頬張りながら、軽い調子で根津に答えた。

「ここにいる夷戸なんて、神経症的なくせに半日もぬくぬくと惰眠を貪っていたようですがね。まったく暢気な奴だ」

「惰眠だなんて滅相もない、根津さん。僕だって普通なら眠れませんよ。睡眠導入剤の力を借り

たんです」

慌てて夷戸は反論する。

「僕は雨と波の音しかしない静かな部屋に独りでいたら、なんだか隣の事件のあった部屋から物音が聞こえるような気がして。それで睡眠導入剤を服用して、眠ることにしたんです」

「おいおい、美菜さんも夷戸もどうかしてるぜ。美菜さんは幻覚大好き人間の夷戸にあてられたんじゃないの」

根津が冷笑したが、

「そうかもしれない。でも、この淆亂館の雰囲気がそうさせたのかもしれない……」

と美菜は思いの外、物憂い表情になった。

「うん？　美菜さんは何か幻覚を見たんですかな？」

事件については嗅覚の鋭い木邑が、早速食いついてきた。

「そうなんですよ。さっき美菜さんが、奇怪な体験をしたそうですよ」

根津がしかつめらしい顔で一同の注意を惹いた。美菜は勢い込んで、

「そう、伊留満があたしの部屋に現れたんです」

「何ですって？　伊留満が羽賀様の部屋に？」

マーカはぎろりと目を動かして、美菜を見た。ミーシャは空いた皿を下げようとしていたが、あまりに驚いたせいか、皿を取り落とした。寄木細工の床に当たって皿は砕け散った。一同は、

はっとしてその白い破片を見た。だが、ミーシャは皿が割れた音も聞こえないように、恐怖に駆られた顔で棒立ちになっている。

「おい、ミーシャ。しっかりするんだ」

兄が肩を揺すると、やっとミーシャは我に還ったようで、

「これは、粗相をいたしまして、申し訳ございません」

と頭をぎこちなく下げて皿の破片を片づけにかかった。

美菜は先ほどの伊留満出現の顚末を一同に語った。一同は強張った顔で耳を傾けていたが、

「それは幻じゃないんだな?」

風祭が繃帯に抉られた穴から鋭い視線を送って念を押した。美菜は頷きかけたが、やはり自信なさそうに首を傾げ、

「それがはっきりしないんです。夢現の状態で幻を見たのだと言われれば、そういう気もするし、現実だったような気もするし……」

「しかし、伊留満は昨夜も現れたからなあ」

蜷川が恐ろし気に呟いた。

「もしかしたら、館の煖炉の排気孔に伊留満が巣食っているとは考えられませんか」

「まさかそんな」

マーカが手を振って蜷川の言葉を否定する。

「伊留満は私が海へ突き落したのですよ。よしんば溺死せずに生きていたとして、伊留満は今までどこで暮していたのですか。私が医療少年院に入っている間、弟も施設におりました関係で、この館は空き家でした。こっそり館へ帰ってきたとしても、何も食べる物はなし、電気だって薪だってなかったのです。とても何年も息を潜めていることはできません。餓死するか、冬に凍死するかどちらかでしょう」

「毎日釣りをして魚を食べていたとかね。魔人伊留満にしては悠々自適過ぎて興醒めだが」

根津が自分で言ったことをおかしく思ったらしく、独り笑った。

「そうは言っても、昨日伊留満は確かに二階に出現したからな。あれは一体何だったのか……」

と風祭はバゲットにバターを塗る手を止めて、沈思した。一同の思考は、またその問題に低徊し始めた。

「案外夷戸さんの集団妄想説が的を射ているかもしれないわね。Intermetamorphosis だっけ」

東條がその日初めて口を挿んだ。

「風祭さんと曾我が入れ替わったかどうかは別にしてね。そうでなくても、曾我が部屋から出てきたのを我々は伊留満であると人物誤認妄想を持った。そして露台から出てきた時の曾我にはその集団妄想が解けていて、ありのままの曾我だと思った。どう？」

一同は東條の解釈に何も答えず、ただ唸るような声を出して考え込んだ。

「わからん、さっぱりわからん」

根津はお手上げだというように、葡萄酒をぐっと飲み干して声をあげ、

「伊留満が生きているとしたら、どうやって今まで生き残っていたのか。それがまず問題だ。もしも万一生きていたとすれば、夷戸が最初に言ったように、曾我さんが伊留満を殺して入れ替わったという説も成立する。生きていないとしたら、我々は集団で人物誤認妄想を抱いたのか。それとも――」

「それとも？」

釣り込まれた美菜が根津の顔を覗き込む。

「それとも、伊留満の亡霊がこの館を跳梁跋扈している、とも考えられる」

「まさか」

美菜は笑ったが、その顔は恐怖で硬直していた。夷戸は伊留満亡霊説を一笑に付したかったが、そうする勇気はなかった。想い人の美菜が煖炉で笑う伊留満を見たのだ。しかし、科学者を自認している夷戸としては、何とか科学的に現象を結論づけたかった。自分たちの知覚を欺いた詭計が、何か存在したはずなのだ。だが、今のところ伊留満出現の謎を説明できる解釈は浮かんでこない。夷戸は鮪のタルタルにフォークを突っ込んだまま、しばし脳を絞るように解釈をひねり出そうとした。その横で根津が、幽闇な世界を見透かすように視線を一直線に正面へ向け、

「No more room in hell, the dead will walk the earth だ。死霊となった伊留満が、この館

の中で犠牲者を求めて歩き回っている——非現実的だが、伊留満が確かに死んでいるならば、そう考えるしかあるまい」

と腕組みして、怪奇な現象を結論づけた。

「あたしが見たのは伊留満の怨霊だっていうの？」

美菜は眉根を寄せて、背筋をぶるりと動かした。

「それじゃ、あたしは怨霊に取り殺されるところだったってこと？　確かに伊留満は煙のように消えちゃったし、根津さんたちが部屋に入って調べても、なんの痕跡もなかったし……」

「まさか、伊留満が甦ったとは……あの悪鬼めが」

とミーシャは眩暈に囚われたのか、少しよろめいた。

「兄さん、羽賀様の話が本当だとしたら、私たちは大変危険なのではないですか」

ミーシャは眉間に刻まれたフェラグートの皺をいっそう深め、一同に見られていることも厭わず兄に縋りつく。兄のほうは、十字架のついた腕の数珠を差し出し、無言でそれを弟に握らせた。魔除けの代わりというか、ともかくも安心させようとしたのだろう。しかし、ミーシャは首をぶるぶると振り、

「私は宗教心があまりないから、十字架など持っても無意味だ。そうだ、悪魔の前には神など無意味な存在なんだ。私は伊留満に早晩取り殺されてしまう。あの黒い服を着た悪魔に。ああ、もう駄目だ！」

と感情を爆発させた。

「大丈夫だ、ミーシャ。これからでも回心すれば、きっと神様が護ってくださるから」

そんな兄の慰めの言葉も、戦くミーシャの心には響かないようだった。彼は恐怖と苛立ちで、神経質に坊主頭を振り動かした。その様子を持て余したマーカは根津に向き直り、

「死霊となった伊留満が因辺留濃から現世に甦った——根津様の仰るとおりならば、我々は如何がいたしたらよいのでしょう」

根津は困惑したようで、首をひねって一瞬考え込んだが、

「そりゃあ生ける屍《リヴィングデッド》対策はひとつしかない。見つけしだい脳を破壊することさ」

と冗談とも本気ともつかぬことを答えて、低く笑った。ところがミーシャは大真面目にその言葉を捉え、

「脳を、脳を破壊すればよいのですね」

と、ひと筋の光明を見出したとでもいうように根津に取り組った。根津は気圧されたように身を退き、

「いや、まあ、それはロメロ的な法則なんだけど、『バタリアン』ではそれが通用しなかったからなあ……。俺にはなんとも言いかねますよ」

とお茶を濁した。

「それでは駄目ではないですか。根津様、本当の退治方法をお教えください」

なおも食い下がるミーシャに、根津は圧倒されながら、

「でも、伊留満はマーカさんが確かに海に突き落として殺したんでしょう？　それなら大丈夫ですよ」

「しかし、しかしですね。実は伊留満が生きているのではないか、という疑惑が私にはあるのです」

ミーシャは激しく瞬きをして、

「数年前にこの沖の岩礁で、漁業体験中の小学生たちを乗せた漁船が、暗礁に乗り上げて沈没しました。小学生二十名が乗っていて、そのうち二名が行方不明になったのですが、その小学生の顔が！　私は町に行った時に新聞でその顔を見て、あっと思いました。ふたりとも、まるで人形のような美少年なのです。ということは――」

「ということは、美少年好きの変態伊留満が、海に引きずり込んだとでも言うのか」

と風祭が冷やかに笑った。だがミーシャはあくまでも大真面目で、

「そうです、風祭様。何故なら、その小学生二人の遺体は海に沈んだきり、あがらなかったからです。それこそまさしく、伊留満が生きている証拠ではないでしょうか。伊留満はその美少年の屍骸を秘かに我が物とし、愛でたのではないでしょうか。どう思われますか、皆様」

一同に呼びかけるミーシャに、兄が鋭い声で、

「ミーシャ、いい加減にしないか。食事中のお客様の前で失礼だぞ。おまえは厨房に行ってい

ろ」

と、たしなめて奥へと下がらせた。ミーシャはようやく使用人としての姿勢を思い出したようで、渋々と厨房へ歩いていった。

「しかし、マーカさん、あんたが昨日言っていた『曾我はlunaticである』とはどういうことだ？　曾我は精神に異常を来たしていたのか？　木邑さんの言うところによると、パニック障害を患っていたということだが」

風祭が思い出したように、マーカの昨日の謎めいた言葉を持ち出した。

「それは……」

マーカは途端に口ごもる。

「曾我さんは急性精神病を発症したとか？　それで錯乱状態になって、飄然と姿を消した、というのはどうでしょう」

「いやいや、それは現実的ではないでしょう」

夷戸の解釈を、木邑が言下に否定した。

「あれほどの有名人がですよ、精神に異常をきたして街を徘徊でもしていたら、とっくに大騒ぎになって保護されていたはずです。だが、病院の線を私も一応当たってみたが、なんら情報は得られなかったんですから」

「じゃあ、曾我の精神はしっかりしていて、何か周到に準備をして姿を消した、ということかしら」

東條は食べ残したポーピエットをフォークでつつきながら、物思いに耽るように言った。

「そうですね。何か突発事が起きたことは確かでしょうが、その後の失踪は計画的であったのかもしれませんね。そして最大の問題は、曾我さんが何故この弔月島の黒羽根兄弟と結びついたのか……？」

夷戸は疑問の言葉と共に、マーカのほうを振り返った。だがマーカは一同の言葉を遮断するように、瞑目して独語を呟いている。

「曾我と黒羽根兄弟――この固く結ばれた主人と使用人の関係には、何か同性愛的なにおいもするんだがね」

風祭は皮肉っぽく笑う。蜷川も「確かに」と頷き、

「あなた方の曾我への忠誠心は、どこか常軌を逸している。同性愛的な関係でも想定しない限り、ちょっと首肯できない」

すると、マーカが目を見開き、

「聞き捨てなりませんな。昨日申しましたとおり、曾我でなければ、私共の主人とはなり得ないのです。そのような忌まわしい関係は介在しません。もっと神聖な――」

と、そこで口をつぐんだ。食堂には何ともいえない気まずい空気が流れた。夷戸はその空気を断ち切るように、

「僕もその点は考えているんですがね。曾我さんと黒羽根兄弟の強固な主従関係……この点を解釈できれば、事件の解明に一歩近づく気はするんですが。一体曾我さんに、十年前何が起こったのか。そしてマーカさんとミーシャさんの忠誠心の源は、何か？」

と言い、頬杖をついた。すでに一同の食事も終わっていたので、それを潮時に、事件についての考察も一旦お開きとなった。

「おい、夷戸。石崎さんの部屋を訪ねてみないか」

ちゃっかりと葡萄酒の壜を確保したまま、根津が誘った。他の者は広間で煙草でも吸って時間を潰すようだった。

「ええ、いいですよ。僕も石崎さんの様子が気になるから。美菜さんも行こうよ」

美菜はちょっと不安そうに考えていたが、

「うーん、そうね。行ってみるか」

と承知した。そうして、三人はまた階段を上がり、屍体が発見された右隣の部屋の前へ立った。

「石崎さん、起きてますか。もう昼ですよ」

根津は扉を叩いた。そして扉に耳をつけ、しばらく中の様子を窺った。だが中からは、ことりとも音は聞こえてこない。

「おかしいな。いくら寝ているといったって、こうまで静かだろうか」

根津は眉をひそめた。夷戸の軀には不吉な予感が這い寄り始めていた。

「石崎さん、開けてください」

今度は夷戸が把手を回しながら、扉を叩こうとした。すると、鍵がかかっていると思っていた石崎の部屋は施錠されておらず、扉は低い軋みと共に難なく中に開いた。

「鍵がかかっていないなんて、何かあったんじゃ……」

美菜が不安の翳が色濃くなった顔でふたりを見る。根津の顔も少し蒼褪めていた。しかし意を決したのか、根津は小脇に葡萄酒の壜を大事そうに抱えたまま、部屋の中へ入っていった。夷戸も気後れしたが、ぎこちない歩き方で根津の後へ続いた。

「石崎さん！」

根津は大きな声で室内に呼ばわった。しかし、室内はしんとして、誰も答える者はいない。寝台を見ると、羽毛蒲団がまるで人が寝ているように丸く隆起している。

「蒲団の中で死んでいるんじゃ……」

夷戸の唇はわななき始めていた。

「根津君、蒲団の中を調べてよ」

美菜も恐怖の冷たい水を浴びたように、顔を真っ蒼にして促した。

「俺がか？」

根津は渋面を作った。しかし、大きく息を吐くと、つかつかと寝台に歩み寄り、掛け蒲団を思い切って剝いだ。そこには――寝乱れた跡の残るシーツがあるだけで、蒲団はもぬけの殻だった。

夷戸は不吉な予感に襲われながら、バスルームへ駆け寄って扉を開けた。そこにも人の気配はない。夷戸は何か言おうとしたが、声帯が固まったようになって声が出ない。

「こりゃ大変だぞ」

根津はにわかに緊張した面持ちで言い残すと廻廊へ出て、一階の人々へ呼びかけた。

「皆さん、石崎さんが部屋にいませんよ」

「いないって？」

木邑はキースの煙をふうと吐きながら、不審そうに階上の根津に向かって言葉を投げた。

「そうなんです。部屋がもぬけの殻なんです。皆さん、手分けして彼を探してくれませんか」

「まさか石崎様は、いつの間にかお逃げになったとか。あれほど館を出てはならぬと宣告しておいたのに」

とマーカが白い口髭の下の歯をぎりぎりといわせながら、地団駄を踏んだ。

「それはわかりません。だが、何か事件に巻き込まれた虞《おそれ》はある。俺たちは二階の部屋を探すので、『梟の林』の方々と木邑さんは三階と四階を。ミーシャさんは屋上を。マーカさんは一階を隈なく探してください」

「よしわかった」

こういう場面で一番機敏なのは木邑だった。さすがに修羅場をいくつもくぐってきたと豪語するだけはある。彼はすぐに階段を駆け上がった。

「確か各階に五部屋ずつあるとマーカさんは言っていたな。虱潰しにひと部屋ずつ探していこう」

根津たちは石崎の部屋の右隣に入った。鍵のかかっていないその部屋もがらんとしているばかりで、誰もいない。さらに右の部屋の扉を開けたが、ここにも石崎の姿はない。

「二階にはいないぞ。部屋を移ったのかな」

暑くもないのに、にわかに額に噴き出した汗を根津は拭った。夷戸は心悸が急激に亢進した。

彼は咽喉に閊《つか》えるほどびくびくと動く心臓に圧迫されながら、

「昨日事件のあった部屋も見ましょう。案外あそこかもしれない」

とようやく言った。夷戸たちは廻廊を逆廻りに駆けていった。と、上の階からミーシャが叫び声をあげて階段を降りてきた。

「屋上に石崎様が——」

ミーシャは慌てるあまり、そこで足を踏み外し、階段の途中から尻餅をついて滑ってきた。どすんと重い音を立てて、ミーシャは三階の廻廊に落ちた。他の階にいた者も、急いで三階のミーシャのもとへ集まった。

「石崎さんがどうしたって?」

腰と尻を撫でながら痛みで顔をしかめるミーシャに、木邑が詰め寄る。

「石崎様が、屋上で——」

ミーシャは混乱のあまり、それだけを壊れた機械仕掛けの人形のように繰り返している。石崎が屋上で次の犠牲となったのか、弔い月は新たな贄を欲していたのか——と夷戸は愕然とした。根津は手に持っていた葡萄酒をミーシャに無理矢理飲ませた。ミーシャは顎から赤葡萄酒を滴らせながら咽喉を鳴らして飲むと、やっと人心地がついたようだった。

「ミーシャ、落ち着くんだ。石崎様は屋上でどうされていたのだ？」

兄が労わるように優しく肩に手を置きながら問うた。

「——斃れて、いる、のです」

ミーシャの訥々とした言葉を聞くが早いか、夷戸たち三人は弾かれたように屋上へと駆け出した。急な梯子段を踏み外しそうになりながら昇り、開いたままの上げ蓋を通って屋上へと三人は出る。空はからりと雨が上がり、どこか軀の芯を弛緩させるような春の陽気が漂っていた。夷戸が屋上の中央にある桜の樹に目を遣ると、その下に石崎がうつ伏せに斃れていた。それを見て、根津は石崎のもとへ駆け出そうとしたが、

「根津さん、ちょっと待って！」

と夷戸は制した。根津は目を剝いて、

「どうしてだ。石崎さんを早く——」

「土に足跡がついちゃうから！」

「なある」

根津は答えて、頬の辺りをぴくぴく引き攣らせた。夷戸はシャーロック・ホームズさながらに混凝土に這いつくばって、まず遺留品がないか調べにかかった。そこでようやく残りの者が追いついて、屋上へと昇ってきた。

「皆さん、まだ桜のある花壇には近づかないように」

夷戸は混凝土に伏せたまま、一同の顔も見ずに背後の者へ呼びかけた。もう一度丹念に辺りを見回して、遺留品や土のついた足跡などの手がかりが何もないのを見届けた夷戸は、

「よろしい。皆さん、花壇へ行きましょう。くれぐれも土を無闇に踏み荒らさないように」

と注意を促した。一同は緊張した面持ちで、ぞろぞろと花壇へ歩いていった。

昨夜の雨で湿った土の上に、ふらふらとした足取りの靴跡が、花壇の外縁から桜の下まで続いていた。これが石崎のものだろう。夷戸はその左右を見たが、他に足跡は残されていなかった。桜の樹下には逡巡するように歩き廻る石崎の靴跡が乱れて土に残っている。その周りには、石崎が吸っていたと思われるジタンの吸い殻が五、六本と銀色のジッポーのライターが落ちていた。当の石崎は、桜の根元で両手を前に伸ばして突っ伏していた。その右手の先には、血が凝固してこびりついた黒光りする植木鋏が転がっている。その手と薄禿げの頭は土気色に変色し、とうに石崎が事切れているのは明白だった。

遠巻きに石崎の屍体を囲んでいる一同を振り返って、夷戸は厳かに言った。

「石崎さんの顔を見ましょう」

夷戸と根津は遺骸に近寄ると、その軀をそっと仰向けた。途端に東條と美菜の口から悲鳴があがった。石崎の腕と胴体には無数の裂傷があるのか、縞のシャツは鉤裂きだらけで、生地は出血のためにほとんどどす黒く染まっている。そしてその両眼は――植木鋏を突き立てて抉ったのだろうか、暗赤色の穴がぽっかりとふたつ穿たれているだけだった。右の眼窩には眼球の名残であろう、何か生白いゼラチンのような物がぐちゃぐちゃに潰れてこびりついている。左の眼窩からは、潰れかけた眼球がまるで半熟の卵のようにどろりと流れ出していた。視神経と眼筋のもつれた束から垂れ下がった眼球の開ききった瞳孔と、夷戸の視線が合った。夷戸は思わず嘔気を催し、酸っぱい液と先ほど食べた物が胃から逆流してきた。夷戸は口を押さえ、なんとか嘔吐するのだけは我慢した。

「infernal な屍体だぜ……」

さすがの根津も、石崎の屍骸から顔を背けながら呟き、気つけのためか、葡萄酒を飲み込んだ。石崎の顔は半ば乾いた血糊で覆われ、口は苦悶のために歯を食い縛っている。

「なんて凄惨な屍体なんだ……」

あまり物に動じない風祭も、思わずハンカチで口を押さえながら気味が悪そうに言う。

「ああ、石崎様もお亡くなりになるとは。石崎様が波羅葦僧とはいかぬまでも、せめて煉獄へ行かれますように……」

マーカが十字を切って祈りを捧げた。

「石崎さんも死んだか……」

そう言う木邑は突っ立ったまま、感慨に耽るように、

「でも幸せだったろうな」

と、つけ足した。

「こんな惨たらしい死に方をして、幸せだと？」

夷戸は嘔気をこらえながら、驚いて木邑を見上げた。

「そうですよ」

木邑は事もなげに答えた。そして固く目をつぶった東條を見て、

「東條さん、あなた、母子家庭だったと言ったでしょう。幼い頃に別れたお父さんを憶えていますか」

「知りません。一度も会ったことはありませんので」

「この石崎さんですよ」

「え？」

東條は思わず目を見開いた。一同も愕然として木邑を見た。木邑は内ポケットからキースを取り出すと、それに火を点けて、ゆっくりと語り始めた。

「何が原因だったかは知らない。大方、石崎さんが奥さんに暴力をふるうとかいうことだったかもしれない。東條さんが一歳になる前に夫婦は離婚した。それ以来、奥さんは絶対に夫に娘を会

わせようとはしなかったんだそうです。それで石崎さんは苦しみ、生活が荒んでいった。石崎さんは娘がどうなったのか、生きているのか死んでいるのかも知らなかった。それが、です。東條さん、一年ほど前、お母さんが癌で亡くなったでしょう」

東條は無言で頷いた。その顔は白いほど血の気が退いていた。

「一昨年の秋に、突然ある病院のホスピスから石崎さん宛てに手紙が届いたそうなんです。それは奥さんからのものでした。その手紙には、今まで娘をひと目たりとも会わせなかったことへの懺悔が綴られていました。そして娘が今や、演劇界の大スタアになっていることが書かれてあったんです。つまり、『あなたの娘は東條茉莉花だ』とね」

東條は震える視線で石崎の屍体を見た。が、すぐに目をそらした。無理もない、と夷戸は思った。たとえこれが数十年別れ別れになっていた父の屍であると言われても、あまりにその姿が凄惨であったからだ。左の眼窩からとろりと垂れ下がった眼球は、娘がそばにいるのも知らぬげに空を見据えていた。

「石崎さんは驚いた。そしてすぐにでも東條さんに会いたいと思った。しかし相手は大スタア、自分は落魄したアルコール依存症のゴシップカメラマンです。とても素直に会える身分ではない。だが、娘への思いは募るばかりだった。それで元々大酒家だった石崎さんの酒量はますます増えていったんですよ。そこに私が、曾我が弔月島にいる、というスクープを嗅ぎつけた」

木邑は葉巻を燻らしながら、寂しげに薄く笑った。

「そのスクープに石崎さんは食いついてきたんです。石崎さんは私にすべてを打ち明けてくれました。そして、失踪していた曾我と、彼に対して腹に一物を持つ『梟の林』の面々とを対面させるスクープを撮る、という筋書きを作って、自分が東條さんに直接会える機会を作ったんです。石崎さんは哀願しましたよ。どうしても娘に直に会いたいんだと言ってね。石崎さんの思いはともかく、私にも曾我に会わねばならぬ理由があったから、私も賛成しました。そして彼と弔月島へ来たというわけです。石崎さんは約三十年ぶりに娘に会えるというので、少しでもマシな姿を見せたいと思ったんだろう、そのために数日前から断酒をしていたわけですよ」

木邑は煙を天へと吐いて、語りを終えた。東條は明らかに動揺していた。両手を固く握りしめたまま、木邑のほうを凝視していた。

「あれが……私の……お父さん？」

東條はやっとのことでそれだけの言葉を絞り出した。そして握っていた手をほどくと、額にかざした。まるでその眼差しがどこを向いているのかを知られないためのように。一同は、そんな東條の姿を見守っていた。東條が泣き崩れて、石崎の屍体に取り縋ることを夷戸は予期した。もし自分が東條ならば、そうするはずだった。しかし、東條は手をかざして表情を隠したまま、冷やかに言い切った。

「知らないわ。今さらあの人がお父さんだって言われても。私は母とふたりで生きてきたんです。それを三十年経って、しかも死んでからそんなことを打ち明けられても、私はどうしようもない」

「だけど……」

とりなすように蜷川が口を挿んだが、東條は彼を睨みつけて、その先を言わせなかった。

「何？　私に『お父さん、ごめんなさい』とでも言って泣いてほしいわけ？　それならあなたが代わりにそうすれば？　私は絶対にそんな真似はしないから。何よ、今さら。こんな人、お父さんでもなんでもないわ」

言い捨てた東條は、石崎の遺体を正面から見据えた。紫に変色した唇を嚙み締めて、何かをじっとこらえるように。十秒ほどそうやっていたが、東條は踵を返すとひとり屋上から去っていった。屋上には何だか白けたような空気が流れた。

「困ったもんだな、東條にも」

と風祭が顔をしかめ、

「あんなに突っ張ることもないだろうに」

「本当は悲しいんだと思う、東條さんは」

美菜が東條の心の内を代弁した。

「でも、三十年も離れていて、それはお父さんを憎んだこともあっただろうし、素直になれなかったのよ。あれは東條さんの本心ではないとあたしは信じる」

「それにしたって」

梯子段を降りる東條を、木邑も呆気にとられたように見送って言った。

「まあ『女性ワールド』誌には恰好のネタになりますがね。『女優東條茉莉花　父の死に激白！

あんな人はお父さんじゃない！』とかね」

「あんた、こんな場合でもゴシップのことを考えてるんだな」

根津は半ば感心したように言う。

「東條さんは置いておくとして、現場検証でもしますか」

と夷戸が事件に話を引き戻し、

「煙草が数本ありますね……。そして樹の周りを歩いた様子があるな」

「誰かをお待ちになっていたのでしょうか」

ミーシャが最前からの怯えを隠しきれぬ様子で、手がかりを解釈した。

「そうかもしれませんね。しかし死因はなんだろうな」

夷戸は呟きながら、鬚が伸びてきてざらついた顎を撫でた。

「屍体の様子を見ると、失血死か、目を抉った植木鋏が脳まで達したことによるものでしょうな」

木邑が重々しく答えた。

「うん、たぶんそういうところでしょう。花壇には石崎さんの靴跡しかない。そして屍体の近くには兇器と思われる植木鋏が転がっていた。花壇に足跡をつけずに、桜の下にいる石崎さんを植木鋏で突き殺すのは、不可能に近い」

「ということは夷戸様。石崎様は自殺ということになるのですか」

マーカが夷戸の言葉を先回りした。

「いや、そうと決めつけないほうがよいでしょうね」

夷戸は顔を上げ、厳めしい表情で返答をする。

「自殺とは決めつけないで、まずは公平に事態を解釈していきましょう。それはそうと、石崎さんの屍体を下の部屋に運びますか。シーツか何かに包んで」

一同は夷戸の提案に頷いた。すると、どこから飛んできたのか、桜の樹には三羽の鳥が舞い降りて、人間を嘲弄するような不快な鳴き声をたてた。羽が灰黒色であるところから判断して、大背黒鷗だろう。屍の臭いに誘われたに違いない。屍骸の肉を喰らおうと狙う鳥を、一同は凶運の兆しのように感じた。夷戸はその黒光りする翼に、伊留満が身に纏っていた僧衣をぼんやりと重ね合わせた。

「黒衣、か……」

「まさか、今回も伊留満が……」

夷戸の独り言にミーシャが素早く反応し、

「夷戸様、今回の事件にも伊留満が関わっていると？」

と情けないほど弱々しい声を出した。夷戸は妄想を振り払うように首を振った。

「いや、わかりません。僕の杞憂かもしれないから。そのことは、これからゆっくり考えましょう」

一同を見下ろす鳥たちは、腐肉を求める慾望に駆り立てられているのか、黒い羽をはためかせて盛んに騒ぎ立てた。

# 七　会議は踊る、されど進まず

　シーツで包まれた石崎の遺骸は、曾我の隣の彼が昨夜休んでいた部屋に安置された。一同が広間に戻ってくると、東條はハンカチを目に当てていた。しかし、一同の姿を認めるとすぐにハンカチをしまい、慌ててカプリに火を点けた。

「泣いていたのですか」

　珍しく木邑が真面目な調子で問いかけたが、東條は何も答えなかった。空とぼけて煙草を立て続けに吹かしていた。そんな東條を見遣りながら、一同は広間の長椅子に座を占めた。今日も部屋の中は薄ら寒いので、黒羽根兄弟は煖炉に火を新しく熾した後、いつもの如く玄関脇に佇立している。だが、ミーシャの顔には不安の色が濃い。

「勘弁してくれませんかね」

　蜷川が泣きごとを垂れて、会話が始まった。

「ふたり目の屍骸が見つかったんですよ。僕は怖くてたまらない。いつ自分も殺されるかと思うとね。いい加減にこの館から出してはくれませんか、黒羽根さん」

「蜷川様、それはなりませぬ。たとえ何人死のうと、この館から解放するわけには参りませぬ」

マーカが何者にも動かしがたい調子で宣告した。

「何人死のうと――ですって？　次は僕が殺されるかもしれないんだぞ。じゃあ早く善後策とやらを――」

蜷川がべそをかいたような情けない顔になるのを見て、マーカは冷笑を浮かべ、

「それは今も考えております。結論が出ましたら、皆様を解放いたしますので」

「善後策を思案中は、もう聞き飽きたぞ」

風祭が焦れた様子で吐き捨てた。

「まあ落ち着きましょうよ。どうせ船もないんだから、ここはゆっくりと時間をかけて、事件の解釈でも」

根津がさっきから小脇に抱えていた赤葡萄酒の壜を喇叭飲みしながら、余裕綽々といった調子でなだめた。それを聞いて風祭は目を剝いた。

「無責任な。あんたは解釈とやらができるのかね」

「少なくとも、石崎さん殺害の犯人は解釈できたように思いますが」

根津は風祭の問いに即答した。意外な根津の言葉に驚いて、夷戸は彼の顔を見た。葡萄酒の酸味が効いているのか、根津は口許を心なしか歪めて酒臭い息を吐いた。

「ほう、それならその犯人とやらを聞かせてもらおうか」

風祭は根津に対して挑みかかるような調子で言う。それを受け流すように根津は人差し指を立てて、マーカに葡萄酒をもう一本ねだった。マーカはすぐに右手の食堂へと駆けていき、新しい酒とコルク抜きを持ってきた。マーカがコルクを抜こうとするのをまだるっこしいとばかりに根津は壜をひったくって、

「まあまあ、そう急かしなさんなって。ここはアリバイあたりから訊いていくのが常道でしょうよ」

と軽くあしらって、コルクをぽんと抜いた。風祭は苛立ちに駆られたらしく、貧乏揺すりを始めたが、

「まあいい、わかった。お互いのアリバイから訊いていこうか。まず、石崎氏がいつ殺されたかだな。これを判断できる人はいるか」

と一同を見回した。

「ええと、昨日の十一時頃から雨が降り出しましたよね」

夷戸は心持ち視線を上向きにして、記憶の回路を作動させた。夷戸たち三人が屋上を去り際に雨が降り出して、美菜が空を見上げたのを憶えていた。

「そうだな。十一時半くらいか。雨が降り出したのは」

蜷川が夷戸の言葉を細かく修正する。夷戸は彼に頷き返し、

「で、僕が寝る十二時くらいには本降りになりましたよ」

「ああ、そうだ。しとしと降り始めやがったな」

風祭が昨夜のことを思い出しながら、繃帯の下の顔が痒いのか、手を差し入れて鼻の辺りをがりがりと掻いた。

「それで屋上の土はぬかるんだ、と。それから僕はすぐに眠ってしまってよくわからないんですが、いつ雨がやんで、石崎さんの靴跡が残るくらいにちょうどよい加減に土が乾いたんでしょうか。マーカさん、わかりますか」

「夷戸様、私共兄弟は二時くらいまで起きて広間で善後策を話し合っておりましたが、あの雨は通り雨で、一時過ぎにはやんだようです」

食堂から根津のためにグラスを持って戻ってきたマーカが答えた。

「雨は十二時くらいに本降りになり、小一時間ほどでやんだ。マーカさんの言うことを信用すると、三時くらいには靴跡がきちんと残る好条件になったと見られるんじゃないかね」

木邑が指を折って時刻を数え、問題の時間を割り出した。一同にも異存はないようで、誰も反論しようとしない。

「三時か。その時間に現場にいなかったと証明できる人間は？　まず俺は証明できんね。三階の部屋に入ってすやすや寝ていたからな。他の奴はどうだ」

風祭は繃帯の奥から、射るような視線を一同に投げかけた。

「三時ね……。その頃はちょっと記憶にないわね」

東條が心許なげに首を傾げた。

「蜷川君、あなたはどう？」

「微妙だなあ。僕もその時間はぐっすりではないにしても、うとうとしていたと思う」

と劇団看板女優の問いに、二枚目俳優が答える。

「さすがに俺もうつらうつらしてた。美菜さんと木邑さんも大体そうじゃない？」

と根津が美菜と木邑を見ると、ふたりは無言で頷いた。

「黒羽根兄弟、あんたたちはどうだ」

風祭は猜疑心の凝り固まった目で、兄弟を見る。兄弟は顔を見合わせて、

「三時頃と申しましたら、私共も広間の長椅子で横になっていました。何か物音がしたら、飛び起きるように警戒はしていましたが。幸い、玄関扉を開けるとひどい軋みがするものですから、大丈夫だろうと思い、さすがに昨日の疲れが溜まっていたのか、つい……」

マーカは跋の悪そうな顔になった。

「ということはだ」

根津は壜からグラスへと葡萄酒を注ぎながら上目遣いで一同を見回した。軽快な音を立ててグラスを紅玉色の液体で満たしていく。

「誰もアリバイを証明できないってことですね」

「まあ、そういうことになるね」

美菜が腕組みをして根津の意見に賛成した。

「じゃあ、誰でも石崎氏を殺せたわけだな。この俺でもな」

風祭は冷たく暗い翳を顔の下半分に宿しながら、口を歪めて笑い、

「しかし、俺は犯人じゃない。被害者はゴシップカメラマンだ。何か弱みを握られていたなら別だが、俺にはそんなものはないんでね。殺す理由がない」

「あなたの素顔を石崎さんが撮っていたとしたら？　あなたは素顔を知られることを命に代えてまで防ぐくらいの人でしょう」

根津が挑発気味に仮説を持ち出した。風祭は根津の顔を正面から睨めつけ、

「何？　俺の素顔を撮られただと？　そんな事実はないね」

「じゃあ、東條さんが、石崎さんのことをお父さんだと実は知っていたとする。離れ離れに暮らさざるを得なかった恨みを、昨夜晴らした、とか」

「あの人が父親だなんて、知らないって言ったでしょ！」

東條は挑むような根津の言葉をにべもなくはねつけた。根津はにやりと笑い、

「いや、すみません。『梟の林』の人たちにちょっと悪戯心を出してしまって。ま、名探偵にはこれくらいの遊び心があってもいいでしょ？　あなた方が犯人でないことは、俺も先刻承知してますよ」

「じゃあ根津さん、あんたは誰が犯人だと？」

煙に巻かれた様子の木邑が問いかけた。

「ふん、犯人ですか。俺は現場を見て、すぐにぴんときましたね。犯人は、そう、ミーシャさんです」

「は？　私が、ですか？」

ミーシャは不意に犯人と名指しされて、額からどっと汗を噴出させた。盛んに右肩を上げるチック症状を発現させながら、ミーシャは額の汗を拭う。

「根津君、また思いつきでそんな大それたことを」

たしなめる美菜を尻目に、根津はぐびぐびと葡萄酒を胃の腑に流し込んだ。

「私はそんな真似はしておりませぬが……。一体、根津様はどういった根拠からそのようなことを」

とミーシャは今にも呼吸困難に陥りそうな感じで喘いだ。

「根拠？　何、それは屋上に落ちていた煙草とライターですよ」

「煙草とライター？」

と一旦は怪訝な声で鸚鵡返しをした夷戸だったが、おぼろげながら根津の言わんとしていることがわかり始めた。

「そう。あそこには桜の下を歩き回る石崎さんの足跡と、煙草とライターが残されていた。恐らく、ミーシャさんはお兄さんが眠っている隙に、何か理由をつけて石崎さんを屋上へと呼び出したんでしょう。あるいは外の空気を吸いに出た石崎さんと、ミーシャさんが偶然鉢合わせしたのかもしれないが。まあ待ち合わせたと仮定して、屋上へミーシャさんが行くと、石崎さんは桜の樹の下で待っていて、煙草を吸っていた。ジッポーの蓋を跳ね上げる金属音をしきりに鳴らしながらね」

「なるほど」

木邑がやっと納得がいったというように頷き、

「ジッポーの所有者は、よく手持ち無沙汰で蓋を跳ね上げては戻す動作をしますからな。その時に鳴る音のことを根津さんは言っているのでしょう？」

「そうです、木邑さん」

根津は葡萄酒の罎をテーブルへ置き、さあここからが解釈の肝だぞと言わんばかりに、意味ありげに笑いながら手をこすり合わせた。

「昨日マーカさんは、こう言っていた。ミーシャさんは、恐怖条件づけによって、赤ちゃんの頃に黒い布と恐怖を喚起する金属音への結合を学習させられて育てられた、と。そしてそのせいでしょう、昨夜ミーシャさんは大きな音やジッポーの金属音に大変な恐怖を示していたのは衆目が一致するところですよね」

黒羽根兄弟を除く一同は、盛んに首を縦に振った。それを見て、根津は満足げな表情を見せた。

「ですよね。そこで、屋上へと事件が展開するんです。石崎さんと何事かを話し合う予定だったミーシャさんは、屋上へと行ってみた。すると、盛んに金属音を鳴らしながら石崎さんが桜の下にいる。幼い頃から金属音に対して恐怖心を植えつけられたミーシャさんは、耳を塞ぎたい思いだったでしょう。しかし、石崎さんはそんなミーシャさんに頓着することなく、ジッポーライターの音を鳴らしている。恐怖心のあまり錯乱状態になったミーシャさんは――」

「植木鋏で石崎さんをめった刺しにした、と」

東條が根津の語りを引き取った。根津は「正解」と答えて彼女を指差した。東條は「父」と言わずあくまで他人行儀に「石崎さん」と呼んでいる。そこに夷戸は、三十年間別れて暮らしていた親子の感情的隔たりを感じた。

犯人であると言われたミーシャは額の汗を忙しく拭き上げながら、首を振り振り根津に詰め寄ろうとしたが、

「ちょっと待った！」

美菜が手を挙げて、根津が支配しようとしていた場の空気をすぐさま破った。

「ミーシャさんが金属音に怯えて、石崎さんを殺したというのは、まあ納得がいくよ？　でも、屋上の花壇には、石崎さん以外の足跡はなかったでしょ。そして、彼は花壇の真ん中の桜の下にいた。花壇の端から石崎さんまでは、たっぷり三メートルはあるわね。犯人であるミーシャさんは、どうやって足跡をつけずに石崎さんに接近してめった刺しにしたの？　兇器は掌くらいの、

あの小さな植木鋏よ。どうしたって、近くに行かなくちゃいけないと思うんだけど」

するとと根津は、そんなことは重々わかっているという感じで、ゆっくりと頷いた。

「そう、現場に石崎さん以外の足跡はなかった。兇器は植木鋏。どうしても接近する必要がある。そこで、だ」

根津は一同の注意を惹きつけるように一拍置いて眺め回し、

「どうやってミーシャさんが桜の下の石崎さんに接近したか、俺に教えてほしいんだ」

と嘯いた。一同は拍子抜けしてがっくりと項垂れた。

「第三陣で来たあんたらは、揃いも揃って迷探偵だな」

風祭は夷戸と根津を見比べて冷笑を浴びせた。

「でも、なかなかうまい仮説でしょ？　金属音への恐怖に駆られて殺人を犯すっていうのは」

へらへら笑いながら、根津は掌をぺたんと頭に置く。

「何がうまい仮説なものですか、根津様。謂れのないことで犯人扱いされる私の身にもなってください。これは人権蹂躙ですぞ」

ミーシャは拳を握った手を反論の意味を込めて大袈裟に振り回し、巨軀を揺すらせる。その様子はまるで『マザーグース』の童謡に出てくるハンプティ・ダンプティのようだった。

「うん、根津君にしては上出来ね。それに触発されたのかは知らないけど、あたしは石崎さん殺害の詭計が今わかったわ」

様々な事件に遭遇した余波のせいか、美菜が固い表情で切り出した。夷戸は心中で起こりかけた笑いをすぐに引っ込め、美菜を見返した。いつの間に美菜はそんな解釈を成し得ていたのだろう、と。

「何、本当なの？　ほらね、風祭さん。第三陣の我々は、連係プレーが得意でね」

自分の手柄のように話す根津に向かい、

「ランナー一塁でダブルプレーを取ろうと焦って、悪送球しかねんぞ」

と風祭は珍しく軽口を叩いたが、そこにはある種の毒々しさが漂っていた。

「それがね、風祭さん。あたしの解釈は、我ながらなかなかのものなの。すごく単純なんだけどね」

美菜は赤葡萄酒で満たされたグラスを引き寄せ、咽喉を湿すためにひと口飲んだ。そしておもむろに咳払いをし、

「そう、単純なんだけど、盲点を突いているの。兇器は掌くらいの大きさの植木鋏でしょ。すると、どうしてもあたしたちは接近しなきゃ相手をめった刺しにできないと考えるわけ。そこが盲点なのよ。例えば、長い棒の先に植木鋏を紐でくくりつけていたとしたらどう？　つまり、槍みたいな兇器を作っちゃうってこと。これで、三メートルくらい先に立っている石崎さんをめった突きにしたってこと。そして自殺に見せかけるために、植木鋏を石崎さんの手許へ転がした」

夷戸は心理的な盲点を突かれた驚きに口をぽかんと開けて、頭を仰け反らした。今の今まで、

兇器が小さな植木鋏である制限に夷戸は拘泥していたからだ。彼の頭の中で、視覚的な思考の要素が吹き寄せられた砂粒のように集まって、即席に作られた兇器の幻影がすぐに浮かんだ。

「なるほど。それは考えなかった。お嬢さん、あなたはなかなか鋭いですね」

蜷川が感心して美菜を褒めそやした。憧れの蜷川裕也から褒められたのと、「お嬢さん」と言われた二重の喜びに、美菜は疲れた表情ながらも顔を火照らせた。

「いやいや、まだその解釈は完全とは言えませんな。兇器は被害者である石崎さんのすぐ手許に落ちていた。槍のような兇器を作ったとして、その点はどう解決しますか。まさか、距離を見計らってうまく石崎さんの手許へ投げつけたとでも？　失敗は許されんのですぞ。そんなにうまくいくもんでしょうか」

木邑がすぐに解釈の綻びを突いてくる。すると美菜は自信ありげに頷き、

「その問いが出るのも、あたしはとうに想定済み。棒の先に植木鋏を紐でくくりつけるってあたしは言ったけど、その紐を結ぶ時に蝶結びにしておくんです。で、蝶結びにした紐の片方の端は、長く伸ばして自分の手許にあるようにしておく。犯人は石崎さんに逃げられないように、まず一撃で致命傷を与えた。最初に眼球を狙ったとあたしは見てるんだけど。そして後はめった突きにして殺す。石崎さんは地面に斃れる。そこで犯人は棒の先を石崎さんの手許に合わせ、自分の側にある紐の片方を引っ張って、蝶結びを解いたんです。それで植木鋏は、ぽとりと被害者の手許に落ちたってわけ。どう、完璧でしょ」

美菜は栗色の髪を掻き上げ、解釈を締めくくった。一同の口からは一様に「なるほど」という感嘆の声が漏れた。

「さすが美菜さん、冴えてるね」

美菜が見事な解釈を示したのが我が事のように嬉しくなって、夷戸は軽く拍手をした。器量もよければ頭もよい。さすがは自分が惚れ込んだ人だと夷戸は感心した。美菜は嫣然《えんぜん》と微笑み、

「ありがと。そうして犯人は棒を担いで悠々と屋上を去り、あたかもこの事件が自殺であるかのように見せかけたんじゃないかしら」

「するとですな、棒と紐さえこの館で見つけられれば、今の段階では犯人がミーシャさんとは決められず、誰が犯人でもいいということにはなりゃしませんかね。ミーシャさんが金属音に駆られて、錯乱状態に陥ってやったにしては、犯行が用意周到過ぎる。錯乱した頭で咄嗟に考えついたにしては、ちょっと不自然だ」

木邑は伸びてきた無精鬚をざらざらと撫でながら、考え考え呟いた。

「ええ、そうなの。誰がやったかっていう物証はないから、この『槍でめった突き説』は誰でも可能なの。安心して、ミーシャさん」

美菜の結論を聞いて、ミーシャはほっと安堵の息を漏らし、また後ろへ少しよろめいた。その軀をがっしりと兄が受け止めた。

「そこで、最後の問題が残っているんですが、それはこの館に桜の樹下の被害者に届くような、

長い棒があるかどうかなんです。花壇の縁からあの桜までの間隔、三メートルちょっとかな。その距離に届く棒、例えば物干し竿なんかはある？　マーカさん」

美菜は解釈の最重要点をマーカの答えに委ねた。一同は固唾を呑んで、彼の返答を待った。マーカは勿体をつけるように銀髪を掻き上げ、視線をゆっくりと美菜へ向けた。

「羽賀様には誠に申し訳ないのですが、そのような長い棒はありませぬな」

マーカは嘲笑とも取れる笑みを鼻から下に漂わせた。

「ええ、ないの？　物干し竿くらいこの館にあるでしょ。どうやって洗濯物を干しているの！」

最後の最後で解釈を打ち破られた美菜は、血相を変えて食い下がった。マーカは笑いが声に漏れだすのをこらえるように白い口髭に手を当て、

「ありませぬな。なんでしたら、この館の中を隈なくお探しになってもよい。洗濯物を物干し竿になどぶら下げて外に干すのは、貧民街のやり方だと伊留満に厳しく言いつけられておりましたもので。洗った衣服は大抵の物は乾燥機にかけ、そうできない物については四階の空き部屋にロープを張って、人目につかぬように干しております」

言い終わったマーカは、こらえきれずに鼻の奥のほうでクッと笑みを弾けさせた。

「長いロープはありますが、棒がない。これでは槍は作れませんな、羽賀様」

「そんな、マーカさん。あんたたち、どれだけ浮世離れしてるの？　洗濯物を干すのはスラムの風習だなんて」

美菜は黒羽根家の習慣に八つ当たりをする。しかし、「ない物はない」といった調子でマーカは口髭をひねくって薄笑いをしていた。

「ほら、見たことか。ピッチャーゴロを二塁へ悪送球で、走者は一塁三塁の大ピンチだ」

風祭はふたりの様子を見て皮肉った。

「おかしいなあ。いい考えだと思ったんだけどな。黒羽根さんたちは棒の存在を隠してるんじゃないの」

美菜は未練がましい言葉を吐きながらも、すっかり意気消沈して頭を抱えた。根津はそんな美菜の肩に手を置き、

「まあまあ、そんなにがっかりしなさんな、美菜さん。俺の人生なんか、大抵はそうさ。これはいい考えだぞ、と思ったことはほとんど裏目に出てしくじりやがるからな」

そこで東條がうっそりとした顔つきで口を開いた。

「とすれば、石崎さんは自殺だったということかしら」

「そう考える他はないかもしれんね」

と木邑は細身の葉巻に火を点けながら、片手で胡麻塩頭をがりがりと掻いた。

「昨日、石崎さんは三十年ぶりにやっと娘であるあなたに会えた。もうそれで人生の望みは全部叶ったと思っても不思議ではない。石崎さんの人生は、敗残者の人生だ。妻と娘に去られ、アルコールに溺れ、報道カメラマンの職は失い、今やゴシップ専門……。だから娘に会えて、もうこ

れで人生を終わりにしてもいいと思ったんじゃないかな。何故簡単に桜の樹で首を縊らずに、植木鋏を使ってあんなに凄惨な死に方を選んだかはわからないが」

吹き抜けへ煙を吐き出しながら、木邑は苦い顔で呟いた。

「そんな……。じゃあ、私にも責任があるっていうの、木邑さん。そんな、私は違う。あの人を捨てたのは母であって、私じゃないわ。それは私だって今まで会いたいと思ったことはあったわよ……何度かは。でも、母がずっと許さなくて――」

東條は先回りして言いつのった。その小さめのつぶらな瞳はたちまち潤み、唇の端が震えた。

「何も木邑さんは、あなたに責任があるとは言っていませんよ。これは石崎さんが選んだ身の処し方であって、あなたの責任ではない」

蜷川が点数稼ぎのためか、東條をなだめにかかった。だが東條は瞼の縁から涙を溢れさせ、「そんな……」とだけ呟き、そして絶句した。

その時、不意に夷戸の身中を解釈の塊が蠕動しながら脳へと上がってきた。彼はハッとして、自らの頭に手をやった。「月下の屍体と模倣」という言葉が、夷戸の脳髄を刺戟した。弔い月の下に石崎はいた。彼は何かを模倣した。それを応用すれば――と考えるうちに、夷戸は少なからず昂奮してきた。他殺でもなく、自殺でもない仮説――この場にいる人々の精神安定上にも、これが一番しっくりくるのではないか。彼の両眼は光を帯びてきた。湿っぽくなってきた場の雰囲気を破るように、夷戸は軽く口ごもりながら語りを始めた。

「僕は思ったんですが……必ずしも石崎さんは自殺ではないと思うんです」

「自殺じゃないって？　やっぱ『槍でめった突き説』？」

美菜が期待に顔を輝かせながら言った。夷戸は静かに顔を横に振り、

「僕は石崎さんが〈自己像精神病 autoscopic psychosis〉に陥っていたのではないか、と思うんですよ」

「また迷探偵さんが奇妙なことを持ち出してきたぞ。投手がリードの大きい一塁走者を牽制しようとして、また悪送球のパターンだな」

風祭はせせら笑って、根津から葡萄酒の罎を取り上げて喇叭飲みした。

「そうかもしれません。ただ、他殺でもなく自殺でもない、そういう仮説もあると僕は言いたいんです」

「他殺でもなく自殺でもない？　そんなことがありうるのかね」

木邑は謎めいた夷戸の言葉を繰り返した。

「はい。戦前派の有名な探偵作家の短篇に、模倣を巧妙に利用した月下の殺人の話があります。これはあくまで不思議な殺人の手法の物語なんですが、これを独りで行える、というか行ってしまうこともあると思うんです。それはこういう経緯です。石崎さんは、一旦二階の部屋に引き取ったものの、なかなか寝つけなかった。何時間も輾転反側するうち、屋上で一服しようと考えた。彼は独り雨上がりの屋上へ行き、桜の樹下へと歩いていった。気分を落ち着けようとジタ

ンを数本、灰にする。そこで、弔い月の魔力か、乱れ咲く桜の魔力か、より形而下的に言えばアルコールが数日切れたことによるものか、とにかく精神錯乱が起こった。自己の身体の〈幻影phantom〉が見えたんです。こういう症状を先ほど言ったように、自己像精神病と言います。通常、このような幻影は無色透明らしいです。そして自己の動作を真似るため、あたかも鏡像のように見えるらしい。精神的負荷がかかった状態で発現するそうですが、石崎さんには館に監禁されていることと、アルコールが切れているという二重のストレスがかかっていたことから、この自己像精神病の状態に陥ったと見ていいかもしれません。ともかくも、石崎さんは自分の分身を眼前に見た。無色透明の無気味な分身を。彼は恐らく自己像精神病など御存じなかったでしょうから、生霊かドッペルゲンガーが現れたと思ったかもしれません。そこで彼は不審に思い、手にしていた植木鋏を――」

「待った。それはボークだ。走者は自動的に進むぞ」

風祭は夷戸の長広舌を制止した。

「何故石崎氏は植木鋏を持っていたんだ？　そこを説明できないと、あんたの解釈はまるっきり駄目だね」

確かに風祭の指摘は的を射ている。夷戸は素早く考えを巡らせ、

「植木鋏が桜の樹下に落ちていたのかもしれませんよ。黒羽根兄弟が、咲き誇った桜の枝を切りにきて、忘れていったとか。どうです？」

それを受けて、兄弟も考え込む。やがてミーシャがおずおずと夷戸へ口を開き、

「昨日、東條様たちのボートが島へ来る直前でしたか、よく咲いた桜の枝を一本、部屋に飾りたいと思って切りました。もしかしたら、東條様たちがいらしたことで慌てていて、その時に植木鋏を忘れていった可能性もなきにしもあらず、ですな。植木鋏をちゃんと元のところへ置いたかどうか、今となっては記憶が曖昧なので」

「なるほど。じゃあその点は可能性アリとしましょう。ね、風祭さん」

風祭は不満げな顔つきになったが、掌を差し出して「話を先へ進めろ」と促した。

「さて、分身を見て、不審に思った石崎さんは落ちていた植木鋏を拾い、自分の分身に切りつけようとでもしたのでしょう。しかし、幻影は石崎さんの動作を真似るばかり。こっちに刃物を向けてくるのです。危険を感じ、混乱してきた石崎さんは、何かの拍子に自分の軀に植木鋏を当ててみた。すると幻影も植木鋏を自分の軀に当てる。今度は自分を切りつけてみる。すると無色透明な幻影も、己の軀を切りつける。石崎さんは錯乱状態でこう考えた。奇怪な幻影を消すには、相手を傷つけなければいけない。そのためには自分で自分を傷つけて、相手である分身に模倣させなければいけない、と。そうして自分の軀をめった突きにする、あの忌まわしい行動が起こったのです……。こうして幻影が消えると共に、皮肉なことに石崎さんは絶息した。かくして他殺でもなく、かといって純粋に自殺でもないのに、一個の屍体が転がる結果となったというわけです。他殺でもなければ自殺でもない、僕の解釈はおわかりいただけたでしょうか」

語り終わった夷戸は、一同を見回した。しかし、一同は不得要領な面持ちで彼を見返している。やがて、蜷川がぽつりと、

「解釈としては興味深いが……そんなにうまくいくもんかな」

と、至極もっともな意見を述べた。

「そうだ、蜷川の言うとおりだ。あんたの解釈とやらは話としては面白いが、観念的過ぎる。現実味に乏しいんだな。それならまだ、娘の東條に邂逅して望みが叶ったことで自殺したか、誰かが槍を作ったかで他殺したほうが納得できる」

風祭が不平を鳴らす。夷戸は繃帯の奥から放たれる風祭の視線を遮るように、右手を前に出し、

「いやいや、衒学的な犯罪解釈なんて、こういうものだと相場が決まっていますので。現に、槍を作るにしても棒がない。自殺説は東條さんとしては首肯し難い。ならば、この解釈を採っていいんじゃないでしょうか。僕は状況に応じて、どんな解釈だって作り上げることができますよ。解釈は融通無碍なんです」

「そりゃあ、東條の感情的には自殺説が受け容れ難いのはわかる。だが、現段階では最も現実的だぞ」

グラスに並々と葡萄酒を注ぎながら、風祭は断定する。

「それにさあ、味方の俺が言うのもなんだけど、夷戸の解釈を採用しちゃったら、裏面に暗躍する犯人を逃がすことになりはしないかと危惧するわけ。絶対これは犯罪に違いないぞ」

根津も渋い顔で意見を挿んだ。

「そうですな、それが我々にとって一番危ない。犯人を取り逃がして、我々の誰かが次の犠牲にされるのだけは避けなければ」

根津の意見に、木邑が大きく首を振って同調する。

「みんな、連続殺人が好きなんですね……」

四面楚歌の中、そんな捨て台詞を残し、すっかり夷戸はしょげてしまった。彼は項垂れながら、もう一度昨日から石崎の屍体が発見されるまでを思い返してみた。しかし、自己像精神病説がまだ頭の中に靄のように漂っているので、なかなか代案は思い浮かばない。夷戸は何気なく伊留満の肖像画に目を遣った。

「伊留満！」

突然ミーシャが大声をあげたので、画布に閉じ込められたその姿を見ていた夷戸は驚いた。

「犯人は伊留満です！　伊留満が今回も地獄から這い出てきて、石崎様を殺したのではないでしょうか。そうです、そうに違いありません」

ミーシャは手を組み合わせて、がくがく震え始めた。巨軀に瘧がついたように震え、その細い目はいっぱいに開かれた。

「数年前に海に飲み込まれた小学生のように、私たちは伊留満に殺され、弄ばれるのです。最初は主人、次は石崎様。そう、ひとりひとり殺されていくのです。あいつは悪鬼です。なんだってできます。美少年を乗せた漁船を海へ引きずり込むことだって、足跡を残さずに石崎様に近づくことだって。そうだ、あいつに違いない！」

「ミーシャ、落ち着くんだ」

兄が錯乱状態の弟の両肩を摑み、揺さぶった。

「兄さん、僕は怖い。あの悪魔に殺される。もうこの館から逃げたいよ。淆亂館にいると、あいつに殺されてしまう」

「馬鹿、よさないか、ミーシャ」

「ああ、僕には兄さんのように確たる信仰がない。あの悪鬼を遠ざける術を知らない。僕は殺される。主人や石崎様のように惨たらしい殺され方をするんだ。助けてくれ、誰か！」

「何を言うんだ、ミーシャ」

マーカはいきなり平手を一発、弟の頰に喰らわした。それでやっとミーシャは言いつのるのをやめ、茫然とした顔つきになった。と、一瞬の後に、今度は啜り泣きを始めた。

「ミーシャ、大丈夫だ。私がついているから。大丈夫。私が守ってあげるから」

マーカは咽び泣く弟の肩を抱き、優しく揺すった。

「申し訳ありません。お見苦しいところを」

頭を下げるマーカに対し、蜷川が怯えた表情で、

「いや、いいんだ。こういう事態だし。けれど、伊留満が今回も暗躍していたとしたら、怖い

な」

「何を言うんだ、蜷川」

風祭は即座に嘲った。

「地獄から這い出てきた悪鬼だと？　そんなことがあるもんか。もしも本当に奴が現れたら、皆でぶちのめしてやればいい」

「しかし、風祭さん。ここにいるお嬢さんは、さっき伊留満の姿を煖炉の中に見たと言ったじゃありませんか。それに昨夜は全員が伊留満の姿を見ている。僕は心霊主義者ではないが、それを考えると、ミーシャさんの言うことにも一理あると思う」

切羽詰まった蜷川の物言いに、風祭は「むう」と唸っただけだった。

「地獄から甦った悪鬼、か。根津さんの言うように、現れたとしたら奴の脳髄を破壊するしかないんですかな」

木邑の口調は、あながち冗談ともいえぬ恐怖の翳を纏っていた。

「僕は、なんて館に閉じ込められたんだ」

蜷川が長い髪を掻き回しながら溜息をついて、

「自殺かどうかは知らないが、奇妙な屍体がふたつも出現するし、それに死んだはずの男まで現れやがる。こっちの神経がどうにかなりそうだ」

「石崎さんは自殺じゃないって言ったでしょ」

東條は冷ややかに、それでいて鋭い調子で蜷川の泣き言を否定した。

「迷探偵さんの言う、自己像精神病か？」

と風祭が鼻先で笑う。

「ええ、そうよ。私は夷戸さんの説を信じるわ。夷戸さん、あなたはいい人ね。私に無用な精神的負担をかけまいと、あの説を考え出してくれたのでしょう？　あなたはいい人だわ。絶対にそうよ」

力を込めて、東條は確言する。しかし、その確信の具合が、境界性人格障害者に特有の人物や物事を善と悪に峻別する分裂《スプリッティング》の機制によるものに思え、夷戸はぎこちない笑いを返しただけにとどまった。何かの拍子に、非の打ち所のない善人から一転して自分が極悪人の地位に落とされる危惧が夷戸の心中を駆け抜けた。

その時だった。広間の正面に貼られた聖骸布の模造品が、何の前触れもなく、はらりと落ちた。

「あッ！」

マーカが叫んで煖炉のほうへ駆け寄る。一同の目は、はらりはらりと宙を舞う布に釘づけになった。マーカは慌てふためいて布を摑もうとしたが、その手の先を逃れるように、布は煖炉の前に置かれた鉄柵を通り越して中に吸い込まれた。

「耶蘇基督様の御顔が！」

マーカは火傷をするのも厭わず、煖炉に手を突っ込んで、聖骸布の模造品を救い出した。だが、布の右半分は、無惨にも縮れてところどころ焦げ目がついている。埃を被った古い布の焦げる異臭が広間に漂った。

「ああ、御主の御尊顔が……なんということだ」

まるで自分の子が火傷を負ったように、マーカは布を抱き締めて嗚咽を漏らした。

「これは不吉だな。何かあるぞ」

蜷川が薄気味悪そうにその様を眺めて口走った。潤んだ目を上げたマーカは、一同を見つめ、

「蜷川様の言うとおりです。これは凶兆ですぞ、まさに」

「凶兆？　馬鹿馬鹿しい。大方、布を留めていた画鋲が緩んでいたんだろ。迷信深いのも困ったもんだ」

風祭が即断した。しかし、マーカは重々しく首を横に振り、

「御主の御尊顔が焼ける——これは何か悪魔的な、そう、伊留満の再度の出現を象徴しているのかもしれませぬ。耶蘇基督様が因辺留濃の業火に焼かれるという暗示であったらどうでしょう」

「ハルマゲドンで天上の勢力が負けるということか。それもいいかもな。俺は、こんな顔にした運命を負わせた神様とやらを恨んでいるからな。もし神様に出くわしたら、ぶちのめして同じ顔にしてやりたい。それに一遍、悪魔という奴にも会ってみたいし」

露骨に侮蔑の色を見せて、掠れた声で風祭は笑った。夷戸は、悪魔主義にも近い厭世観を彼の言葉と笑いに認めざるを得なかった。現世に絶望し、死を身近に感じ続ける風祭のような男は、

畢竟、悪魔の側へと近づいていくのだ。

「また伊留満が現れるの？　曾我を殺したあいつが」

と東條は憎悪が漲る視線で空を見据えた。

「そうしたら、伊留満がもう一度現れたら、私が殺してやるわ。そして地獄へ送り返してやる」

憎しみをすり潰すように、ぎりりと東條が奥歯を噛み締める音が聞こえた。その音に、彼女の怨念の深さがまざまざと表現されている。

「ああ、もう駄目です！」

ミーシャは子供のように泣きながら、叫び声をあげ、

「基督の顔まで焼けるなどという恐ろしいことが起こったのなら、我々が全員殺されるという暗示です。私は厭だ、もう厭だ。ここから逃げ出したい。私は死にたくない……」

と顔を覆ってしまった。

「伊留満が暗躍しているかどうかはともかく、ふたりも人が死んだんだ。事がこうなっては、自分の部屋に閉じこもるか、全員でこの広間にいるしかないのでは」

木邑が葉巻を燻らしつつ、現実的な意見を述べて心霊主義的な空気を一掃しようと試みた。

「いや、部屋にいるのもまずいでしょ。現に、お嬢さんは部屋の煖炉で伊留満の姿を見たんだから」

すっかり臆病風に吹かれた蜷川は、階上の部屋と広間を見比べながら、落ち着かない目つきで

訴えた。話はまた伊留満のことへと落ちていった。

「蜷川様の言うとおりです。この館では、どこにいようと伊留満の影に脅かされるのです。ああ、私はどうしたら……」

とミーシャはまるで駄々っ子のように泣きじゃくる。

「何を言っているんだ、蜷川。俺は部屋に行くぞ。ここで雁首を揃えていたって、どうしようもない。迷探偵さんの迷解釈を聴いていてもしょうがないからな。部屋の煖炉に伊留満が現れたって言うが、火でも熾していれば、さすがの伊留満も熱くて出てこれはしないだろう。あとは神にでも祈るか？　悪魔を地獄へ封じ込めてくださいってね」

風祭は聖骸布の模造品を胸に抱いたままのマーカを見遣って、鼻から下だけでにやりと笑った。そして席を立つと、静かに階段を昇っていった。

「なるほど、それはいい考えだな」

灰皿に葉巻の灰を落としながら、木邑がぽつりと呟いた。

「私は、曾我の屍体をもう一度見て、祈りを捧げたいわ」

と東條も立ち上がったが、少し立ち眩みを起こしたようによろめいた。慌てて蜷川が支えようとしたが、東條はその手を邪慳に振り払い、

「いいかしら、マーカさん」

「それはご勘弁願います。主人のあの無惨な顔を、東條様にまた見られるのは忍びないことでご

ざいますから」

床にへたり込んだまま、マーカは答えた。

「そう……」

東條は思いつめた表情で、二階の曾我の部屋を見ていた。その視線は、石崎の遺骸が安置されている部屋の扉にも、一瞬向けられた。東條は、想い人と実父を立て続けに亡くしたのだ。彼女が受けた精神的な衝撃は、館内にいる人々の中で最も大きいかもしれない、と夷戸は考えた。

ひとつ小さな息を吐くと、東條は、

「じゃあ、私も自分の部屋へ行くわ。誰も私の部屋へは来ないでね」

と言い残して夷戸の前を横切り、広間を去っていった。甘いような残り香が、夷戸の鼻をくすぐった。東條の捨て台詞を理解していないのか、蜷川がすぐに彼女の後を追って広間を出ていった。

「まったく『梟の林』の連中はマイペースだな。俺たちは……どうする？」

渋い顔で根津は残った者の顔を眺め回しながら言った。

「あたしたちは三人でいようよ。みんなでいたほうが、何かあった時にも心強いし」

美菜の心細そうな言葉に夷戸も頷いて、迷探偵たちの意見は一致した。

「おやおや、じゃあ私はどうしようかな」

と、木邑は葉巻を揉み消しながら苦笑する。

「私は独りぼっちじゃないですか。そうすると、伊留満の次の標的は私かな。それは御免だ」

「蝮の木邑には、伊留満さえも寄ってきませんよ。伊留満が現れたところで、『衝撃！　甦った魔人が跋扈する弔月島に地獄を見た！』とか女性週刊誌に見出しを打たれちゃ、伊留満も目をぱちくりさせるばかりでしょう」

根津はこの場に及んでも軽口を叩く。木邑もつい釣り込まれて笑い、

「それもそうですな。じゃあ私も部屋へ引き取るとしようかな。皆さん、次も生きて逢いましょうね」

と意味深長な文句を残し、ゆっくりと階段へと歩いていった。にやにや笑いながらその後ろ姿を見送っていた根津だったが、急に真顔になり、

「さてと、俺たちはどこに陣地を築く？」

「あたしは三階の部屋は厭。あそこは伊留満がさっき出現した部屋だから、一番危険よ」

美菜はきっぱりと言い切った。

「じゃあ夷戸の部屋へでも行くか」

根津はそう言って早くも立ち上がった。

「夷戸君の部屋ねえ。それよりも、反対側の一番端の部屋にしない？　曾我さんの部屋からも遠いし、安全そうな気がするから。そこに陣地を築きましょ。男がふたりもいてくれたら、心強いな」

美菜は案外真面目な顔をして言った。自分たちよりも美菜のほうが腕っ節は強いだろうに——と昨夜の大立ち回りを思い出しながらも、美菜と一緒の部屋で過ごせることを夷戸は少し嬉しく思った。

「俺は寝足りないから眠くてたまらんよ。だが、伊留満という神出鬼没の生ける屍にも注意を怠らないようにしないといけないし」

そして根津は欠伸まじりに、

「生ける屍か……。『Night of the living dead』に『Dawn of the dead』、そして『Day of the dead』……ゾンビ三部作の次はどうしても『Twilight of the dead』しかあるまいと思っていたんだがなあ。死者の黄昏——ヴァーグナーの神々の黄昏みたいで荘厳でいいじゃん？　それが『Land of the dead』って平凡な題名だからな。それじゃ数多あるC級ゾンビ映画と変わらない。ジョージ・A・ロメロもヤキが回ったかな。おっと、その伝でいけば、この島はIsland of the dead だな」

などと曖昧なことをぶつぶつ口走りながら、広間を後にした。後には、広間の床に跪いて基督の死に顔を抱き締めるマーカと、涙にくれるミーシャが残された。

## 八　了解操作が始まる、すべてが終わる

二階の部屋から見下ろす海は、館内の惨事を知らぬげに穏やかだった。春の午後のうららかな陽射しを浴びて、波がその背を少し持ち上げるたびに煌めきを放った。夜光虫の群れはどこに消えたのか、姿を隠していて妖しい光もなく、不穏な様子は感じ取れない。はや散り初めた屋上の桜の花びらが、窓の外をはらはらと舞っている。空気が薄紅色に染められたようだった。眠気を催すような単調な波の音、のどかな鷗の鳴き声——惨事が起きていなかったら、申し分ない孤島の休暇に思えただろう。

「ああ、世界はこれほど平和なのに……なんで俺たちはこんな目に遭ったんだろうな」

眠たそうに目をこすりながら根津が言うと、美菜と夷戸は無言でじっと彼の顔を見た。ふたりが言わんとしていることを察したのか、根津は咳払いをしてごまかした。

「昨日言ったでしょ。あたし、厭な予感がするって。大体根津君と夷戸君につき合うと、こうなるんだよね」

「はあ、すまんことです」

根津は頭を掻く。美菜は寝台の上に投げ出していたコートのポケットからチョコレートバーを無造作に取り出すと、むしゃむしゃ食べ始めた。

「こんな時によくそんなお菓子が食えるな。ピクニックかなんかと間違えてるんじゃないの」

呆れたような声を出す根津に、

「この館で生き残るには、まずは体力をつけなきゃね。それに、あたしはストレスを感じると食に逃げるほうなの。そんなことを言うなら、根津君にはあげないから——あ、漁船が来る！」

窓の外を眺めながら菓子を貪っていた美菜が、急に頓狂な声をあげた。

「漁船？　俺たちを助けてくれるかな」

根津と夷戸も窓辺に駆け寄り、目を凝らして海を見た。すると、岩礁を回避するようにぐるりと弧を描きながら、一艘の小さな漁船が遠くを航行している。

「どうする？　大声をあげる？」

不安と希望が渾然となった曖昧な表情で美菜が振り返った。

「そりゃまずいだろ。助けを求める声を出しているのをマーカさんに聞かれたら、何をされるかわかったもんじゃない。下手したら殺されるぞ。昨日のあの権幕を見たでしょうが」

根津は唇を嚙みながら、苦々しげに言う。

「じゃあどうするの？」

「手を振ってみる、とか?」

妥協案をひねり出した夷戸は窓を開け、身を乗り出して大きく手を振った。弔月島から二百メートルほど離れたところを緩やかに航行している白い漁船には、甲板にひとりの漁師が立っているのが見えた。何やら漁に使った網の点検をしているようだ。

「おおい、おおい……」

黒羽根兄弟に聞かれぬくらいの小さな声を出しながら、ちぎれるくらいに夷戸は手を振った。と、漁船の乗組員が顔をあげた。額に手をかざして、館のほうを眺めている。

「おい、俺たちに気づいたぞ!」

期待に顔を綻ばせて、根津も手を振り始めた。

「おおい……」

三人は幽かな声を合わせて、漁船に懸命に手を振った。すると、漁師もこちらに手を振り始めた。よく見ると、その顔は笑っているようにも見える。そして、何事か喚いている。夷戸は期待に胸を膨らませて耳を澄ませた。

「いい……天気……だなあ」

漁師の呼ばわる声が幽かに聞こえた。ゆったりと手を振る漁師を乗せて、漁船はぽんぽんと軽快なエンジンの音を立てながら通り過ぎていった。船の後には白く泡立った航跡が、夷戸たち三人の未練を象徴するように長々と続いているだけだった。

「畜生ッ！　何が『いい天気だなあ』だ。こっちは館に監禁されているんだぞ！　のどかなのもいい加減にしろ。田舎者は愚物《ぐぶつ》だ、まったく愚物だ！」

根津は地団駄踏んで悔しがった。美菜は放心したように、絨緞に座り込んだ。

「シーツにでも『ＳＯＳ』って大書して、掲げればよかったんですかね。今ちょっと思ったんですが」

こちらも茫然自失した夷戸が、思い出したように言った。

「それだッ！　なんでそれを早く言わねえんだ、夷戸！」

夷戸のシャツの襟を摑み、根津が食ってかかる。

「だって、さっきはあまりに突然のことで、思いつかなかったんですもん」

館から脱出する一縷の希望が儚く潰えたことを今さら実感した夷戸は、泣きそうになっていた。根津の手を振り払う元気も残っていなかった。もう、両親が待つ家には帰れないかもしれないのだ。この館でもうじき冷たい骸を晒す運命かもしれないのだ。あの漁船を逃してしまったから――。そういう悲観的な考えが、頭の中に海嘯《つなみ》のようにどっと押し寄せてきた。

「この馬鹿野郎が！　普段は異常心理学だなんだと偉そうなことを言っているくせに、肝心な時に頭が働かないんだな。もし誰かに俺が殺されたら、おまえのせいだぞ。もうおまえとは口も利きたくない！」

不貞腐れた根津は、夷戸の襟首から手を離し、絨緞の上にごろりと大の字になった。矢でも鉄砲でも持ってこいといった、自暴自棄な様子だ。第三陣で島に到着した迷探偵たちは、仲間割れの様相を呈し始めていた。

「でも、助けを求める言葉を書くペンもないし……夷戸君だけを責めるのはかわいそうだよ」

見かねた美菜がとりなしにかかった。

「知るか！　夷戸が吸ってる煙草の灰ででも書きゃいいだろ。もう俺は知らん。どうなっても知らんぞ。寝る！　美菜さんも昨晩はあんまり寝てないんだろ。寝ちゃえよ」

そこでぎらぎらする目で夷戸を下から睨みつけ、

「夷戸は寝ちゃだめだぞ。おまえは漁船か何かが通らないか、窓からちゃんと見張ってろよ」

根津はそう喚くと、腕組みして固く目をつぶった。半分ベソをかいた夷戸は、助けを求めるように美菜を見た。美菜も当惑したように彼を見ている。美菜と根津もSOSを送ることを思いつかなかったのは同罪だが、言わなくてもいいことを言ったのは分が悪い――と夷戸も自分の非を僅かながら認める気持ちになっていた。だが、元々はこの島へ来ようと言い出したのは、他ならぬ根津ではないか――と怒りの火が熾りかけたが、それはすぐに弱気の虫に消されてしまった。そこで強く自己の正当性を主張できないのが、夷戸のお坊ちゃん的な弱いところだった。

「わかりました。僕がここで見張っていますんで。美菜さんも寝てよ。船が通ったら、ちゃんと起こしますから」

夷戸は内心の恨めしい思いをごまかすように、無理に笑って美菜に告げた。

「本当にいいの？　確かにあたしも寝たつもりなのに、伊留満の姿を見ちゃったりしたもんだから、全然疲れが抜けてなくて……眠いといえば眠いんだけど。今のことで緊張の糸が切れて、余計に睡魔が襲ってきたっていうか。夷戸君が見張りをしてくれるなら、安心して眠れそうではあるけど……」

美菜は跋の悪そうな顔になった。

「いいよ、寝なよ。僕は昨日たっぷり寝ましたから。いくらでも張り番はできます」

夷戸は悲哀と悔しさがないまぜになった感情を押さえつけて、強がりを言った。だがその顔には、一種悲愴な感じも滲み出ていた。

「じゃあ、ちょっとだけ横になるかな。本当にいいのね」

そう言いながら、美菜は寝台に潜り込んだ。根津はふたりの遣り取りを聞いているのかいないのか、目を固く閉じて不貞寝したままだ。

「あ、スニッカーズ、食べかけでよかったらあげる」

美菜は窓辺に置きっ放しになっていたチョコレートバーを指差した。

「間接キスだね」

苦し紛れの冗談を言う夷戸は、本当は泣きたかった。しかし、想い人の食べかけの物をもらうということに、倒錯的な悦びがなかったわけではない。

それから夷戸は、窓硝子越しに海を眺め続けた。寝台に入ってしばらくは、美菜が「どう、何か見える？」などとたまに話しかけてきたが、三十分もすると、ふたりとも穏やかな寝息を立て始めた。

太陽は蒼穹を横切って、いつの間にか西へと傾いていった。

見ているこちらがじりじりするほど、雲がいくつも緩慢に北へと動いていった。

幾羽もの鷗が視界を横切って、囚われの身の夷戸を嘲弄するように気ままに空を舞った。

だが、漁船は一艘も通らなかった。

しだいに暮れゆき、暗灰色に染められた東の水平線のほうから、また今夜も紅い月が昇り始めた。円に限りなく近いが、僅かに形が歪な月だった。完璧にあと一歩足りないだけに、逆に月の美しさが映えるように思えた。

十六夜《いざよい》の月、弔い月——思わず夷戸は低声で呟いていた。その月には何か不明瞭な模様が浮き出ている。夷戸はロールシャッハ・テストの図版を見ている気分になった。いまの精神状態では、とても餅をついている兎のような平和なモチーフは浮かばない。強いて言えば、虚ろな黒い眼窩を晒し、口をぽかんと開けた断末魔の男の血に染まった顔に見えた。石崎——と、そこで昼間見たあの凄惨な死に顔を夷戸は連想した。石崎の死を弔うために、この紅い月が昇ったのだろうか。それとも、また別の犠牲者が出るのだろうか。月の贄になるとしたら、それは誰なのか。もしや自分では——？　夷戸はその不安を断ち切るように、視線を海へ転じた。

弔月島の周りには、またもや夜光虫が湧き始めていた。深遠な思考を象徴しているように思える、この幽かな燐光を放つ生物に夷戸の目は惹きつけられた。ふわりふわりと光を放つ具合が、何かのメッセージを自分に伝えているような気がする。

「……の世界へようこそ」

夷戸は今日の夢で見た女の言葉を思わず口にした。絶望の世界、死の世界、闇黒の世界……。色々な不吉な言葉がその空白に当てはまる気がする。そして夜光虫たちも、同じ凶運の世界へと誘うメッセージを発しているように思えた。自分たちは、凶兆がその影を蟠らせる暗い世界へ入っていこうとしているのだ。いや、もうその世界の只中に立って、母を失くした幼子のように、途方に暮れているのだ。夷戸は何ともいえない荒涼とした気分を覚えた。その時、

「ぎゃッ！」

という叫び声が、下の階から聞こえた。来た、と夷戸は思い、冷たい手で心臓を撫でられたように、瞬時に全身の筋肉が緊張した。やはり弔い月は、新たな贄を欲していたのだ。

「誰か、助けて！」

今度は外から別の喚き声がして、しだいに悲鳴へと変わった。叫びが途切れようとする寸前で、根津が絨緞からむっくりと起き上がった。

「何かあったな」

根津は言うと、ぴしゃりと自らの頰を叩いて眠気を醒ました。そして卒然と起き上がり、

「美菜さん、寝ている場合じゃない。下で何かあったようだ」

と寝台で未だ眠りを貪っていた美菜を揺り起こした。

「何かって？」

目をこすりながら、美菜は寝台に起き上がったが、

「もしかして、新たな犠牲者が出たの？」

と、すぐに事態を察して硬直した顔つきになった。

「行こう」

根津がふたりに部屋を出るように促した。その時、外でマーカが何事かを喚いているのが聞こえた。三人は顔を見合わせると、部屋を飛び出し、階段を勢いよく駆け下って広間へと出た。途中で「梟の林」の三人と木邑に出くわした。

「悲鳴を聞きましたか？　最初の声は……マーカさんですかね？」

張り詰めた面持ちで、木邑が夷戸に訊ねる。

「僕もそう思います」

広間には黒羽根兄弟の姿はなかった。煖炉の火も消えている。厚樫の玄関扉が開けっ放しになっていた。その先の鉄扉も開いているようで、春の香を含んだ潮風が館内に吹き込んでいた。

「扉が開いている。こりゃあ、僕たち、逃げられるんじゃないですか」

蜷川が声を弾ませたが、東條は厳めしい顔で、

「馬鹿ね。外で何か事件が起こっているらしいのよ。それを確かめるのが先でしょ」

と、ぴしゃりと言い放った。

「あの兄弟はどこにいるんでしょうな」

隧道のような玄関口を小走りに進みながら、木邑は一同に囁いた。

「叫び声は、どうやら館の裏手から聞こえたようですよ」

自然と歩調を速めながら、夷戸が答える。燐光を放つ海を左手に見ながら、一同は館を時計回りに半周した。すると、玄関のちょうど反対側に小さな船渠《ドック》のような窖が開いていた。そこにマーカが、血の気の失せた顔で茫然と佇んでいた。マーカの手の甲には創傷ができて、血が滲んでいる。

「どうしました、マーカさん」

夷戸が一番に彼に駆け寄った。マーカは唇を震わせながら、

「ミーシャが、ミーシャが……」

と、譫言のように繰り返し、血が滴る指で先のほうを差す。一同の視線は、マーカの指差すほうへ向けられた。

そこには、庖丁を手にしたミーシャが仰向けに斃れていた。充血しきった眼球をこぼれんばかりに突出させ、紫色に変色した舌をだらりと出し、顔面は土気色になり、もはや息がないことは明白だった。しかし巨軀はひくひくと激しく痙攣し、まるでまだ生きていて、チック症状をなおも発現させているかに見える。それは車に轢かれた蝦蟇蛙のような、無惨な姿だ。

「ミーシャはどうしたんだ？」

風祭が驚いてマーカに訊ねる。マーカは無言でさらに先を指差した。船渠には海水が流れ込んでいるが、そこに何か黒い物がふわふわと浮いている。

「あっ、伊留満⁉」

夷戸は思わず叫んだ。それは伊留満の黒い僧衣だった。またしても、この館に伊留満が現れたのだろうか。あの兇悪な破戒僧、黒羽根伊留満が――。

一同は恐怖の表情で、顔を見合わせた。だが、根津だけは冷静な顔で手を伸ばすと、海面から僧衣を手繰り寄せた。根津は、いとも容易く僧衣を掲げた。中にあるべき肉体はなかった。海面には僧衣だけが残されていたのだ。

「服しかない……」

根津は一同に振り返って言った。

「ああ、ミーシャ！」

マーカは跪くと、嗚咽を漏らし始めた。ただひとりの弟を失った悲しみは、夷戸にも想像できなかった。

「弟よ、何故……」

マーカは泣き叫んだ。その潤んだ目の中に、なおも痙攣を続けるミーシャの姿が映っている。

美菜が意を決してミーシャに近寄り、脈を取ったが、

「心臓が止まっている……」

と、誰の目にも明らかなことを、ぽつりと呟いた。

「手には庖丁を持っているが、刺された痕や絞められた痕はない。どうやら外傷はないらしいな」

簡単にミーシャの屍骸を点検し、風祭は首を捻った。

「ミーシャさんは、普段から心臓が悪そうでしたからな。心臓麻痺でも起こしたか……」

と木邑も、同じように小首を傾げた。

「船渠にもうボートはないのか？　ゴムボートでもいい。とにかくここから逃げ出せるような」

蜷川は、この期に及んでも事態とどこか距離を感じさせるような、それでいて自分勝手なことを言う。マーカは眦を決して、

「あなたは、私の弟が死んだのにひと言でも祈ろうとしないのですか。どうしてそうまで自己中心的になれるのですか。あなたこそ神に呪われ給うべき人物だ！　ああ、憐れな弟！」

と怒りの言葉を並べたてた。

「昨日はこの館のボートを沈めたとおっしゃったが、本当にもう船はないいんですか、マーカさん」

「ありません。本当にありません」

根津の言葉にマーカは憤然と答える。

「とにかく、ミーシャさんのご遺体を館に運びましょう。このままではかわいそうだ。マーカさん、あなたも怪我をしているようだし、手当をしないと」

と夷戸はマーカに肩を貸して立ち上がらせた。こう立て続けに事件が起こると、惑乱するというよりは、むしろ夷戸の頭脳は妙に冴え渡ってきていた。彼は静かに事件の光景を眺めていた。

「歩けますか？」

夷戸の問いに、マーカは弱々しく頷いた。館へと戻るマーカの口からは、低い祈りの言葉が漏れていた。

†

「皆様が部屋へお戻りになった後、ミーシャが私に話があると言ってきたのです」

館内へ戻ったマーカは、昂奮した面持ちで一同に語り始めた。その昂奮は痛みのために、脳内麻薬と言われるエンドルフィンが出ているためか、それとも弟を目の前で亡くした衝撃から来るものか、夷戸には判断がつかなかった。

木邑の手によって、煖炉には火が熾され、薪がはぜる音が気持ちよく聞こえている。昨日の島への到着時から三人が減った館内は、その惨事が嘘のように暖かく居心地良く見えた。一同はやはり長椅子の上に思い思いに座を占めていた。その煖炉の前に立ち、マーカはひとりで多弁に語っていた。

「ミーシャは言いました。『この館にいると、伊留満に殺される』と。弟は恐怖で錯乱状態に陥っていました。皆様も先ほどご覧になりましたでしょう、あの恐れ戦く様を。ミーシャは乳児の頃から、あの伊留満に恐怖条件づけで虐待を受けてきたのですから、伊留満がこの館を徘徊しているとなったら、精神が耐えられないのも当然です。私は必死に止めました。『大丈夫、私がついていている』と。しかし、ミーシャは聞き入れませんでした。終いには、厨房から庖丁を持ち出して、私を脅迫し始めました。今すぐ自分をこの館から逃げ出させてくれなければ、私を殺す、と。そうしてミーシャは庖丁を振るって襲いかかってきました。あんなに仲良く愛していた兄弟同士で争うことになるとは……。私はなんとか抵抗しようとしまして、その時に手を斬られたのです」

　マーカは今まで押さえていた右の手の甲を露わにした。生々しい傷痕が見えた。

「マーカさん、繃帯とか消毒薬はどこ？」

　美菜の問いに、マーカは玄関右手の厨房のほうを目で指し示した。美菜はすぐに厨房へと走っていった。

「私を二度斬りつけたミーシャは、一瞬、あまりのことに棒立ちになりました。しかし、兄を思う気持ちよりも、伊留満への恐怖が勝ったのでしょう。ミーシャは玄関を開け、船渠へと走りました。船渠に行けばゴムボートか何かがあって逃げられるかもしれない、と錯乱した頭で考えたのでしょう。ありもしないボートを求めて……。私はもう、どうにでもなれ、と思い、ミーシャを追いませんでした。しかし、ミーシャの悲鳴が聞こえたので、慌てて船渠へ追いかけました。その直後に皆様方が駆けつけた、というわけです」

マーカは昂奮が冷めやらない態で、ふうと大きく鼻から息を吐いた。そこへ救急箱を持って、美菜が戻ってきた。

「手を見せて、マーカさん」

美菜の言葉に、マーカはおとなしく右手を見せた。手の甲には十センチくらいの創傷が、ふた筋ぱっくりと開いている。それを見ても、最初は現実感覚が希薄で、ぼんやりしていた夷戸だった。伊留満への恐怖心が兄弟の仲さえ裂いたのだな、くらいに考えていた。

が、ふと、「何故船渠には僧衣だけが残されていたのだろう」という疑問が湧いた。すると眼前に、ひらひらと僧衣が二階から落ちていく幻影が現れた。風に煽られ、まるで意思を持っているように、ふわふわ、ひらひらと舞う黒い僧衣――突如、彼の頭の中に神経伝達物質が奔流となって脳髄を一閃した。夷戸は人に聞こえぬくらい低く、「ぐっ」と呻き声を漏らした。

「ひどいわね。結構血が出ていたけど、貧血とかになっていない？」

マーカは蒼白い顔ながらも、割と確かな調子で美菜に頷き返した。しかし、その様子は夷戸にはほとんど見えていなかった。まるで視界に紗がかかったように、薄ぼんやりしている。その一方で、一枚の葉を無数に貫き通す葉脈のように、夷戸の脳内を走る神経の束の中を、化学反応の連鎖が次々に起こっていった。夷戸の脳髄は了解操作を行い始めていた。遂に彼の脳が最終的な活動を始めたのだ。

美菜が消毒液に漬けた脱脂綿を傷痕に当てると、マーカは歯を噛み締めて痛みをこらえた。

「大丈夫、沁みるかもしれないけど、我慢して」

そう言う美菜の声が夷戸の耳を通り過ぎる。夷戸はエピネフリンが大量に放出されたためか、小刻みに震えながらマーカの傷痕を凝視した。その生赤いふたつの創傷——その色から紅い月が連想された。そこへ弔い月の下、宙に舞う僧衣の幻影が重なった。

「ほら、繃帯を巻くから、じっとしていてね」

美菜の言うままに、マーカの右手に目に鮮やかな白い繃帯が巻かれていく。そこで、夷戸の頭に二回目の衝撃があった。

——おまえはこれをしなければいけない。しかし、それを本当にやってはならぬ。

二重拘束的なメッセージが、虚ろに夷戸の頭の中で響いた。夷戸は両耳を塞いだ。その幻聴と同調するように、植木鋏が両眼へ抉り込まれる体感幻覚が彼を襲った。夷戸は歯が砕けるほど食いしばり、その幻覚から逃れるように、顔をあげて煖炉の上に再び貼られていた基督の死に顔を見た。聖骸布の模造品——そこで三回目の衝撃が夷戸の脳髄に押し寄せた。夷戸はその苦しさに思わず喘いだ。心臓の鼓動が高鳴り、激しい眩暈が彼を揺さぶった。脂汗が額と腋を冷たく濡らした。脳内の機能が一度にあまりにも高まったため、夷戸の頭は破裂せんばかりだった。このまま了解操作が続けば、自分は発狂するのではないかと夷戸は思った。

「……くん、どうしたの？」

不意に夷戸は肩を揺さぶられた。何も抵抗する力が起きず、夷戸の上体が前後に揺れた。

「……夷戸君！　しっかりしてよ」

今度の美菜の声は、はっきりと夷戸の耳に届いた。外からの刺戟が夷戸の了解操作をようやく収束させた。散大していた瞳は、急速に収縮し、激流のような神経伝達物質はしだいに平常の働きを取り戻しつつあった。

「あ、ああ……」

夷戸は生返事をして、脂汗で濡れた額を拭った。一同の視線が、彼の異様な顔つきに集中していた。自分に向けられた眼の群れを見て、夷戸は何ともいえぬ怯えを感じた。

「さっきからどうしたんだ、夷戸。汗をだらだら垂らして、なんか譫言みたいなことを独りでぶつぶつ言ってるし。大丈夫か」

根津が心配そうに、夷戸の顔を下から覗き込んだ。夷戸は彼の顔を見ることなく、自分に言い聞かせるように、何度も頷いた。終わった——と夷戸は思った。すべてが終わった、と。

「大丈夫、僕は大丈夫です。誰か、水を一杯もらえますか」

美菜が食堂へ行き、コップに水を汲んできた。

「あたし、謎が解けたように思う」

夷戸にコップを手渡すと、彼の心中を知らぬげに、美菜が重々しい調子で口を開いた。

「石崎さん殺害の犯人は、ミーシャさんじゃないかと思うの」

「ええ？　どうしてそうなるんですか」

蜷川が不思議そうに問う。

「石崎さんを……ミーシャさんが？」

にわかに緊張した面持ちで、東條が言った。

「ミーシャが石崎様を殺した、ですと？」

マーカは蒼褪めた顔で、驚きの声を放った。

「思い出してください。今日の午後、あたしたちが解釈合戦をやっている時に、夷戸君の解釈について植木鋏がどうして屋上にあったか、という点が問題になったでしょ。その時、ミーシャさんは確かこういうことを言った。『綺麗に咲いた桜の樹の枝を一本切り取るために植木鋏を使った』と。ね、これでわかる？」

美菜は一同をぐるりと眺め回した。

「いや、わからんな」

風祭は首を横に振る。

「あたしのさっきの解釈では、槍状の兇器の柄の部分を何で作るかが問題だった。その謎が一気に氷解したわ。なんでこんな簡単なことに早く気づかなかったんだろう。ミーシャさんは手ごろな桜の枝を切り取り、部屋にでも隠しておいたのよ」

「あ、あ！　それで槍の柄を！」

根津が叫んで、ぽんと手を打った。美菜は疲労の色濃い顔で頷き、

「ご名答。桜の枝を柄にして、そこに植木鋏を先ほどあたしが言った要領で、紐で結びつけた。一本一本は、ひ弱な枝でも、束ねればそれなりの柄になりそうじゃない？　これで槍状の兇器が出来上がりってわけ。こうして足跡のない犯罪がなされたのよ」

夷戸を除く一同は、「なるほど」と大きく頷いた。

「第一陣のボートが近づいてきている、言ってみれば不自然な時に、ミーシャさんは桜の枝を切っていたんでしょ？　ミーシャさんは誰かが館へ近づいてくるのを見て、闖入者を殺す覚悟を決めたんじゃないかな。ちょうど昨夜、屋上の桜の下に現れたのがたまたま石崎さんだったから、ミーシャさんは。運悪く犠牲になったのよ。そして兇器の隠滅を図るために、桜の枝で作った柄は、海へ放ったんじゃない？　いくら伊留満への恐怖で錯乱しているとはいえ、実の兄を殺そうとするような人よ、ミーシャさんは。淆亂館への闖入者を殺す兇暴性を発揮してもおかしくはないでしょ」

「確かにそれは考えられますなあ」

木邑は腕組みをしながら唸った。他の者もすっかり美菜の解釈に納得したらしい。東條は、

「あのミーシャさんが、石崎さんを殺すなんて」

と、実の父を殺害したとされるミーシャへの憎悪が一瞬顔を掠めた。マーカは複雑な感情が軀

全体を駆け巡っているのか、突っ立ったまま拳を固めてぶるぶると震えている。

美菜は、しかつめらしい顔を作り、

「ね？　昨日の事件だって、何かミーシャさんが詭計を――」

「……違う」

夷戸が不意に囁いた。

「え、何よ、夷戸君。あたしの解釈に文句でもあるの？　それならちゃんと根拠のある反論を――」

「違うんだッ！」

長椅子から立ち上がって、夷戸は叫んだ。美菜は一瞬、怯むそぶりを見せた。

「美菜さん、残念ながら違うんだ。この事件の真相はそうじゃないんだよ。まったく的外れなんだよ」

「的外れ？　あたしの解釈のどこがダメだって言うの？」

美菜は挑みかかるような眼つきを見せた。

「僕が事件のすべてについて解釈を行います。いいですか皆さん、よく聴いてください」

夷戸は宣言し、力なく微笑んだ。彼の軀には了解操作をやり遂げた疲労感がじっとりと滲み渡っていた。それを聞いた一同の顔は、愕然として一気に歪められた。

## 九　宗教的な、余りに宗教的な

コップの水を夷戸は一気に飲み干した。冷たい液体が心地よく咽喉を通っていく。了解操作を完了させた疲労から回復した夷戸は、にわかに気持ちの昂りを覚えていた。彼は勝利の感覚に酔ったような気分だった。

夷戸は煖炉の前へ歩いていき、そこにいたマーカに自分が元いた席へ座るように無言で促した。右手の甲を繃帯でぐるぐると巻いたマーカは少し驚いたようだったが、素直に長椅子に座った。

眼窓からは、水平線の上に今夜も弔い月が見えた。血を塗られたような紅い月、その陰翳の模様が断末魔の顔貌にも似た月――だが夷戸はもう、不吉な月を恐れなかった。所詮、月は地球の周りを回るただの一個の衛星に過ぎない――夷戸の導き出した解釈は、神秘的な要素が入り込む余地はなかった。

「で、あんたの解釈とはなんなんだ。勿体をつけずに早く始めてもらいたいね」

黙って窓外を見遣る夷戸に対して焦れたように、風祭が貧乏揺すりをしながら声を荒らげた。

「今度の解釈は確かなのか、夷戸」

根津の問いにも夷戸は答えなかった。

「あたしの解釈にケチをつけたんだから、事件の鮮やかな解明を期待したいわね」

美菜が皮肉っぽく片えくぼを作ったが、夷戸はなおも答えず、軽侮の眼差しを弔い月に放っていた。ひとしきりそうしていた後、夷戸はようやく一同に顔を向け、やおら語り始めた。

「とうとう僕は、事件の全容を捉えましたよ。何、簡単なことです。注意していたら、誰でも気づいたはずなんです」

夷戸は胸ポケットから残り少ないフロイドを取り出すと、一服吸いつけた。誰でも気づいたこと——と夷戸に言われた一同は、少し考え込むような素振りを見せた。彼らの考えが熟さないうちに、夷戸は再び語り始めた。

「ミーシャさんは伊留満への恐怖に駆られて館を逃げ出したと、マーカさんは言った。一緒に育った義兄弟の兄を庖丁で脅迫してまでね。で、船渠へ走ったミーシャさんは、海面に黒い僧衣を見つけた。彼の仇敵、黒羽根伊留満の僧衣です。それを見て、心臓の悪いミーシャさんは恐怖のあまり、心臓発作を起こし亡くなった。大方、海面で揺れる僧衣を見て、錯乱状態のミーシャさんは、生きている伊留満に出くわしたと錯覚したんでしょう。そうして、ミーシャさんは恐怖条件づけ通り、黒い布恐怖症の餌食となった……。さて、そこで問題なのは、何故船渠の海面に僧衣があったのか、なんです。蜷川さん、わかりますか？」

不意に指名された蜷川は、どぎまぎした表情になったが、すぐに首を傾げて上方を見遣り、

「さあ、どうしてだろう。誰かが捨てていった、とか？」

「そうです！」

夷戸が急に大声を出したものだから、一同はぎくりとした。

「蜷川さんが言ったように、僧衣は誰かが捨てたのです。では、いつ捨てられたのか？　どこから捨てられたのか？」

「もしかして、昨晩？」

東條の言葉に、夷戸は薄笑いを浮かべながら、人差し指を立てた。

「正解！　昨晩、あの黒い僧衣は海面へと捨てられたのです。露台からね。それが潮の流れの関係で、船渠へと辿り着いた、と考えるのが自然でしょう」

「……ということは！」

美菜が目を見開いて叫んだ。

夷戸は美菜をすかさず制止し、

「待ってよ、美菜さん。まずは石崎さん殺しに遡ろう」

と勿体をつけて、にやりと笑う。

「殺し……？　父はやっぱり殺されたの⁉」

初めて東條は石崎のことを父と呼んだ。しかし、それはあまりにも遅い親子の情の示し方だっ

たろう。夷戸は厳粛な面持ちで頷いた。

「石崎さんは恐らく、何か小型のカメラでも隠し持っていたのではないでしょうか。ゴシップ専門のカメラマンなら、不測の事態で自分のカメラが取り上げられることなど、とうに想定済みでしょう。それを見越して、腕時計か何かに仕込んだ小型カメラを持っていたのではないですか。どうです、木邑さん？」

「そうだ、彼は持っていたよ」

木邑は事もなげに言って、薄笑いした。一同から軽い驚きの声が漏れた。

「というか、私がそうしろと勧めたんだ。何があるかわからないから、予備の超小型ビデオカメラを持って行け、とね。それは夷戸君の言うとおり、腕時計に仕込んだものだった。それで石崎さんは、昨日の一部始終を撮っていたんだ。石崎さんが殺された後、なんとか腕時計型ビデオカメラを回収したかったんだが、どうにも機会がなくてね」

やはりそうかと夷戸は頷き、

「そのことを知っていた人物が、この館には少なくとも、もうひとりいました。その人物は、腕時計型ビデオカメラの存在に気づき、なんとかそれを奪取しようと企んだことが、石崎さん殺しの動機でしょう。さて、石崎さんはアルコール依存症でした。そうして断酒していた。それは木邑さんの述べたことに因らずとも、我々が昨夜麦酒を飲み始めたときの石崎さんの様子——手指の震顫や嘔気、発汗、顔の紅潮などの諸特徴で推察できます。つまり石崎さんは我々の飲酒を見て、アルコール離脱の症状が強まったわけです。俗な言い方をすれば、禁断症状が出たということです。気分が悪くなった石崎さんは、二階の部屋に引き取った。そしてなんとか休もうとしたが、眠れもしなかった。アルコール離脱の症状のひとつに、不眠がありますからね。それで我々が寝静まり、雨も上がった後、ある人物は、そっと二階へ上がって石崎さんの部屋の扉を叩いた。寝つけなかった石崎さんは、何事かと扉を開ける。ある人物は囁いた。『ちょっと話があるから、屋上の桜の下で待っていてくれ』と。石崎さんは不審に思いながらも、屋上へ行った。そして桜の樹下で、煙草を吹かしながらその人物を待った」

夷戸は語りながら、その様を脳裡に呼び起こした。雨が上がり、十五夜の月が輝く中、はらはらと舞い散る桜の下で、男が所在なげに煙草を吸いながら来るべき人を待っている。しかし、彼の顔は紅潮して冷や汗をかき、アルコールの欠乏によって煙草を持つ手はぶるぶると震えているのだ。自然のもたらす美しさと病的な男の対比が印象的な図だった。

「やがて、その人物が屋上に現れた。そいつは自分の足跡をつけないように、花壇の外縁までしか行かなかったが、そこから石崎さんにある合図を送ったのです」

「合図？　はて」

木邑が首をかしげる。他の者もその合図が何なのかと、しきりに思案をしているようだ。一同が夷戸の論点を理解できないものだから、彼は得意げに人差し指を上げ、

「それは幻覚を誘発する合図です。アルコール離脱症候群の症状には、一過性の視覚性、触覚性、

または聴覚性の幻覚を起こすというものがあります。その人物は恐らく石崎さんの見ている前で、麦酒をぐいぐいと飲み干し、『おまえもどうだ？』と言わんばかりに、この数日間酒を断ってい る彼に、酒を勧める仕草を見せたのでしょう。そこできっぱりと断酒するつもりだった石崎さんは葛藤した。『飲みたい、だが飲んでは駄目だ』と。石崎さんは酒を飲んでへべれけに酔っぱらっている無様な姿を、娘に見せられないと思ったのでしょう。ふたりが親子であるという事実は、その時には我々は知らなかったんですがね。しかし、何が理由かはわからないが、石崎さんが強い決心で数日前から断酒をしている——そこが犯人の狙い目だったのです。石崎さんはアルコールをこれ見よがしに見せつけられたことで、アルコール離脱症候群における後期症候群の症状を急激に悪化させました。粗大な四肢の震顫、自律神経機能亢進、精神運動興奮、幻覚などを主症状とする震顫譫妄《しんせんせんもう》の状態に陥ったのです。断酒から三、四日目にこの震顫譫妄の症状は頂点を迎えますから、事件より三日前に断酒を始めたという時間軸的にもぴたりと当てはまっています。さて、症状のひとつとして幻覚をあげましたが、この際に見る幻覚とは、小動物幻視であることが多いのです。小さな蛆虫やゴキブリなどが、身体を這い回っている幻視と幻触を石崎さんは感じたのでしょう」

存在しない小動物の群れを己の軀に見るアルコール依存症の父——夷戸の語りを聴いて、東條は思わず左の腕を撫でさすった。自分の腕にも虫が這い回るような無気味な蟻走感を覚えたのだろう。

「石崎さんは錯乱状態になり、身体を這い回る虫を取り除けようと必死になった。そこへ犯人が植木鋏を石崎さんへ向けて放ったのです。石崎さんは藁にも縋る思いでその植木鋏を拾い上げ、虫を殺そうと自らの腕や胴体を突き刺した。石崎さんの軀に隈なく突き傷、刺し傷があったのはこのためです。しかし、虫はいくら鋏で刺しても取り除けられない。そこで――」

「最終的に両眼を抉ったのか、自分の手で」

と言って、蜷川が怯えた表情で唸った。犯罪史上にも稀な詭計だった。一同は石崎の凄惨な死に顔――両眼窩がぽっかりと開いた死に顔を思い出しているらしかった。まさか、小動物の幻視に惑わされて、自分で抉ったとは――。

「待て、夷戸君。しかし、それは誰でも可能じゃないか」

そこで風祭が不審そうに異見を唱えた。

「何故ならば、石崎氏が死んだ時には、誰もアリバイがなかった。そして、石崎氏がアルコール依存症だったことは、ここにいる誰もが知っている。とすればだ、誰でも犯行は可能じゃないか。酒を見せびらかすことで、アルコール離脱による幻視と幻触を喚起するという、言ってみれば一種の可能性の犯罪さえ思いつける頭脳があれば、誰だってできるわけさ。夷戸君、あんただってな」

しかし、夷戸は淡く笑って否定の意を表した。

「ところが、そうではないのです。この犯罪には、犯人に蟠《わだかま》るある特有の心理的な習癖が隠されているのです。つまり、この幻覚を誘発する合図には『あなたは酒を飲んだほうがよい（しかし本当には飲んではならない）』という二重の相反するメッセージを含んでいます。僕がそこから、ある人物に疑いを向けたのです」

「二重拘束か！　マーカさんが養育された方法の」

得心がいったという態で大きく頷く木邑に対し、夷戸は頷き返した。一同の視線は、マーカに一斉に向けられた。マーカは膝に両肘を立て、掌に顔を埋めていた。泣いているのか、その背中は細かく、ひくりり、ひくりと震えている。そうしてマーカは無言を守っていた。

「そういうことです。幼い頃からマーカさんは、二重拘束的なメッセージを養父である伊留満から絶えず受けて育ってきました。そしてマーカさんの精神の奥底には、好むと好まざるとに関わらず、その二重拘束的なメッセージの発し方が染みついていたのでしょう。そのため、こういう不可思議な犯罪を知らず知らずのうちに考えついたのです……。思い出してみると、我々が島へ着いた時、マーカさんは根津さんの肩を摑んで放さないまま、『帰れ』と矛盾したことを言いました。それに、石崎さんに酒を勧める素振りをしながらも、飲まないほうがいいとも言いましたね。マーカさんの言動の端々に、二重拘束的矛盾が顕れていたことに、早く気づくべきだった」

と、夷戸は悔し気に言った。

「ただひとつ手抜かりだったのは、石崎さんの屍体に近づくと足跡が残るので、ビデオカメラを回収できなかったことです。だから、屍体が発見されて、そのうち石崎さんの遺骸がどこかに安置されてから、ゆっくりとカメラを奪おうと思ったのでしょう。そして、今はもうマーカさんはカメラをその手にしたのではないですか」

広間のあちらこちらで溜息が漏れた。ここに至って、一同は伊留満の業の深さを改めて思い知ったのだ。養父に虐待されたその方法を使って、罪を犯さざるを得なかった養子のマーカ。彼の心に冥々の裡に深く食い入った、精神的な罠の恐ろしさに、一同はある種の憐憫を込めてマーカを見た。マーカは顔をなおも覆ったまま項垂れている。もう反論してもどうしようもない、と観念したのだろうか。東條はマーカから目を転じて、半ば放心したように吹き抜けを仰いでいたが、やがて、

「では、曾我を殺したのもここにいるマーカさんなの？」

と夷戸に問いかけた。東條の目は、想い人を殺したと思われる犯人を前にしているにしては憐みが勝り、憎しみの色は幾分薄かった。だが、夷戸は首を横に振った。

「違います。曾我さんが死んだのは、マーカさんの手によるものではありません。確かに詭計は用いられましたが、そこで起こったことは実質的には犯罪ではなかったのです。僕はこの詭計を、あの聖骸布の模造品によって見抜いたんですよ」

夷戸は、半ば焼け焦げた哀れな基督の顔を指差した。一同の目は聖なる布に振り向けられた。

「あの基督の顔は半分焼けて、左右非対称になってしまいました。それを見て、さっきようやく僕は思い至ったんです。曾我さんの顔もそうだったのなら、すべてうまく解釈ができると。これ

に早く気づいていたら、その後の事件を食い止めることができたかもしれないのに。あの聖骸布の模造品がはらりと落ちて煖炉に吸い込まれたのは、やはりひとつの啓示だったのです」

夷戸は、聖骸布が煖炉で焼けたその時に自分の思いが至らなかったのが悔しくて、唇をきつく嚙んだ。

「人間の顔が左右非対称だと？　そんなことがあり得るのか？　例えば、曾我が半身だけ火傷を負ったとかか？」

風祭は不思議そうに言う。それに対しても夷戸は首を振って否定の意を表した。

「マーカさんが昨夜ぽつりとこう言ったのを皆さんは憶えていますか。『主人は lunatic でありますから』と。僕たちは、あれを字義通り狂人の意味に取った。曾我さんは精神に異常を来たしていたのではないか、と。しかし、考えてみてください。マーカさんは続けてこう言いました。『まるで月のような御方だと言いたかったのです』と。その真意はこうです。我々は月など見飽きるくらい見て、月のことなど知り尽くしていると思っています。けれども実際は、地球の側から見える月の表面しか知りません。だけど、月にも裏側という、我々の知らないもうひとつの顔があるのです。そして曾我さんもふたつの顔を持っていたのです。僕たちの知らない顔をね……」

夷戸は謎めいた言葉を吐くと、もう一本煙草に火を点けた。煙草の先が蛍火のように二、三度明滅する間、一同から「ふたつの顔？」という疑問の声があがった。

「どういうことです。曾我は伊留満に変装していたとでも？　片側だけ特殊メイクを施していたとか？　確かに元俳優ならば、それくらいできるかもしれないが……」

木邑が要領を得ない顔で問う。夷戸は例の肖像画の横に歩いて行き、

「それは違いますね……。私は医者である父から聞いて知っていたのですが、顔面神経麻痺という病気があるそうなんです。そのメカニズムを簡単に説明すると——顔の皮膚と頭蓋骨の間には表情筋が縦横に走っていて、私たちの表情を作っています。その表情筋の動きを司っているのが顔面神経です。顔面神経が麻痺してしまうと、眉毛と口角が下がり、ま行・ぱ行・ば行の音の発音が口から息が漏れることで不明確になり、勿論顔も歪みます。食事の際も、食べ物や飲み物が口から漏れるようになるそうです。つまり、この伊留満のような、顔の各部位が極端に垂れ下がった面相になるんです」

と、肖像画の顔の辺りをこつこつと叩いた。一同の視線は、今度は肖像画の中に封じ込められた黒羽根伊留満の顔に集中した。あの溶けかけた護謨人形のような顔に。煖炉の反対側では、黒衣の聖母像が妖しげな笑みを湛え続けていた。それが夷戸の行う解釈の緊迫感に、どこか不似合いな無気味さを添えている。

「もっとも、伊留満は顔面神経麻痺ではなく、元からこういう面相なんでしょう。だが、顔面神経麻痺を起すと、伊留満に似た顔になることは確かです」

「ということは、曾我もその顔面神経麻痺だったと？　でも、昨日は普通の曾我の顔を見たわよ。

十年前と変わらぬ、凛々しい曾我の顔を」

　夷戸の言葉を先回りして、東條が疑念を表明した。夷戸は頷き、

「そうなんです。確かに僕らは昨日、正常な曾我さんの顔を見ました。それは確かです。ただですね、顔面神経麻痺は顔全体に起こるものだけではない。この顔面神経麻痺という病気で最も多いのは、スコットランドの解剖学者チャールズ・ベルが初めて報告した〈ベル麻痺〉というものなんですよ。これは、突発性で顔面の片側だけに起こる麻痺です」

「突発性……顔面の片側だけ……そうか！」

　根津が大声をあげた。それと共に、マーカが悲哀に満ちた長い唸りを発した。愛する主人の秘密が明らかになっていくことに、耐えられなかったのだろう。夷戸はちらりとマーカの丸まった背中を見たが、それに頓着することなく解釈を続ける。

「ベル麻痺の原因は単純ヘルペスウイルス1型への感染による、という仮説が提唱されていますが、確かなことは未だはっきりとはわかっていません。麻痺は一ヶ月程度で回復することが多いのですが、初期治療を怠ると、回復せずに顔の歪みがそのまま残ってしまう場合もあるそうです。さて、ここで十年前に話は戻ります。何故曾我さんは華やかな銀幕の世界から突如姿を消したのか。勿論、僕が言わなくても皆さんはおわかりでしょう。曾我さんは十年前の失踪した当日、朝起きてみると突然顔に異変を覚えた。鏡で見ると、顔の半分が垂れ下がっている。とても美男俳優として一世を風靡したとは思えない、歪な顔になっていた。そう、突発性の顔面片側の麻痺、

ベル麻痺を発症していたのです。曾我さんが驚いて病院に駆け込んだかどうかはわかりません。木邑さんが足取りを虱潰しに探索しても、その線を追えなかったということは、病院に行かなかったのかもしれません。曾我さんは自分の美貌に対して非常に強い自尊心の持ち主だったようですから、醜く変化してしまった自分の顔を見られるのも厭だったのでしょう。そのため治療を怠り、不幸にも麻痺が残ってしまったと、僕は推測しますね」

そこで夷戸はひと息入れて、煙草を灰皿に押し潰した。曾我の失踪の謎が解明され、一同の顔には驚きの表情が宿っていた。木邑は手帳を取り出すと、忙しくペンを走らせている。『女性ワールド』にまたとないスクープができたことで、ゴシップ記者根性に火が点いたのか、彼の顔はにわかに引き締まりつつあった。

夷戸はそんな木邑へ向けて幽かな笑いを浮かべていたが、一転して伊留満が昨夜現れた階上を指差し、

「昨夜のことを思い出してみてください。伊留満は曾我さんの部屋から現れましたが、廻廊を露台へと歩いて行く間、僕たちには左半分の姿しか見せませんでした。そして今度は曾我さんが突然出現したわけですが、彼は露台から出ると、右半身しか見せずに自室へと駆け戻って行った。つまり――」

「曾我さんは顔の左側にベル麻痺が起こっていたのね」

美菜がそう言って大きく息を吐いた。夷戸はもう一度、「正解!」と答え、

「美菜さんの言うように、曾我さんは顔面左側の麻痺に侵されていたことを、まんまと利用したのです。僕はこう解釈します。恐らく、使用人である黒羽根兄弟と主人である曾我さんの間には、取り決めがしてあったのでしょう。もしも曾我さんがこの淆亂館にいることが知れ、木邑さんのような物見高い何者かが館に侵入したら、曾我さんは自己消滅を図る、と。それには、自分の醜い半面が伊留満に酷似していることを逆に利用したわけです。手順はこうです。侵入者を広間に集めておき、曾我さんが廻廊に出た姿は絶対に片側からしか見られないように黒羽根兄弟が気を配っておく。そしておもむろに自室から曾我さんは登場する。麻痺が起こり、伊留満そっくりになった左半分の顔だけ見せてね。衣装も僧衣を着る凝りようでした。こうして黒羽根伊留満になりすました曾我さんは、しずしずと露台へ行く。そして露台に出ると急いで僧衣を脱いで海へ捨てる。今度はゆったりした僧衣の下に身につけていたガウン姿になり、正常な曾我さんの顔が残っている右半分だけを見せながら、自室へと逃げ込んだのです。それから曾我さんは扉の鍵をかけて、なかなか部屋の中へ人が入ってこられないように時間稼ぎをする。眼窓を開けて、さも誰かが窓から侵入したかのような形跡を残しておく。ここから、自己消滅の詭計の完成を迎えるわけです。煖炉に火を熾すと、曾我さんは頭からライターオイルを被り、煖炉の中へ頭を突っ込む。生きながら頭を焼かれるのは、当然想像を絶する苦しみでしょうから、曾我さんは最期の力を振り絞って、自らの首筋にナイフを突き立てて果てたのです。こうして、顔のない屍体ができ上がった。顔のない屍体というモチーフを選んだのは、半分が麻痺した醜い顔を見られまいとする役者根性に由来するものだとは、皆さんご承知のとおりでしょう。そう、曾我さんは引退しても、他の追随を許さぬほどの役者魂を持っていたのです。自分の美貌が存在の核だったのです……。こうして曾我さんは、自分の美しいイメージを崩すことなく、この世から去った。後は、マーカさんが既に死んでいるはずの伊留満という悪魔的な男の話を我々に吹聴し、事件の怪奇性を際立たせたというわけですよ。死んだ男が現れて、この館を跋扈しているとね」

「やっぱり曾我は死んでいたのね……。それも自殺だなんて。でも、曾我らしい死に方だわ。己の美貌に対する我々の印象を最期まで崩さずに死んだなんて。それも我々を観客に迎えて、早変わりを駆使した一人二役という大芝居を最期に打ったのね。天晴れだわ。それでこそ役者よ。私も願わくは、そういう風に役者人生の幕引きをしたいものだわ」

東條は悲しみの表情を幽かに見せつつも、愛する人の最期を誇らしそうに語った。彼女の目は亡き人の旅立ちを祝福するように、穏やかだった。

「東條の言うとおり、昨日の事件は曾我の一世一代の大芝居だな。あいつは憎い奴だが、ちょっと尊敬したよ、俺は。曾我の芝居っ気に乾杯したい気分だ」

風祭は手に盃を持つ仕草をし、少し上に掲げた。木邑も唸るように息を吐き、

「いやはや、自分の病気を利用して、世にも奇怪な計略をめぐらしたものですな。風祭さんのように、私もここを出られたら、曾我を偲んでウイスキーでも一杯飲みますかな」

曾我を仇敵と目していたふたりは、期せずして彼のために杯を捧げたい気分になっていた。蜷

川は難しい顔をして、何も言わなかった。夷戸はそんな三人を見て、穏やかな笑みを浮かべていたが、

「曾我さんが早変わりで露台から捨てた黒い僧衣が、潮の流れでまた館へと舞い戻ってきてしまった。それが大きな計算外だった。何故僧衣だけが残されていたのか——その疑問をきっかけに、僕は曾我さんの一人二役を見抜くことができたんだから。しかし、この僧衣は最後まで呪われた存在だったと言ってよいでしょう。ミーシャさんをショック死させたのですから。曾我さんの自己消滅の詭計に協力したミーシャさんに、天罰が下ったのでしょうか……」

マーカはそれを聞くと、激しい嗚咽を漏らした。夷戸は憐みの目でしばらく彼を眺めていたが、

「最後に、おまけといってはなんですが、美菜さんの部屋に現れた伊留満の首の謎を解釈しておきましょう。美菜さんはあの時、眠気にまた襲われて、もうひと眠りしようかと寝台に横になって煖炉を見ていたそうです。そこでですね、美菜さんはいつの間にか、うつらうつら眠ってしまったわけです。しかし、普通の眠りではなかった。通常では入眠後数十分を経て現れるべきREM睡眠が、入眠後すぐに現れたのです。これを〈入眠時REM睡眠〉と言います。この場合、〈入眠時幻覚 hypnagogic hallucination〉と〈睡眠麻痺 sleep paralysis〉が同時に起こることが多いのです。このふたつは、ナルコレプシーの中核症状でもありますが、健常者にもしばしばみられます。俗に言う〈金縛り〉状態で見る幽霊がそうです。入眠時幻覚は、就寝後まもなくの自覚的には目が醒めている時に、鮮明な現実感のある幻覚、特に幻視を体験するものです。その幻

覚は、怪しい人影や化け物などが寝室に侵入して危害を加えるといった恐ろしいものが多いのです。そうして同時に睡眠麻痺にもかかっている場合、一過性の脱力状態に陥っているので、身体を動かすことも声をあげることもできません。うつらうつらした美菜さんは、一足飛びにREM睡眠に入り、前日に見たあの忌まわしい伊留満の顔が煖炉から現れるという、入眠時幻覚を見たということでしょう。それほどあの伊留満の顔は恐ろしい、印象的なものだったんです。あの時、美菜さんは軀を動かせなかったし、声も出なかったそうです。それは恐怖のためかと思っていたのですが、なんのことはない、睡眠麻痺の状態に入っていただけだったのです。そして数分で覚醒した美菜さんは悲鳴をあげ、僕らを呼んだ。その時に伊留満の姿がなかったのは、それが幻覚だったのだから、道理ですよ。これが、伊留満の首の正体です」

夷戸は解釈を終えた。滔々と熱弁をふるったためか、我知らず額と腋の下には冷たい汗が流れていた。夷戸は尻のポケットからハンカチを取り出し、額の汗を拭った。そうしながら、俯いたままのマーカに呼びかけた。

「マーカさん、僕の解釈はこれだけです。曾我さんは他殺に見せかけた自殺だった。しかし、石崎さんを殺したのはあなたでしょう？　何故そんなことをやったのですか」

マーカはぼんやりと顔を上げた。そうしてゆっくりと茫洋とした顔を横に振った。マーカはよろめくように立ち上がり、伊留満の肖像画の脇へと歩いていった。そしておもむろに語り始めた。

「私は伊留満から二重拘束による虐待を受けたことは、昨日皆様にお話ししましたね。だが、私が受けた虐待はそれだけにとどまらなかったのです。私は性的虐待も受けていました」

「性的な虐待も？」

夷戸は思わず呻いた。一同は、異様な告白を始めたマーカの顔をまじまじと見つめた。マーカはその視線を受けて、羞恥心に目を伏せ気味にした。

「悪魔に魂を売った伊留満は、私がここに貰われてきて数年すると……十歳でも早熟だった私に……その口で……ああ、とても皆様にはお話しできない！　とにかく、とてもおぞましい行為を私に強いたのです。私は最初、何をされているのかがわかりませんでしたが、それでも神に背くけがらわしいことをされているのは薄っすらとわかりました。そして、しだいに私はその意味を理解しました……。厭でも理解せざるを得なかったのです。私は日毎夜毎、淫虐の奴隷とされた。私が受けた苦痛が、皆様にはわかりますか。養父に辱めを受け続けたのですよ！　なのに、私は養父の下から去ることもできなかった。孤児の私は、どこへも行くべき場所がなかったからです。児童養護施設に戻るのだけは、厭だったのです。私は耐えました。耐えに耐えました。しかし、口にするのも憚られる行為を強いる伊留満への憎悪は、日に日に高まっていきました。そして、それは臨界点を迎えずにはいられなかった。それが十三歳の時だったのです」

マーカの目は、昨日夷戸たちが見たような妖しげな輝きを放っていた。精神的な虐待だけでなく、性的な行為をも強いる養父――夷戸は軽く胸が悪くなり、耳を塞いでしまいたい気分だった。

「昨夜皆様にお話したように、私は伊留満に火を放ち、奴は海へと身を投げました。その折も、奴は私に淫らな行為をしていたのです。そのせいで、火を放つ隙があったのですが」

マーカは肖像画を覆う硝子の上から、右手で伊留満の顔を撫でた。その指先は幽かに震えていた。

「それから三日経った。私は学校に行く気にもなれず、その三日間、館で休んでいました。自首するべきか、あるいは自殺するべきか、思い悩んでね。私の気持ちは、自殺へと傾きかけていました……。ですが、物置で見つけた十字架のついた数珠を握りしめ、必死に自殺念慮と戦っていたのです。

それに、伊留満の屍体が上がらなかったことに、私は不安を覚えていました。何か恐ろしいことが起こるのではないか、と。

その日、私が気晴らしに船着場へ行くと……何と、伊留満の屍体が流れ着いていたのです！私は伊留満の遺骸に近寄りました。驚いたことに、伊留満は魚の餌食にもならず、当然あるべきはずの死斑などもまったく顔に現れていないのです。伊留満の顔は、心持蒼褪めてこそいましたが、まるで生きて眠っているようなのです。私は愕然として、棒立ちになりました。数瞬後、すぐに我に還った私は、慌てて伊留満の屍体を陸に引っ張り上げました。すると――」

マーカはそこで言葉を切った。マーカはさぞ苦悶に満ちた表情をしているだろうと思い、夷戸はその顔を見た。しかし案に反して、マーカは恍惚とした表情になっていた。そして、くすくすと笑いながら、肖像画の硝子を撫で続けていた。

「すると、伊留満は突然叫び声をあげて、目を醒ましたのです！　彼は甦ったのです。死の世界から……。ああ、その叫び声の恐ろしかったこと！　伊留満は、焦点の合わない目で辺りを見回していましたが、傍に立って戦いているのが私だとようやく悟り、静かな調子で『戻ってきたぞ、マーカ』と呟きました。そして微笑みました。この上ないほど優しい微笑でした。私は慌てふためいた。当然死んだと思っていた伊留満が甦り、口を利いたのですから。私は何故だかわかりませんが、恐怖のためでしょうか、思わず伊留満の首に数珠を巻きつけて、絞め上げました。思いきり、全身の力をこめて。気がつくと伊留満は、ぐったりとなっていました。私は広間へと駆けて行って、腰板をウンウン言って剝がし、壁に穴を掘りました。私は夢中でした。もう一度船着場へ取って返すと、彼の軀を担いで広間へ運び、気絶した伊留満をその穴へ塗り込めたのです。生きながら、埋葬したのです」

マーカは肖像画から二メートルほど離れた場所の腰板に歩み寄り、そこを右の拳でこつこつと叩いた。一同は彼の一挙手一投足を目で追った。

「ここが伊留満を生きながら埋葬した場所です。ミーシャは学校に行っていたので、幸い私の行動を見られることはありませんでした。だから、その後に警察が海を捜索しても、伊留満の屍体が見つからなかったのも道理なのですよ」

マーカは魔が宿ったような妖しい笑みを顔に漲らせた。生きながらの埋葬——この親子に深くのしかかった業の深さに、夷戸は慄然とした。

「私は埋葬の作業を終えると、広間の長椅子に放心して腰を下ろしました。そして考えました。これからどうすればいいだろうと。そこで不意に私は閃いた。死して三日目の復活――これは御主耶蘇基督と同じではないかと。私は雷火に打たれたように、頭に衝撃を受けました。死して三日目の復活を遂げたならば、もしかして、伊留満こそが耶蘇基督の生まれ変わりだったのではないか……？　三日も海を漂っていたのに、それでも彼は甦ったのですから」

「伊留満はボートから身を投げた後、仮死状態に陥ったまま海を漂い、その後、船着場で息を吹き返したんじゃないの？」

マーカの正常な思考を呼び起こそうと、常識的なところに美菜は答えを求めた。だが、マーカはその言葉がまったく耳に入らないように思いつめた表情で、ぶつぶつと何やら独語していたが、

「私は恐怖に駆られた。この私は、泥烏須様の御子の生まれ変わりを壁に塗り込めてしまったのではないか。取り返しのつかない瀆神的な行為をしてしまったのではないか。私は今にも腰板を剝がし、伊留満を助け出そうかと思いました。私は塗られたばかりの壁に駆け寄って、湿ったその場所を手で探りまでした。しかし、助けることはできなかった……」

マーカは涙をはらはらと零した。そして嗚咽混じりに語りを続けた。

「それは何故か？　私のただの思い違いで、もしも伊留満が神の御子ではなかったら？　私はまた虐待されてしまいます。手ひどい復讐を受けるのは、目に見えています。それが怖かったのです。だが、と私はまたひとつの考えを思いついた。それは冒瀆的な恐ろしい考えでした。毘留善《びるぜん》

聖《サンタ》麻利耶《マリヤ》様が毘留善ではなかったとしたら……単なる身持ちの悪い女で、哀れな大工のヨセフが欺かれていたとしたら……？　だとしたら、あの耶蘇基督は単なるナザレの私生児だったということになります。そうなると、伊留満こそが泥烏須様の御子であったことになるのです。私は基督の復活を最初に見届けたマグダラの麻利耶と同じ栄光《ぐろおりや》に浴しながら、我が手で泥烏須様の御子を殺したのです。二度までも殺した！　私はDeicideです。神を殺した者なのです。神の存在を疑い、我が身可愛さに真に泥烏須様の御子なる黒羽根伊留満を殺したのですよ」

焦燥感に駆られたのか、マーカは銀髪を滅茶苦茶に掻き毟った。マーカの論理は破綻している、と夷戸は考えていた。彼もまたlunaticなのだと。しかし、あえて声に出してマーカを制するのはやめておいた。吐き出せるだけ言葉を吐き出させようと夷戸は思った。それがマーカに浄化作用《カタルシス》をもたらすのならば。

「……悩み抜いた挙句、私は自首しました。自殺は思いとどまったのです。泥烏須様の御子をこの目で見た、その栄光が忘れられなかったからです。そして、罪を自分で償いたかったからです。私は医療少年院に送られました。伊留満を殺めた経緯は警察には偽りを述べましたが。私は二度と人を殺めぬと悔い改めました。時が経ち、この館に戻ってくると、私はミーシャも呼び寄せて、ふたりで暮らすことにしました。私は神の御子を殺した罪を贖うために、どんなことでもするつもりでした。そんなある日の夕刻、私は食料品の買い出しにボートで壱岐の海岸に上陸しました。すると、海岸の流木の上にひとりの男がぽつんと座っていたのです。その男はコートの襟を立てて、帽子を目深にかぶっていました。よく見ると、顔も繃帯でぐるぐる巻きにしているのです。私は何かの病気だろうかと、驚いて声をかけました。何事かに絶望したらしく、焦点の定まらない目をした男は、最初はこちらの問いにも黙っていました。まるで魂のない人形のようでした。しかし、私があまりに執念深く訊ねるので、怒りが湧いたのか『放っておいてくれ！　こんな醜い顔の男の相手などしてくれるな』と叫び、顔の繃帯を取りました」

「それが曾我だったのね」

すべてを察した東條が静かに言った。マーカは昂奮した様子で頷き、

「そうです、彼だったのです。私が何よりも驚いたのは、彼の顔の半分が伊留満そっくりだったからです。私は思わず砂浜にひれ伏しました。そして直観しました。この方は伊留満の生まれ変わりだと。そんな私の様子に、彼は驚いたようでした。彼は、私をしばらく凝視していましたが、やがて語り始めました。自分はこれまで人を陥れ、欺き、金を湯水のごとく使い、様々な悪をなしてきた、と。しかし、その天罰が今下ったのだ、と。神の逆鱗に触れて、忌まわしい病気に憑かれ、こんな醜い顔になってしまった、と彼は言い、涙を流しました。私は跪いたまま、代わりに伊留満に纏わる長い物語を話しました。彼はまた驚きました。自分と半面がそっくりな人間がいて、しかも同じように種々の悪をなしてきたのだと知り、彼はひと言こう呟きました。『これは何かの運命なのか』と。そして、その伊留満が死して三日後に甦り、そして生きたまま壁に塗り込められたことを知ると、首を振り、苦い顔で言いました。『それはいけない。その男は悪か

ら全き善へと生まれ変わっていたのかもしれないのだから』と。それを聞いて、私は狼狽しました。もしそうならば、精神的に生まれ変わった伊留満を生きながら壁に塗り込めてしまったのかもしれない。しかし、彼はこうも言いました。『だが、そうせざるを得なかった君の気持もわかる。悪が善へと生まれ変わるのを信じることは難しい。しかし、俺は今までの罪を悔いた。これからどうして生きていけばよいのかわからないが、俺は今、重苦しい後悔の念に苛まれている。俺は神に縋って生まれ変わりたい。この叫びが神へ聞こえるといいのだが』。そして彼は、声をあげて泣きました」

改心したという曾我の言葉を聞いて、東條は軽い呻き声をあげた。

「曾我が——曾我がそんなことを言うなんて」

するとマーカは、柔らかな笑みを湛えて、

「はい、そう申されたのです。それを聞いて、私の顔は喜びに輝きました。私は直覚した。この方は、伊留満の善の部分だけが浄化されて生まれ変わった存在に違いない、と。私は深く首《こうべ》を垂れて、あなたを主人として淆亂館に迎え入れたいと申し出ました。彼は不思議そうな顔をしていました。『何故自分を主人に迎えるのだ。俺を追って誰かが現れて、島での平和な日々が破られるかもしれないのだぞ』と。しかし私は、すべての熱情を費やして、淆亂館なら静かで平和な生活が送れる、是非私たち兄弟を使用人として使っていただきたいと説得したのです。彼はわけがわからないようでしたが、他に行くところもなかったのでしょう、ともかくも私に従ってくださいました。そして淆亂館に着いた後で、以前は俳優であったことを彼は告白なさいました。私はすべてを受け容れ、彼も私の懇願を聞き入れました。実際、この孤島ほど潜伏するのにふさわしい場所はありませんからね。彼は主人の座におさまりました。こうして私は全き善へと回心した伊留満の生まれ変わりを手にし、贖罪の日々を送ることができるようになったのです。ああ、私は自殺しないでよかった！」

陶然とした面持ちで、マーカは階上の部屋の扉を見上げた。曾我の焼け焦げた屍骸が安置されている部屋の扉だった。

「私は厭がるミーシャをもなんとか説得し、彼を主人としてこの淆亂館に招き入れることに成功しました。もっとも、ミーシャは宗教的なことには関心が薄いほうですから、伊留満に主人の顔が似ている、半分だけ似ているというだけで、嫌悪感が先に立ったのは当然でしょう。それでもミーシャは素直な性質ですから、穏やかな人格となった主人とも、やがて打ち解け、私たちは静かな日々を送りました。私は父なる神に感謝しました。こうして罪の償いができるように、もうひとりの伊留満を遣わしてくださったのですから……。けれども、私はその静かな日々の間にも、やはり苦しみ続けねばならなかった。終わりのない疑問が、頭の中をぐるぐる回るのです。伊留満は本当に天主の御子なのか？　ナザレの私生児こそが真の神の御子なのではないか？　だが、と私は思うのです。ナザレの私生児は、磔木《はりき》に架けられた時に『エリ、エリ、ラマサバクタニ――我が神、我が神、何ぞ我を捨て給うや』と叫んだと言われています。すると、あの私生児は、神に見捨てられた子なのでしょうか。伊留満こそが神の恩寵を受けた子なのでしょうか。いや、やはり聖書の教えるように、麻利耶様と耶蘇基督こそ泥烏須様の栄光を一身にお受けになった方なのではないか。伊留満はただの悪魔に過ぎなかったのではないか。そうすれば、私は神を殺めた罪びとではない。悪魔を殺めたに過ぎないのだ……。そしてもしや、今は穏やかな主人でさえも、またいつか悪へと変貌するのだろうか。私はそういう堂々巡りの懐疑の迷路に嵌まり込んでいました。また、哀れなエゴールシカ少年はそうではなかったが、伊留満こそが御主耶蘇基督の生まれ変わりなのではないかという考えも、やはり頭にこびりついていました。しかし、それではやはり私はDeicideなのです。御主の生まれ変わりを殺めたのですから。私の精神は張り裂けそうでした。伊留満が神の御子なのか、それとも悪魔であるのか、判断がつかなくなったのです。そういう折に、さる高名な文学者がその評論の中で言った言葉を、私は思い出しました。『悪魔は神の二重人格者である』という言葉です……。そこで、はたと私は啓示を受けた。ともかくも伊留満は、神と悪魔の両面を併せ持つ、人間を超越した存在ではないか、と」

夷戸は「神」という存在にこれほどまでに執着し、筋道の立たない考えを言いつのるマーカの心中を考えると、不憫に思わざるを得なかった。それだけでなく、助けを求めようと宗教に縋りながら、却って闇黒の陥穽に堕ちる人間の愚かさ、脆さを思って溜息をついた。宗教とは、やはり阿片なのだ。

「そうして静かながらも苦悩の十年が過ぎました。私は一心に主人に仕え、主人を守り、罪を贖おうとしました。主人も俳優時代に犯した罪を償おうと、いつも祈りを捧げていました。しかし、静かな日々は突然破綻しました。皆様方が昨日やってきたというわけです！　ああ、この恐ろしい日が遂に訪れようとは……。もしも館に主人の存在を聞きつけた闖入者が現れた場合は、あのように顔を焼いて主人が自死を図ることは、夷戸様の仰ったとおり既に取り決めてあったことです。主人はボートで逃げ出す暇もなかったので、その取り決めを計画通りに実行せざるを得ませんでした。だが、その後で不思議なことが起こった。羽賀様のお休みになった部屋に、伊留満が現れたというのですから！　それでもう、ミーシャは恐慌状態に陥りました。伊留満への恐怖心に凝り固まった弟は、この館から出してくれ、と私に懇願するのです。私は否みました。伊留満は悪魔だというのは間違いかもしれない。神の御子であるかもしれない。あるいは神であり、そのまた半面で悪魔である存在であるかもしれない。ともかく、人間を超越した存在なのだ。しかし恐れる必要はない。ただ、崇め奉るべき存在なのだ、と。なので、おまえは館から出てはいけない。しかも、亡くなった主人の後始末もつけずに逃げ出そうなどとは、使用人としてあってはならないことだと申しました。しかし、ミーシャは頑として私の申すことを聞き入れません。恐怖のあまりにすべてを投げ出して、私を見捨てて逃げようとしたのです。あまつさえ、伊留満は徹頭徹尾変質者だとミーシャは吐き捨てました。自分たちを幼い時から虐待し続けだったあの男には、神性などあろうはずがない。人間を超越した存在どころか、ただの犯罪者に過ぎないと。それを聞いて私は逆上しました。神と悪魔の両面を持つ伊留満への私の信仰の核をすべて否定されたのも同じことですから。しかし、弟は罰を受けた。僧衣を見て、伊留満が甦ったと錯覚し、心臓麻痺を起こすとは……。私は弟を亡くし、主人を亡くしたことで絶望しました。もう生きていてもしようがない。先程覚悟を決めました。すべてが終わったら、主人である曾我に殉じて自殺するつもりではあったのですが、その覚悟が定まったのです……」

夷戸には、奇妙にねじくれたマーカの宗教観、悪魔主義が理解できるようでいて、やはりできなかった。虐待されてきたとはいえ、養父を殺したという罪の意識が、逆に虐待者を超越的存在へと祀り上げねばならなかった動因なのだろうか。マーカは宗教的 lunatic なのだと夷戸は思い、決然として言った。

「神や悪魔の存在に翻弄されて人を殺めるならば、何のための宗教なのですか。そんなことのために宗教が作られたのなら、僕には宗教などいらない！　僕は神も悪魔も必要としない！」

するとマーカは寂しそうに微笑んだ。

「あなたは幸福なお方だ。夷戸様はそれでよろしい。しかし、宗教に縋らなければ到底生きてはいけない、私のような弱き者もいるのですよ。あなたは生きたまま因辺留濃に堕ちた私の心がわかりますか。養父に虐待されて育った私のような子供の心が。そんな子供が人間を超越した存在を求めずに、どうやって生きていけばいいのでしょう。とにかく、養父である伊留満を、超越者の存在に擬さないと私は生きていけなかったのです。そして、そのことが私を生きていけなくしたのです。どうやっても私は因辺留濃の業火から逃れることはできない運命だった！」

マーカは感情の奔騰のあまり、生きながら伊留満が塗り込められたという壁の腰板を、右拳で思い切り撲った。すると、腰板の上の混凝土がひび割れて、ぼろぼろと崩れ落ちた。粉砕された混凝土の煙が立ち昇り、一同の視界を遮った。夷戸はハンカチで口を覆い、沁みる目を瞬いた。漂う煙がしだいに消えていくと、壁に穿たれた窖の中には、素っ裸の男がまるで眠っているかのように立って安置されているのが見えた。その顔の眉毛と口角は両端に垂れ下がり、目は虚ろに薄く見開かれている……。

「黒羽根伊留満！」

根津が叫んだ。そこに安置されていたのは、まさに肖像画そのままの伊留満だった。他の者はあまりの光景に、咽喉に何かが閊えたように絶句していた。てっきり白骨になっているか木乃伊化していると思っていた伊留満の屍骸が、まるで生きているような艶々しい姿で立っているものだから、夷戸は目を疑った。

「これは……屍蠟になっているのか？」

夷戸は喘ぐように言い、マーカを見た。

「伊留満様、こんな御姿でお眠りになっていたとは！」

叫んだマーカは、心の平穏がようやく訪れたといった柔和な表情で十字を切り、

「伊留満はやはり神の御子でありました。Ecce homo！　これほどの時が経ちながら、まるで生きているかのようです。この顔を見てください。腐敗の影もない。これが人間を超越した存在

でなくて、なんでありましょうか」

マーカは宗教的歓喜のあまり、涙を滂沱の如く流し始めた。彼は崩れた混凝土の上に跪き、首《こうべ》を垂れた。夷戸は伊留満の姿を凝視していた。こんなことがあるはずがない、現実にはありえない、と頭の中で繰り返しながら。

マーカは立ち上がると、晴れやかな顔で一同を見回して言った。

「私は伊留満を殺した罪びとであります。しかし、伊留満が人間を超越した存在であることを最期にこの目にできたことは、この上なく光栄です。私は因辺留濃の業火に永久《とこしえ》に焼かれるとも、この至福の瞬間を忘れず、いつも微笑んでいることでしょう」

マーカは伊留満に近寄ると、その唇に優しく接吻し、呟いた。

「ああ、我が父よ……」

マーカまでも、屍体愛好癖の魔に魅入られていたのだろうか——夷戸は戦慄を禁じえなかった。

うっとりとした表情で、マーカは伊留満の肢体を愛撫した。そして、一同を振り返ると、おもむろに右手でズボンのポケットを探り、緑色のカプセルを取り出した。そのカプセルを掌の上で弄びながら、

「これは、すべてが終わったときに自決するために取っておいた、青酸化合物のカプセルです。申し遅れましたが、私の部屋にひとつだけ携帯電話が隠してあります。よろしければお使いください。それでは御機嫌よう。皆様と因辺留濃で……」

一同が呆気にとられて長椅子から動けずにいるのを尻目に、マーカは別れの言葉と共に毒を仰いだ。瞬時に「ぐっ」と呻き声を漏らすと、口から吐物を噴出させた。白い八の字髭を苦悶に歪めながら、マーカは前へとゆっくり傾いでいった。

「マーカさん！」

思わず夷戸は長椅子から立ち上がった。マーカは混凝土の瓦礫の上に転がった。右手を前へ伸ばし、その掌の中に十字架のついた数珠をしっかりと握っていた。顔は真っ蒼に変化し、四肢は激しく痙攣を起こしている。

「死んだか……」

根津が血の気の失せた顔でぽつりと言った。他の者は目を見開いたまま、惑乱する頭を抱えて茫然としていた。黒衣の麻利耶観音は煖炉脇で蠱惑的な笑みを漂わせ続けていた。それは、この悲劇的な場面を一場の喜劇として嘲っているようにも見えた。

その時だった。伊留満の軀がさらさらと砂時計の砂のように、足許から崩れ始めた。しだいにその軀は床へと沈んでいく。

「伊留満の軀が……！」

駆け寄った夷戸の前で、ざらりと音がして、伊留満の軀は砂の像のように崩れ落ちた。後には肉色の塵芥だけが残された。

「一瞬にして、崩れ去った？」

茫然として、夷戸は床に盛り上がった塵芥を見つめた。

「塵は塵に、灰は灰に……」

根津が思わず葬送の言葉を口にした。

## エピロオグ　弔い月の下にて

マーカの部屋を捜索した夷戸たちは、携帯電話を見つけ出した。それによって警察と連絡を取り、まもなくして警察官を満載したボートが二艘、三艘と弔月島へ現れた。

雑音混じりの警察無線が、島のあちらこちらで囁くように聞こえている。根津を除く一同は毛布に包まり、船着場に佇んでいた。誰も口を開かず、館を出入りする警察官をじっと見つめていた。警察官は現実の世界から訪れた人々で、自分たちこそは夢幻の世界にこの二日間生きていたように思えた。

根津は事情を説明する役を買って出て、警察の先導をしていた。警察官たちは張り詰めた表情で、館を出入りしている。それはそうだろう、と夷戸は思った。洋上に浮かぶ孤島の館で、屍骸が次々と見つかったのだから。この弔月島で起こった事件は、田舎の警察署を揺るがす大事件となっただろう。

夜空の途中には歪な形の月が輝いていた。最後の犠牲者となったマーカを悼むように、その色は紅かった。

「十六夜《いざよい》の月……綺麗ね。弔い月、か」

美菜が濃い藍色の空を振り仰いで初めて口を利いた。

「昨日今日とここで犠牲になった四人のために、この月は輝いているのかな。マーカさんは自分で言ったように、因辺留濃に堕ちたのかしら」

「僕はそんなことは信じたくはないね。絶対に厭だ」

美菜の言葉に、夷戸は激しく反駁した。

「この世には、神も悪魔も存在しない。ましてや地獄など……。すべては人間の想像力が創り出したものだ。そして支配階級が民衆を超越的な力でがんじがらめにして、使役させるために利用した。宗教とはそういう物だ。この館で犠牲になった人々は、地獄にも天国にも行かず、無に還っただけ。それだけだ」

「伊留満、マーカ、ミーシャ……あの親子に絡みついた業が、こんな事件を起こさせたのね」

東條が壱岐の海岸の方角をじっと見つめながら、物思いに耽るように言った。夜光虫が仄かな光を放つ海の遥か彼方に、淡い燈火が煌めいている。そこには平和があった。そしてもうすぐその平和な地へ帰れるのだと思うと、夷戸はほっとして力が抜けるような気がした。

「確かに、マーカは哀れといえばそうだな。まともな養父に貰われていれば、こんな悲劇は起こらなかっただろう」

警察官がそこここをうろうろしているものだから、顔を見られないように繃帯の具合を気にしながら、風祭は述懐した。

「僕にとって……何だったんだろう、この事件は」

長髪を風に靡かせながら自問する蜷川に、

「ほう、蜷川さんにはこの事件の意味が理解できませんか。私は、しっかり悟ることができましたよ。天は私にこう言っている。『木邑、おまえの出番だ。この事件をしかと記事にしろ。そして金を稼げ』とね。ここに金の卵がありますしね」

と木邑は冗談めかして言い、いつの間に回収したものか、石崎の物と思われる腕時計型ビデオカメラを掌の上で転がして、ひとり高笑いした。

「螋の木邑さんにも困ったものね」

美菜は思わず微苦笑を漏らした。そこへ館から担架に載せられた屍体が一体、救急隊員に運び出されてきた。屍骸にかけられた毛布が少しめくれていたので、焼け焦げた頭がちらりと覗いていた。曾我の遺骸だった。東條は、はっと息を呑んだが、すぐに穏やかな表情になり、

「さよなら、曾我さん。私はあなたのことを愛し続けるわ。この館で、ひと目でも生きているあなたに逢えて、よかった……」

と別れの言葉を述べた。東條は遺体がボートに運び込まれるのを、慕うような眼差しで見送っていた。彼女はいつまでも曾我をこの地上で最も理想的な人物として思い続けるのだろうな、と

夷戸は考えた。善と悪とを峻別する東條は、絶対的な善として曾我を思うのだろう。悲しいことだが、一方ではそれも幸せと言えるかもしれないと彼は思った。その時、

「おい、みんな。ちょっと聞いてくれ」

と喚きながら、血相を変えた根津が館から走り出てきた。一同は何事かと館のほうを振り返った。

「どうしたんです、根津さん」

夷戸の問いに、根津は荒い息を吐いて、

「どうしたもこうしたもあるか、夷戸。今、警察が広間の実況検分をしていたんだけどな、あの伊留満が塗り込められていた壁の窖から、煖炉の排気孔へと穴が穿たれていたらしい」

「えっ⁉」

予想外の根津の言葉に、一同は思わず声をあげた。

「どういうことですか？」

にわかに混乱し始めた頭で、夷戸は訊ねた。

「警察によると、混凝土の経年劣化によって、自然に穴が通じたんだろうとか言っていたが……。しかし、もしもだぞ、伊留満が生きていて、その穴から排気孔を伝って、他の部屋に自由に出入りしていたとしたら。館内だけでなく、この弔月島を跋扈していたら――」

「まさか、そんな馬鹿げたことがあるもんか。まるで怪談じゃないか」

すぐに気を取り直した風祭は、鼻先で笑った。

「だけど、よく考えてみてください。マーカさんは曾我の一人二役に協力したことは肯定したが、石崎氏の事件については何も言わなかったじゃありませんか。もしもあれが伊留満の仕業だとしたら、事件が根底から覆ることになりますよ」

昂奮した様子で口から泡を飛ばしながら、根津は言う。

「曾我さんの事件だってそうだ。こう考えてみるとどうでしょう。曾我さんがこっそり自室を抜け出して、島を脱出するために露台へ行った隙に、排気孔を伝って伊留満が曾我さんの部屋へ現れる。あの時は、煖炉に火が熾っていなかったというじゃありませんか。だから、それが可能だった。そして伊留満は曾我さんを追って露台へと行く。伊留満の出現に驚いた曾我さんは自室へ逃げ帰る。伊留満はそれを見て、露台から柱を伝って地上へ出て、ぐるりと館を廻り、樋を登ってもう一度曾我さんの部屋へ侵入する。広間には我々がいたから、捕えられるかもしれないと懸念して、そういう迂廻路を取ったんでしょう。そして曾我さんを刺し殺し、顔にライターオイルを浴びせ、その頭を煖炉に突っ込んだ。兇器のナイフは曾我さんの首筋に突き立っていたが、頸動脈を切り裂くのならともかく、自分で首を刺すのは不自然かもしれない。自殺というには少し無理があるんじゃないでしょうか。その後、煖炉に火を点けた伊留満は、排気孔を急いで伝って窖に逃げ帰った。こういう残虐な遣り口だったとしたら……」

「……じゃあ、美菜さんの部屋の煖炉に現れた伊留満も、幻ではなかったと？」

地軸がぐるぐると急速に回転するような眩暈を覚えながら、ようやく夷戸は言葉を放った。夷戸の脳裡を、排気孔を伝う伊留満の幻影が襲った。ニタニタと邪悪な笑みを浮かべながら、暗い排気孔を鼠のように這い回る伊留満の姿……。

根津は射抜くような鋭い視線で夷戸を見遣り、

「そうだ。あれはちょっとした伊留満の悪戯だったのさ。あるいは、本当に美菜さんを殺すつもりで現れたのかもしれんが」

入眠時幻覚ではなかった――？　だとしたら、美菜は声をあげたおかげで、すんでのところで命を取り留めたということなのだろうか。夷戸はぞっとした。

「でも、石崎さん殺しは？　足跡をつけずにどうやって父を殺したの？　あの伊留満は質量を持った存在よ」

小さな瞳をいっぱいに瞠り、東條が根津に縋った。

「それは……」

そこまで考えが及んでいなかったらしく、根津は言い澱んだ。ひと時、船着場に重い沈黙が訪れ、濡れた膜のように一同を覆った。

「それはこういうことじゃないかしら」

強張った表情で、美菜が口を切った。

「何故兇器は植木鋏だったのか？　伊留満はまず、館の人が寝静まっている間に、館内を徘徊して、植木鋏を入手しておいたのよ。そうして排気孔から繋がっている屋上の煙突で、犠牲者が来るのを、息を潜めて待っていた。その時に、植木鋏で煙突の横の芭蕉の大きな葉を何枚も切っておいたのね。そこへ深夜、石崎さんが独りで屋上へ現れた。石崎さんはアルコール離脱の不快感を紛らわそうと、桜の下へ行き、煙草を何本も灰にした。それを見ていた伊留満は、切っておいた大きな厚い芭蕉の葉を、二、三枚ずつ重ねて地面に敷きながら、その上をこっそり歩いていき、石崎さんに近寄った。そして不意を衝いて石崎さんを鋏で刺した。後は滅多突きね。伊留満は石崎さんを殺害後、また芭蕉の葉の上を踏んで、葉っぱを回収しながら煙突へと帰っていった。これなら足跡は残らないかもしれないじゃない？」

一同は美菜の解釈を聞いてまた黙り込み、急に怖気を震わされたように背筋を動かした。船着場に打ち寄せられる夜光虫が、無気味な光を放っている。夷戸はそれを見ていると、根津と美菜の語る神秘的な解釈に惑わされそうだった。彼は何かを振り切るように大きな声を出し、

「だが、それはおかしいですよ。マーカさんが医療少年院に送られて、ミーシャさんも施設へ帰った後、この館は空き家だったはずだ。人がいるなら、食事を盗み食いすることもできるだろうけど、数年間も空き家だったこの家で、どうやって伊留満は生き延びたんですか」

「それは……」

根津はしばらく考えていたが、

「伊留満は人間の存在を超えた魔的存在に他ならなかった、ということかな」

「まさか」

風祭は即座に言い捨てたが、その声音は心なしか震えていた。

「伊留満は神に背き魔道に堕ちた結果、人智を超えた命を得た。そう、マーカさんの言うように、超越者だった。そう考えるしかないんじゃないか」

根津は自分の物言いが非現実的過ぎると自覚したのか、無理に笑おうとしたが、顔は引き攣るばかりだった。

「超越者……」

夷戸は呻くように言った。

「悪魔が不可思議な生命力を伊留満に与えたと？　まさか、そんな……」

夷戸の顔から血の気が退いていった。悪魔から与えられた生命——そんなことが現実にあり得るのだろうか。夷戸の頭の中で、脳髄がぐわんぐわんと音を立てて揺れるように感じた。のみならず、伊留満の高らかな哄笑が、耳の傍で聞こえるようだった。夷戸は、思わず耳を塞いだ。

「おまえもさっきの伊留満の姿を見ただろう。まるで眠っているようだったじゃないか。何年も昔に塗り込められて死んだ姿とは思えなかった。となると、伊留満は超自然的な生命力を持っていた——俺はそう解釈する他はないと思う。さっきも、館から逃げようとしたミーシャさんの前に、伊留満が本当に現れたのかもしれんぞ。だって、いくら黒い布恐怖症だったとしても、僧衣を見ただけでショック死するもんかな？」

「それは……。だけど、伊留満は何故僧衣を船渠に置いていったのですか？　あれは露台から曾我さんによって捨てられた物に違いない――」

言いつのる夷戸を、根津は制して、

「そりゃ、海へ入るためだろうよ。俺たちが船渠に駈けつける気配を察して、伊留満は泳ぎやすいように素っ裸になって、海へ飛び込んで逃げたんだ」

我々が船渠で大騒ぎしているのを、波に揺られながら沖合から見守っていた伊留満――夷戸は再びふらりと眩暈を起こした。

「しかし、虐待してきた養子のマーカさんに最終的に愛されたことによって、つまり、あの接吻によって、魔力を喪失したんだ。だから、ああして軀が崩れたんだと思う。それは歪んだ愛の力かもしれない」

根津はきっぱりと言い切った。他の者は皓皓と輝く弔い月の下、何も言わずに黙って館のほうをもう一度振り向いた。その顔は、超越者の存在への畏怖を感じさせる固い表情だった。

「親子の歪な情愛が、魔力を打ち破ったですって？　伊留満が、本当に伊留満が超越者だとしたら――」

夷戸は呟き、思索の中へ沈潜していった。確かに夷戸も昨夜伊留満の姿を見たのだ。それはひとつの事実であった。しかし、根津や美菜の語った解釈を認めることは、異常心理学などの科学を自己の核として生きてきた夷戸の存在を脅かすものであった。

夷戸は恐ろしかった。自分の存在をすべて崩して消えゆかせるような、荒涼とした風が精神に吹き荒れるように感じた。人智を超えた闇黒の世界が、この淆亂館からぽっかりと口を開けているようだった。夷戸は恐怖に駆られて、ぶるぶると頭を振った。だが、一旦彼の存在の核を脅かした解釈は、頭を去ろうとはしなかった。それは脳髄に食い入り、夷戸を狂気の淵へと連れていきそうだった。

「わからない……」

そう言って、夷戸は弔い月を仰いだ。あの断末魔の顔貌が刻印された紅い月は、夷戸を嘲笑うようにも見えた。賢しらに学問的知識を振りかざし、事件の深淵を、もっと言えば超自然的な闇の世界を見ようとはしなかった夷戸を。

幽かな敗北感が夷戸に忍び寄りつつあった。自分のこの眼には、事件の本質が何も見えていなかったのか？　自分は単なる道化役だったのか？　所詮自分のような賢しら人《びと》には、闇黒の深淵は見通せないのだろうか……？

だが夷戸は、強いてその敗北感を振り払うように、

「僕には、わからない。それを理解することは、とても恐ろしいことだ……」

と、もう一度呟いた。生ぬるい潮風に吹かれながら、弔い月の明かりの下で——。

## 主要引用・参考文献

1）芥川龍之介『奉教人の死』（新潮社　一九六八年）
2）芥川龍之介『侏儒の言葉　文芸的な、余りに文芸的な』（岩波書店　二〇〇三年）
3）G・ベイトソン著（佐藤良明訳）『精神の生態学　改訂第2版』（新思索社　二〇〇〇年）
4）今田寛／宮田洋／賀集寛編『心理学の基礎　改訂版』（培風館　一九九一年）
5）野村総一郎／樋口輝彦／尾崎紀夫編『標準精神医学　第4版』（医学書院　二〇〇九年）
6）B・J・サドック／V・A・サドック編（井上令一／四宮滋子監訳）『カプラン臨床精神医学テキスト　DSM－IV－TR診断基準の臨床への展開　第2版』（メディカル・サイエンス・インターナショナル　二〇〇四年）

## 倉野憲比古（くらの・のりひこ）

一九七四年、福岡県大野城市生まれ。立教大学文学部卒業。公認心理師。二〇〇八年に『スノウブラインド』でデビュー。古典的探偵小説とB級ホラー映画への愛、心理学の知識が横溢する独特の作風で知られる。

**弔い月の下にて**
2021年12月28日初版第一刷発行

著者　倉野憲比古
企画・編集　張舟、菊池篤

発行所　(株)行舟文化
発行者　シュウ　ヨウ
福岡県福岡市東区土井2-7-5
HP：http://www.gyoshu.co.jp
E-mail：info@gyoshu.co.jp
TEL：092-982-8463　FAX：092-982-3372

印刷・製本　株式会社シナノ印刷
落丁乱丁のある場合は送料小社負担でお取替え致します。

ISBN 978-4-909735-08-9　C0093
Printed and bound in Japan

## 行舟文化単行本　目録（二〇二一年十二月現在）

あやかしの裏通り　ポール・アルテ著／平岡敦訳
金時計　ポール・アルテ著／平岡敦訳
知能犯之罠　紫金陳著／阿井幸作訳
殺人七不思議　ポール・アルテ著／平岡敦訳
名探偵総登場　芦辺拓と13の謎　芦辺拓著
少女ティック　下弦の月は謎を照らす　千澤のり子著
混沌の王　ポール・アルテ著／平岡敦訳
弔い月の下にて（本書）　倉野憲比古著